邪《じゃ》教《きょう》の子《こ》

"Jyakyo no ko"
by
Ichi Sawamura

澤村伊智

文藝春秋

邪教の子

装幀　征矢武
写真　Zhen Liu

大地より生まれし生命、大地を汚し
大地に帰りて再び大地より生まれる
人はただ、その輪に身を委ねるのみ
我はいざ、その輪を己が手で回さん

プロローグ

「茜《あかね》ちゃん」

わたしは呼んだ。

「来ないで」

彼女は答えた。薄暗い部屋の隅で縮こまる。痩せ細って曲がった身体は小刻みに震え、見開かれた目は怪しく輝いている。カチカチと歯の鳴る音が聞こえた。病気のせいか。違う。

彼女は——茜は恐れていた。同じ十一歳の、同じ女子であるわたしに恐怖を抱いていた。

「お願い……近寄らないで」

蚊の鳴くような声で懇願する。

助けてくれと頼んだのは茜の方なのに。わたしは計画を練って何度もシミュレートして、あらゆる手を尽くして実行したのに。わたしだけではない。大勢の人たちが知恵を絞り、骨を折ったのに。

わたしは混乱しそうになって、すぐ気付いた。茜は囚われ、縛られている。

邪教に。

彼女の両親に。

そう、ここは邪教の巣だ。この家は光明《こうみよう》が丘《おか》支部と呼ぶのだったか。いずれにせよ、まともな場ではない。普通の道理が通用する場所ではないのだ。

この家に初めて来た日のことを思い出した。毒々しい塑像。壁に掛かった教祖の写真。異形の祭壇。どれも不気味だった。禍々《まがまが》しかった。そして恐ろしかった。今も怖くないと言えば嘘になる。目に映り込むそれらに、なるべく視線を向けないようにしている。

「どうして……？」

茜が洟《はな》を啜《すす》りながら言った。わたしは優しく、穏やかに答えた。

「助けに来た。一緒に逃げよう」

「無理だよ。逃げたら殺される。どこに逃げても殺されちゃうの」

「逃げたら殺されないよ。殺されないところまで行くのが逃げるってことだよ」

当たり前のことを説明しても、彼女は首を振るばかりだった。単純な理屈も通じない。彼女はそこまで歪んでいた。歪められていた。肉体だけでなく精神まで。

「あるわけないよ、そんな場所。世界はみんな汚れてる。綺麗なのはここだけ。他は薄汚れて、ドロドロして、嘘吐《つ》きの悪魔たちが人間に化けてる地獄――」

「そんなことない」

わたしは静かに、きっぱりと否定した。

ここ以外は危険だ。ここはマシな方だ。だからここを出たらお前は生きていけない——馬鹿げた言い草だ。ただのまやかしだ。愚かな人間が弱い人間を囲い、支配し、操るための脅し文句だ。上手く使えば強力な呪文にもなるけれど。事実、茜はずっと縛り付けられているけれど。

「ここが地獄だよ。気付いてるよね。だから茜ちゃんは手紙をくれたんでしょ」

茜の目から涙が零《こぼ》れ落ちた。

「大丈夫だよ。わたしが守るから」

「…………」

「わたしだけじゃない。みんなで茜のことを守る」

無意識に呼び捨てにしていた。結果的にそれが効いたのだろう。頼れる、信じられると判断してくれたのだろう。

彼女は訊《たず》ねた。

「……こ、こんな身体でも？」

「もちろん」

「ほんとに？」

「本当だよ」

「信じてもいい？」

「うん。だから一緒に逃げよ——」

「おい、慧斗《けいと》」

背後から呼びかけられて、わたしは飛び上がった。

廊下の暗がりから祐仁《ゆうじん》が現れた。畳んだ車椅子を両手で抱えている。

「何ちんたらしてるんだよ、あいつら戻ってくるぞ」

「無理に連れ出したらただの拉致でしょ」

「融通利かないなあ、お前」

囁《ささや》き声でぼやく。場違いを承知でわたしは笑いそうになった。

祐仁はいつもこうだ。クラスで誰よりも大柄なのに、誰よりも臆病だ。それに物事の優先順位をまるで分かっていない。大人たちから余計な知識を得すぎたせいだろう。でも今は心強い。彼といると心に余裕が生まれる。

「何が可笑《おか》しいんだよ」

「ううん。祐仁と同級生でよかった」

「あのな慧斗、感慨に浸るのは終わってからにしろって」

彼は床のガラクタを蹴散らし、車椅子を広げて置いた。

茜がわたしたちを交互に見つめていた。顔に浮かんでいる表情は恐怖ではなく、疑念に変わっていた。

「同級生……?」

「そう。同じ学校の同じクラス。生徒はそんなに多くないけど、毎日楽しいよ」

「生徒?　学校?」

答えようとしてわたしは思い止《とど》まった。茜は学校に通わせてもらっていない。おそらく光明が丘に来る前からだ。彼女はずっと、邪教の檻に監禁されていたのだ。

だから逃がす。脱出させる。解き放ってみせる。

今はその第一歩だ。でも第一歩に過ぎないのだ。

自然と気が引き締まった。緊張が身体を走り抜けた。

「怖いよな、そりゃ怖いよな」

そうつぶやきながら祐仁が申し訳なさそうな顔で茜に近寄る。茜は壊れた機械のように首を横に振っている。声も出せないほど怯《おび》え、縮こまっている。

「分かるよ。僕を怖がるのは当然だから。でもさ、慧斗のことは信じてほしいんだ。こいつは本当に茜ちゃんのことを助けたいと思ってる」

いつになく真剣な口調だった。

茜はわたしを見た。わたしはしゃがんで目の高さを揃え、彼女を見返した。早くしないと大人たちが戻ってくる。焦燥感が暴れ出したが、つとめて平静を装った。

息詰まるような沈黙が続いた。

彼女の震えが収まったところで、わたしは言った。

「逃げよう」

茜は小さくうなずいた。

祐仁に抱えられ、車椅子に座る。二人がかりで姿勢を調整し、玄関に引き返そうとするも、車椅子があちこちに引っ掛かって思うように進めない。ここへ来て詰めの甘さ、段取りの悪さが露呈していた。綻《ほころ》びが徐々に大きくなっていた。

ようやく辿り着いた廊下が、酷《ひど》く長く感じられた。いつの間にか真夜中のように暗くなっている。そんなに時間が経ったのか。さすがに大人たちが帰ってくるのではないか。この瞬間にも。

出し抜けに玄関ドアが開いた。

息を呑んで立ち止まる。狭い廊下に身を隠す場所はなく、ただ腰を落とすことしかできない。

「遅いよ、もう」

ドアの隙間から顔を覗かせたのは、朋美《ともみ》だった。泣いているような怒っているような顔だった。

「早く出ろ、出ろって」

苛立ちを隠さずにドアを開け放つ。

わたしはほんの少しだけ安堵《あんど》しながら、家を飛び出した。祐仁が車椅子を押しながら後に続く。

茜は顔を引き攣《つ》らせていた。青ざめてもいた。完全に気を許したわけではないのが見て取れた。

それでもその表情は、初めて会った時より晴れやかに見えた——

※　※

娯楽小説の真似をして書いてみたが、こうして思い出し、書き綴《つづ》るだけで心臓が縮み上がる。手は汗ばみ、胃袋が持ち上がる。あの頃のわたしは幼く、無謀だった。もっと穏便な手はあったはずだ。誰も傷付けることなく、誰も血を流すことなく茜を助け出す手が。

だが子供のわたしには思い付けなかった。

わたしがしたことは決して偉業などではなかった。称讃を受けるに値しない。むしろ愚行だった。これを読むあなたは、決してその点を勘違いしないでほしい。だが、この経験がいまのわたしを、わたしたちを形成したことは間違いない。

だから余すことなく記そう。事実を。真実を。

わたしがどのような経緯で飯田《いいだ》茜と出会ったかを。如何《いか》にして彼女の置かれている状況を知り、助け出そうとしたかを。

結果、わたしたちがどうなったかを。

一

目覚めとともに歓喜で飛び起きることができるのは、子供の特権だ。朝食を待望していたわけでもない。休日の朝に限ったことでもなく、その日楽しい予定があるからでもない。

眠りから醒めたこと。この現実世界に再び舞い戻ってきたこと。

つまり生きていること。存在していること。

それが心の底から嬉しくて、子供は布団から飛び出すのだ。

ここで子供たちを見ている限りはそうだ。何よりあの頃のわたし自身がそうだった。十一歳になって間もない頃。自分で歩けるようになって三年が経った頃だ。

台所では母さんが朝食を作っていた。

「おはよう、母さん」

「おはよう、慧斗」

母さんは微笑みながら大鍋のスープを掬《すく》った。

テーブルでは父さんが眠そうにパンを齧《かじ》っていた。わたしに気付いて欠伸《あくび》混じりの挨拶をする。

「早いなあ、ちゃんと眠れたのか」

「もちろん。父さんも早いね。出張？」

「ああ。今日は遅くなる。みんなのこと頼むぞ」

「うん」

出張が具体的にどういう業務を指すのか、当時のわたしは知らなかった。漢字で「出張」と書くと教わる以前、シュッチョーという音声でしか認識していなかった六、七歳の頃に比べればましだったけれど。

朝食を済ませ、身支度を整える。引っ越してきた当初は重くて仕方なかった玄関ドアを片手で開ける。行ってきます、と居間に声を掛けると、父さんと母さんが揃って「はーい」と答えた。

「慧斗、先生によろしくな」

「うん」

「慧斗、会長さんにお会いしたら、ちゃんとご挨拶しなさいね」

大人はどうして間際になって指示を出すのか。勉強も生活も計画が大事だと子供に言うくせに。疑問に思いながらもわたしは「分かってるよ」と答え、家を出た。

外は朝の光に満ちていた。マンションの廊下から見下ろす駐車場から、自動車が次々に出て行く。大人たちが働きに出て行くのだ。山の中腹にあるせいか、四月だというのに肌寒い。それでも世界が目覚め、動き始めるのを感じた。道行く人に声を掛ける。

「おはようございます」

「おはよう」

「おはようございます」

「おっ、おはよう」

にこやかに挨拶を返してくれる人がいる。その一方で戸惑いながらもごもご返す人も、無視する人もいる。怪訝な顔で睨《にら》んでくる人もいる。当時のわたしには不思議で仕方なかった。

挨拶をしましょう。

声を掛け合うのは生きることの基本です。

元気に声を掛けるとみんな元気になります。

先生や会長さんは常日頃そう言っているのに、現実は違う。どうしてだろう。本気で疑問に思っていた。今となっては微笑ましいほどだが、あの頃のわたしは世間知らずだった。

教室にはまだ誰も来ていなかった。ガランとして涼しい。待っていると最初に現れたのは久木《くき》田《た》祐仁だった。大きな身体を重そうに揺らして、のっそり教室に入ってくる。髪には寝癖が付いたままだった。

「おはよう、祐仁」

「ああ慧斗、そこか」

目脂《めやに》で塞《ふさ》がった目を僅《わず》かに開いて、彼はわたしを見返した。

「先に行くなって言ったろ。何回約束破るんだよ」

「いいじゃん、そんなの」

「最近ここらに変質者が出たって話、聞いてないのか。父さんも母さんも言ってたよ」

「ここに？」

「そうだよ」

当時はまだそういった人間が、この光明が丘にも出没していた。今なら性犯罪者と呼ばれるであろう彼らのことを、わたしたちは変態、変質者、変なおじさんなどと呼んでいた。漠然と異質だと見做《みな》していたが、そう深刻には捉えていなかったのだ。時に面白おかしく話題にさえしていた。これを読んでいるあなたにも覚えがあるだろう。

子供だけではない。この街だけではない。大人も、社会もそんな調子だった。加害者にとっては実に生きやすかったことだろう。

「こんなに新しい街にもいるんだね」

「どこにだっているさ、あの手の人間はな」

祐仁は苛立たしげに吐き捨てた。少し目が覚めたらしい。つかつかと窓に向かうと、勢いよくカーテンを開け放った。朝日を浴びて大きく伸びをする。

「また朝ご飯食べてないんじゃないの、祐仁」

「朝が苦手なんだ」

「そんなんでお母さんに怒られなかった？」

「はは、馬鹿言うな」

祐仁は笑った。彼が父さんからも母さんからも甘やかされていることに、当時のわたしは納得がいかなかった。不公平だと感じていた。門限があり、就寝時刻も決められ、下山することすら親の許可が要《い》ったわたし。一方で祐仁はどこへ行くのも自由だった。何時に寝ようと、何時に起きようと怒られたりはしなかった。さすがに学校に遅刻することは許されていなかったが。

「とにかくだ」祐仁は日の光を背にして言った。「一人で登下校するな。絶対だぞ」

「せっかく一人で出歩けるようになったのに？」

わたしは意地悪で訊ねた。

小さい時からまともに歩くことも、一人で外出することもできなかった。そのせいで辛い思いもたくさんした。そんな人間が動けるようになったら、それを謳歌するのは当然ではないか。誰かに止める権利があるのか。

質問にはそんな非難を込めていた。

祐仁は「あのなあ」と不機嫌そうに口を開いたが、やがてフウと肩を落として黙り込んだ。気《け》怠《だる》そうに自分の席に着く。どこか悲しそうな彼の横顔を見ていると、今度は悪戯《いたずら》心が芽生えた。

「祐仁、わたしがかわいい？」

「は？」

「わたしがかわいいから心配なんでしょ？」

書いているだけで恥ずかしい。当時のわたしを張り倒したくなる。だが祐仁は怒らなかった。むすっと腕組みをして、わたしから目を逸らした。

「ねえ、教えてよ――」

席を立って彼の手を摑《つか》もうとした時、ドアが開いた。百瀬《ももせ》朋美がふらふらと入ってくる。のっぽで痩身で色白。栗色のおかっぱ頭が朝日を浴びて輝いている。頬や鼻には無数のそばかすが散っていた。

ここへ来た時の祐仁より更に眠そうで、不機嫌なのを通り越して殺気を放ってさえいた。迂闊《うかつ》に話しかけようものなら殴り飛ばされてしまうだろう。うるさくしただけでも駄目かもしれない。わたしは黙って席に着いた。祐仁は学級文庫の小説を読み始めた。

同級生が次々に登校してくる。朋美は机に突っ伏してすやすやと寝息を立てていた。始業の時間になるとともに、野村《のむら》先生が教室にやって来た。挨拶を済ませても一向に起きない朋美に、猫なで声で呼びかける。

「朋美ちゃああん」

作り込んだ声に教室のあちこちからくすくすと笑い声が起こる。朋美はゆっくりと目を開け、上体を起こした。

「うーん、おはよう、母さん」

「母さんじゃありません、先生です」

「……あっ」

教室が笑いに包まれる。朋美が赤面しながら言い訳を繰り返す。すぐには慣れない、みんなも間違えるだろう。野村先生が彼女を落ち着かせ、授業を始める。

ありふれた日常の風景だった。特別でこそないが幸せな時間だった。

わたしたちは知らなかった。

間もなく或る家族が越してくること。そして彼らによって、わたしたちの幸福な日常が脅《おびや》かされることを。

二

終礼が終わり、学校を飛び出すと会長さんと鉢合わせた。

ここで言う「会長さん」とは光明が丘の先代会長のことだ。権藤尚人《ごんどうなおと》。当時は五十歳前後だったろうか。

故人について語る時は誠実でありたい。公平でありたい。死人に口なし、ということわざが示すとおり、死者の言い分を聞くことはできないからだ。故人の声を聞ける、故人と会話できると吹聴する全ての人間はペテン師であり、そうでなければ思い込みが強いだけだ。霊能者であろうと宗教家であろうと、それ以外の何者であろうと。

だからここでは、あくまで権藤尚人のことを「会長さん」と書くことにする。当時、わたしは彼をそう呼んでいたからだ。また、当時のわたしは彼を心から慕っていたし尊敬もしていたが、それもありのまま記す。今のわたしの価値判断は原則として書かない。

注釈を終えたところで、場面を当時に戻そう。

「こんにちは、会長さん」

「元気そうだね、慧斗」

会長さんは目を細めた。

「学校かい？」

「うん。会長さんは？」

「ちょっとな」

「ということは山だね？　分かるもん」

わたしは学校の裏山を指差した。

会長さんはしばしば裏山に行く。何か用事があるらしいが、それまで決して具体的な理由は教えてくれなかった。「ちょっとな」「野暮用でな」とお茶を濁すばかりだった。「ねえ、教えてよ」

「ある草を採りに行ってたんだよ。根っこがよく効く薬になるんだ」

会長さんは意外なほどあっさり口を割った。背負っているリュックのサイドポケットからは軍手が見えていたし、リュック自体も中身が詰まっている風だった。しかし。

「軍手、新品だね。泥も付いてないし、まだ手を通してもいないんじゃない？　まあ、根っこを出せとは言わないけど、スコップを見せてくれたら信じてあげてもいいかな」

わたしは推理を披露した。今思えば稚拙も稚拙だが、その時は嘘に気付いて嬉しかったし、それを〈犯人〉に指摘する喜びで舞い上がっていた。

会長さんはふほほ、とあの独特な笑い声を上げた。

「慧斗は鋭いな」

「やっぱり嘘なんだね？」

「さあ、どうだろう」

会長さんは顎髭《あごひげ》を撫でた。どこまではぐらかす気だ、と問い詰めようとすると、彼は出し抜けに訊いた。

「慧斗はここがどういう街か知ってるか。この光明が丘が、どんな街か」

眼光は鋭く、それまでとは違う真剣な表情になっていた。それだけのことでわたしは緊張を覚え、かしこまっていた。

「え……ニュータウン？」

「ニュータウンとは」

「新しい、街？　新しい住宅街？」

「慧斗が前に住んでいた街も住宅街だし、そう古くないはずだよ。そこはニュータウンか？」

「違う」

わたしは頭を振った。ほとんど外出した記憶はなかったが、窓から見える景色は光明が丘とはまるで違っていた。単なる平地と山間《やまあい》の違いでないことは、幼い頭でも理解できた。

「あっ」そこでわたしは気付く。「自然を壊して作った街？　何もないところを開発した、人工の街ってことじゃない？」

「それは誤解だよ。典型的な誤解だ。大人でもそんな風に勘違いしている人は少なくないね」

「じゃあ、本当は何なの？」

早々にじれったくなってわたしは訊いた。

「古い文化を打ち壊して作った街だ」

会長さんは答えた。

「ここには以前から人がいた。人間の営みがあった。かつては農村だったんだ。段々畑を見たことはあるかな。ああいう畑のところどころに家が点在している、そんな場所だった。開発するにあたって農家のほとんどは立ち退《の》き、田畑は全て買い上げられて潰された。整地され区画整理され、増えた人間を住まわせるためのマンションが立ち並んだ。今みたいにね」

「ふうん」

「この下には」会長さんは歩道の真新しいアスファルトを踏んでみせて、「人々の生活があった。思いがあった。文化もね。それを忘れるといつかしっぺ返しがくる」と言った。

「それと会長さんが裏山に行くことに、何の関係があるの？」

わたしは耐えきれずに訊いた。ふほほ、慧斗はせっかちだなあ、と会長さんは破顔して、語り始めた。

「かつてここにあった村では、ある神様を祀《まつ》っていた。豊作を祈願したり、災害から守ってくださるようお祈りしたり、まあそういう信仰の対象だ。祭りも毎年、大々的に執り行われたし、社《やしろ》や祠《ほこら》なんかもあった。他のどの地域にもない、土着の信仰だね」

「信仰」

「阿蝦摩神《あがましん》という神を祀っていたそうだ。聞いたことないだろう？」

「うん、全然」

「ここにしかなかったからね。過去形だ。今は誰も信仰してはいない。阿蝦摩神《あがましん》は祀られなくなった神様なんだ」

会長さんは裏山を眺めた。

「ここは新しい街だって、さっき慧斗は言ったね。それは言い換えると、共同体として成熟していないってことなんだ。ただ人が大勢住んでいるだけで、繋がっていない。慧斗も分かるだろ？」

「うん」わたしは頷いた。登校中に挨拶をしても答えてくれない大人、睨み付けてくる大人のことを思い出していた。

「何か起こったらひとたまりもない。いくら突き固めたところで山崩れが起こるおそれは充分にある。自然の力は人間の想像を超えてくるからね」

「ねえ、会長さん……」

「だから阿蝦摩神《あがましん》の力を借りるのさ。かつて祀られていた神様の力で、光明が丘をよりよい街にする。そのためにいろいろ調べてるんだ。開発前にここに住んでいた人に話を聞きに行ったり、開発されていない周辺の山々を巡ったりしてね」

それで山に行っていたのか、とわたしはようやく合点した。だが、そこから先の理解には誤りがあった。わたしはまだ幼かった。現実と虚構との区別が曖昧だった。

会長さんは神様を甦らせようとしている。

あの裏山に眠る阿蝦摩神なる神様を。

そんな空想に耽っていた。

「どんな……神様なの？」

「慧斗は熱心だね。嬉しいよ」

会長さんはふほほと笑って、ポケットから一枚の写真を取り出した。今の若い人は知らないかもしれないが、当時の写真は専用の紙に焼き付ける——印刷するものだった。

「祭りを撮ったものだ。大正時代に、ここで実際に行われていた祭りだ」

白黒写真だった。

能舞台を簡素にしたような、柱の目立つ建物。その手前で黒い冠と灰色の仮面を着けた、黒い装束の人物が中腰になってこちらを見つめている。もちろん実際の色は知りようもないが、わたしにはそう見えた。神社でよく見る赤や金といった派手な色ではない。そう勝手に解釈していた。

冠には耳とも角ともつかない、長く扁平な突起が幾つも付いている。

仮面には二つの巨大な目があった。左右の端が窄《すぼ》まった、所謂《いわゆる》「目の形」をしているが、瞳は極端に小さく白目がちだ。目頭や瞼《まぶた》の皺《しわ》まで精巧に造形されている。逆に耳と鼻は省略されているのか全く視認できない。目のすぐ下に口があるように見える。

口はだらりと開いていたが、歯が一本もなかった。下唇の中央から垂れ下がっているように見えるのは舌だろうか。

仮面は顔を完全に覆い隠していた。舌の造形は首を隠していた。手首から先も装束で隠されていた。人を人と認識できる部分が、偶然とはいえ完全に隠蔽されていた。

だから人だと思えなかった。単なる祭りの踊り手だとは考えられなくなっていた。

「あがましん……」

わたしは震える声でつぶやいた。

「神様とは災厄そのものだ。同時に病でもあり、もっというと人間にとっての不利益そのものでもある。普通の言葉は通じない。こちらの事情を汲んでくれたりもしない。人の力ではどうにもできないものの総称を、神と呼ぶんだね。だからみんな総出でご機嫌を取って、人間にとっての利益だけを貰えるようにする。それが祀るということ、信仰するということなんだよ」

会長さんの言葉をわたしはぼんやり聞いていた。写真の仮面から目が離せなくなっていた。

「その信仰が廃《すた》れたということは……分かるね、慧斗」

「うん」

「だから私は調査してるんだ。決して遊びじゃない。慧斗には申し訳ないけれど、他の人を関わらせる気もない」

「うん」

「これからも私はちょくちょく裏山に行くけど、慧斗は入っちゃいけないよ。他のみんなもそうだ。子供も、大人も。祀られていない神に触れることがどれだけ恐ろしいか、慧斗はよく分かるだろう?」

今度は答えられなかった。

言葉にすることすら恐ろしくなっていたからだ。裏山の木々の奥深くから、二つの巨大な目がじっとこちらを見ている。そんな妄想まで膨らんでいた。

わたしの心の内を見透かしたのか、会長さんはまた笑い、写真を仕舞った。ほっとしたのと同時に口惜しくもあった。もっと見ていたかったのにと思っていた。

「その気持ちは大事だよ。畏敬の念というんだ」

「いけいのねん」

「これから帰って宿題だろう? 頑張ってね」

会長さんはそう言うと、手を振ってその場を立ち去った。わたしはしばらくその場に立ち尽くしていたが、ふと我に返って駆け出した。家に帰るまでずっと、裏山から視線を感じていた。

人工的で清浄なニュータウンにも、かつて人々の営みがあった。そして土着の信仰があり、神が祀られていた。当たり前のことではあるが、わたしにはただただ意外だった。だからこそ一層恐ろしかった。

山には入るまいと堅く心に誓った。会長さんの詮索をしていた自分がひどく幼く、愚かに思えた。以来、わたしは光明が丘のあちこちで人でない存在、人の手ではどうにもならない存在を妄想し、畏れるようになった。今に至ってもそれは変わらない。

早朝の空気。裏山の木々のざわめき。

雨が少しでも強まると勢いを増す、側溝の水流。

日が沈み闇が訪れる前の、青紫色に染まったマンション群。

雪の日の静寂。

神は遍在する、と言ったのは誰だったか。

会長さんの評価がどうあれ、彼との遣り取りが現在のわたし、ひいては現在の光明が丘に大きな影響を与えたことは、本書を手にする人にとって自明のことだろう。

三

会長さんから「阿蝦摩神」の話を聞いた翌週の、土曜日のことだ。午前中で授業が終わり、わたしは一人で外を歩いていた。昼日中でも外にいると神様について考え、怖くなってしまうことはあったが、同時にそれが楽しくもあった。わたしは刺激を求めていたのだ。

マンション群を探索するのに飽き、大通りを渡って戸建ての区画に入る。道路沿いの桜はあらかた散ってしまい、若葉色に彩られていた。立ち並ぶ家々を眺めながら角を曲がると、一軒の家の前に引っ越し屋のトラックが停まっていた。屈強な男性たちが次々と、荷台から段ボール箱を下ろして運び込んでいる。

家の表札には「飯田」と書かれていた。

飯田のおじさんとおばさんの家だ、とわたしは嬉しくなった。道で挨拶すると必ず応えてくれる、「いい人たち」の夫婦。当時既に六十代半ばで、お爺ちゃん、お婆ちゃんと呼んでもいい年齢だったが、健康でよく二人で近所を散歩していた。子供はとっくに成人して都会で暮らしていると聞いていたが、同居することになったのだろうか。

スタッフに指示しているらしい。

「飯田のおじさん!」

わたしは走り出した。おじさんはわたしを認めると「おお」と門を出る。

「お引っ越し? 誰か来るの?」

「ああ」

「子供の家族? あっごめん、お子さんの家族?」

「うん、そうだよ」

おじさんはほとんど毛のない頭を撫でながら言った。いつもと同じ仕草だったが、その顔には疲れの色が浮かんでいた。受け答えもいつもより何倍もそっけない。

この慌ただしい中、近所の子供に構う余裕などないだろう。ようやく察したわたしは、「じゃあね」と会話を切り上げ、歩き出した。

大通りに出ると、一台の車が坂を上がってきた。見ていると徐々に減速し、わたしの来た道へと曲がる。見慣れない車種、知らないナンバー。わたしは何気なく車内に目を向けた。

ハンドルを握っているのは中年男性だった。マッチ棒のような体躯。頭は半分ほど禿げている。垂れ目も大きな口も、飯田のおじさんと瓜二つだった。

息子さんだ。飯田邸に戻ってくるのは息子さんの家族なのだ。わたしは目を凝らした。助手席には女性が座っているらしいが、顔は見えなかった。

後部座席には女の子が座っていた。タオルケットを首までかけてシートに身体を預け、曖昧な表情で虚空を見つめていた。細い首、小さな顔に小さな目鼻。同い年くらいだろうか。

であれば、近いうちに転校してくるに違いない。同じ学年だったら最高だ。同級生が増える。友達が増える。

角を曲がって視界から消えるまで、わたしは女の子が乗る車を見つめていた。月曜になったら皆に伝えよう。いや、むしろ黙っていよう。皆が驚く様を眺めよう。あれこれ考え期待に胸を膨らませながら、散歩を再開した。

しかし。

月曜になっても火曜になっても、それどころか一週間経っても、女の子は学校に来なかった。我慢できなくなったわたしは月曜の朝礼で「先生！」と手を挙げた。

野村先生は目を瞬かせてわたしを当て、わたしは立ち上がると同時に訊いた。

「先週、飯田さん家《ち》に小学生が引っ越してきたよね。多分お孫さんだと思うけど、まだ転校してこないの？」

彼女の柔和な笑みが、作り笑いになるのが分かった。

「来ないと思うな」

「どうして？」

「ああいう子はああいう子の進む道があるもの。わたしたちとは違う道が」

「学校は義務教育じゃないの？　義務って絶対やらなきゃいけないことでしょ」

教室のあちこちから、呻《うめ》き声とも溜息とも付かぬ音がした。同級生たちが憐れむような視線でわたしを見る。

「どうしたの？」

「慧斗、その話は後でしよう」

祐仁が身を乗り出し、小声で言った。

「お前は世の中のことを知らなすぎるんだ。後でその辺は教えてやるから」

「だって、学校にはみんな行くでしょ。ここは限らないけどみんな行くじゃん。隣の家の千春《ちはる》ちゃんとか、同じマンションの八階に住んでる智也《ともや》くんとか。あの子もそっちに」

「慧斗ちゃん、お喋りはその辺にしましょうか」

野村先生が作り声で言った。

「先生、じゃあその子、どこの学校に行くんですか」

「飯田さん家には飯田さん家の考えがあるでしょう」

「でも」

「慧斗！」

彼女は出席簿を床に叩き付けた。大きく耳障りな音に、わたしたちは揃って縮こまる。

野村先生の顔は怒りに満ちていた。

「先生ね、はっきり言ってうちに来ない人間なんて全員どうでもいいの。飯田さんとこのお孫さんについても知ってるけど、あそこは特に駄目ね」

「どうして」

「下らない人種だからよ」

彼女は言い切った。先生とは思えない言葉に、胃が締め付けられるような不快感を覚えた。狭い教室が酷く広大に感じられた。

何も言えずに見つめていると、野村先生は不意にニタリと笑った。

「普通じゃない子は先生要らないの。さあ、一時間目は国語ですね。みんな教科書を開いて」

何事もなかったかのように授業を始める。わたしはそっと椅子に座った。同級生が朗読し、先生に当てられ答えるのを、遠くの方で聞いていた。

四

今なら野村先生に反論できただろう。彼女の思考が如何に狭量で、その表現が如何に感情的で稚拙なものか、すべてを冷静に、順序立てて指摘できただろう。

だが、当時のわたしには彼女の反応と発言はあまりにも衝撃的だった。同級生の多くが、彼女に賛同していた風なのも信じられなかった。傷口は想像以上に深く、わたしは帰宅しても大人たちに打ち明けることができなかった。父さんにも母さんにも黙っていた。

あの子のどこが「普通じゃない」のだろう。

仮に普通でなかったとして、どうしてあんなに拒絶されなければならないのだろう。先生という立場の人間に侮蔑されなければならないのだろう。

その日は眠れなかった。しばらく寝付きが悪かった。学校が終わってもまっすぐ家に帰り、物思いに耽る。そんな日が続いた。この辺りの記憶は霧のように曖昧で頼りない。

思い出せるのは少し経った頃の、休み時間の会話だ。

「慧斗ちゃん、慧斗ちゃん」

声を掛けられてわたしは振り向いた。深雪《みゆき》がわたしの机に腰を預けると、「飯田さんとこ、本当にやばいみたいね」と、ピンク色のフレームの眼鏡を押し上げた。

「やばい？」

「ええとね、あの息子さんのお嫁さん、イコール女の子のお母さんだと思うんだけど。なんか小太りのオバサン」

「うん」

「その人がご近所回って、何か勧誘？　してるの」

「勧誘って？」

「シューキョーだよ、シンコーシューキョー」

陸人《りくと》が割って入る。スポーツ刈りの頭を掻《か》きながら、

「俺も見た。パンフレットの束抱えて一軒一軒回ってんの。断られてもドア摑んで、『このままだと地獄に堕ちますよ！』ってキョーハクしてんの」

こええ、と楽しそうに言う。

意味が分からなかった。それでも、宗教への理解が浅いなりに、彼女の〝勧誘〟が異様なのは感じ取れた。

「シンコーシューキョーって何?」

率直に訊ねると、陸人は「それはあれだ」と腕を組んだ。「何かやばいやつ。普通じゃない考え方を教える普通じゃない人らの集まりだよ。地獄とか悪魔とか言ってさ。父さんと母さんが話してるの聞いたから間違いない」

得意げに胸を張る。あまりにも漠然とした説明で、何も言っていないに等しい。だが、わたしが気になったのはその点ではなかった。

「親も知ってるの?」

父さんの顔、母さんの顔を思い浮かべた。先生が知っているくらいだから親が知っていてもおかしくはないが、それなのに自分の前では話題にもしないのが不可解だった。

陸人はわたしの質問には答えず、「シューキョーはやばい」「怪しい」というようなことを繰り返していた。深雪もうんうんと頷いている。わたしが口を挟もうとした時、

「子供はいた?」

眠そうな声がした。

寝ていたはずの朋美だった。机に両肘を突いて、ほとんど開いていない目でわたしたちを睨み付けていた。

「ねえ、子供はいた?」

「俺に訊いてんの？」

「決まっててんじゃん」

朋美の不機嫌そうな口調に気圧《けお》されながら、陸人は答えた。

「いなかった。俺は見てない」

「そう。わたしは見たよ。そのお母さんっぽい人と一緒にいた」

えっ、と皆が驚きの声を上げたが、朋美は何の反応も示さなかった。それどころか再び机に突っ伏そうとする。

「待って朋美、待って」

咄嗟《とっさ》にわたしは彼女の額と机の間に掌を滑り込ませた。

「もう、なに？」

「どんな子だった？」

「いいよ。なんか可哀想だから」

「可哀想ってなに？」

「慧斗は質問ばっかだなあ」

朋美は大欠伸をして、顔を擦《こす》った。目が潤んでキラキラと輝いている。

「車椅子だったよ」

ぶっきらぼうに言った。

「たぶん何かの病気じゃないかな。手も動かしにくそうで、お母さんっぽい人が押してた。あと募金箱みたいなのを首から下げてた」

「そうなの？」

「いや、まあ下げさせられたんだろうな、あれは」

うんうん、と遠い目でうなずく。

いつの間にか皆が集まっていた。

「他には？　他には？」

わたしが訊くと、朋美は少し考えてから答えた。

「叫んでた」

「え？」

「これも叫ばされてたって言った方がいいのかな。『悪魔の手からわたしたち子供を救うため、お力をお貸し下さい！』って。首に下げてた募金箱を差し出してた」

朋美がくたびれた様子で椅子にもたれた。陸人がやべぇやべぇと繰り返している。他の同級生たちも口々に何かを言っていたが、わたしの耳にはもう届かなくなっていた。

車の窓越しに見た、女の子のことを思い出していた。曖昧な表情。不安そうで寂しそうで、でもそのどちらでもない、どこか達観したような顔だった。

五

あの頃のわたしたちが住んでいたのは、今とは比べものにならないほど狭い世界だった。同級生、父さん、母さん、先生、光明が丘に住む好意的な人々。それ以外はすべて外界だった。社会情勢など四角いテレビの中の話に過ぎず、日本がどういう国家で、総理大臣がどんな人間なのか知らなかった。知ろうとも思わなかった。

会長さんの語った土着の神。飯田のおじさんの家に住むようになった、息子一家。わたしにとってはそうした存在の方が、遥かに現実的だった。

近しい人の言葉こそが世界のすべてだったのだ。

誰もが思い当たるだろう。大人になってもその世界から抜け出せない人間も少なくない。いや、圧倒的多数かもしれない。インターネットは世界を広げなかった。昨今台頭しているソーシャル・ネットワーキング・サービスも似たようなものだろう。むしろ同じ偏った思想を持つ人間を容易《たやす》く連帯させ、より狭い世界をより多く作るためのサービスになる。そんな気がしてならない。

光明が丘に突如現れた、怪しい「シンコーシュ－キョー」の母親と、その娘。二人の動向はわたしたちにとって事件であり、注目の的であった。

日が経つにつれて、より多くの噂を耳にするようになった。

勧誘に乗る大人はいなかったらしいが、寄付をした家は何軒かあったという。女の子を気の毒に思ったからだろう。

女の子がいる時もあればいない時もある。いても酷くぐったりして、会話もままならないこともあるそうだ。

母親らしき女性は母親で間違いないらしい。女性自らが少女のことを、訪問先の家々で自分の子供だと説明したからだ。一方、父親の情報はほとんど入ってこなかった。祖父母——飯田のおじさんとおばさんの情報も。

光明が丘の外れに住む宇都宮《うつのみや》さんが、ある日の夕方、母子を家に招き入れた。そしてかなり遅くなるまで話を聞いた。陸人が学校にくるなりそう告げ、わたしたちは色めきたった。親たちが話しているのを盗み聞きしたという。彼の地道で大変な努力に尊敬の念を覚えつつ、わたしは不信感を募らせていた。

父さんも母さんも、飯田家のことは気にしているらしい。それなのにわたしたちの前では何食わぬ顔で、今までと変わらない生活をしている。無関心を装っている。わたしたちに触れさせないようにしている。

「どんな話をされたって？」とわたしは訊く。陸人は皆の中心で得意気に話し始める。

「シリメツレツだったってよ。魂だの悪魔だの、地獄だの浄土だの浄化だの。オーラを当てることで霊性を進化させるだの」

「やばそう」と深雪。

「最後の方は頭痛くなったってさ。晩飯も一緒に食おうみたいな勢いだったのを、頼むから帰ってくれって追い返したらしい」

「最初から入れなきゃよかったのに」とわたし。

「それはまあ、しょうがないさ」

祐仁が渋面をつくって言った。

「宇都宮さん、旦那さん亡くしてからずっと一人暮らしだからさ。しかもあんまり近所付き合いないし、寂しかったんじゃないかな」

「わたし顔見たことない。そもそもおばあちゃんなの？」と深雪。

「そう。俺なんか前シッシッてされたぞ」と同級生の誰かが言う。わたしは何度か挨拶をしたことがあったが、いずれも「はいよ」と、ぶっきらぼうながらも楽しげな返事が返ってきた。見た目も振る舞いも、人嫌いな風には見えなかった。時機にもよるのだろう。

「子供は？」

「アカネって名前らしい。ほら、クサカンムリに西みたいな字の。前に同じ名前のやついたじゃん」

茜。あの子の名前は茜というのか。ということはフルネームは飯田茜か。

「あー、茜か、いたな」と誰かが言った。

「あいつすぐ引っ越したじゃん。半年いなかったんじゃないか？」

「うん。なんか親が勝手に決めたらしいぜ。ここは気持ち悪い、普通じゃないって」

「本人は楽しそうだったけどな」

「ニュータウンが合わない人、いるっていうもんね。大人とか特に」わたしは口を挟んだ。「で、その飯田家の茜ちゃんはどうだったの」

陸人が答えた。

「自分からは一言も喋んなかったんだと。宇都宮さんの質問にも答えなかった。でも母親が『その身体は悪魔の仕業よね？』って訊いたらそこだけ元気に『はいっ』みたいな感じだったらしい」

うえぇ、と皆が揃って厭《いや》そうな顔をした。わたしもしていただろう。陸人の説明は大雑把なものだったが、それでも飯田茜とその母親の異様さは窺い知れた。彼女らが信仰している〝シンコーシューキョー〟がおかしなものであることも。

先生が来たので話はそこで終わったが、授業の間も給食時間も、わたしはずっと茜のことばかり考えていた。

学校が終わり走って家に帰ると、玄関には父さんのものでも母さんのものでもない、男物の靴があった。

リビングから「ふほほ」と笑い声がした。

「会長さん！」

走って廊下を突っ切ると、「おお、慧斗」と会長さんが椅子から立ち上がった。わたしを抱き止め、くるくると回す。

父さんと母さんがテーブルの向かいに座って、「危ない危ない」と笑いながら言った。テーブルの上にはファイルやプリントが積まれていた。何やら難しいことが書かれているらしく、一瞥《いちべつ》しただけでは全く意味が摑めない。

「お仕事？」

「祭りを復活させようと思ってね」

会長さんは答えた。ぱらりと何枚かのプリントをめくってみせる。

白黒写真がいくつも印刷されていた。草の生えた広場に粗末な着物を着た人々が輪になっている。中央には祭壇のようなものが設けられ、その傍《かたわ》らには黒い人物が立っている。〝阿蝦摩神〟だった。以前、会長さんに見せてもらったものと同じ冠、装束、そして仮面。他の写真と比べてみると、どうやら踊っているらしい。集まっている人々はぎこちないステップを踏んでいるように見えるが、これも踊りだろう。

「これを……再現するってこと？」

静かな興奮を覚えながら、わたしは訊ねた。

「忠実に再現するのは難しいけどね。資料も少ないし、体験した人の記憶も曖昧だ」

「それらしくするだけじゃダメなんですかねって、わたしなんかは思っちゃいますけど」

母さんは苦笑しながら言った。

「らしくするために調べてるんだ。宗教や民俗に詳しくなくても、人は敏感に察知するよ。目の前で行われている祭りが心のこもった儀礼か、ただ集まって飲み食いするための方便か」

「マンションの夏祭り、つまらないですもんね」

「そうさ。あれではしらけてしまって祭りの意味がない」

会長さんが熱く語るのを、わたしは見つめていた。前に教わったお陰で何を言っているのかが理解できる。大人の話が聞き取れる。それが刺激的で嬉しかった。

彼らの会話が途切れたところで、わたしは飯田家について訊いた。

「本当は気にしてるんでしょ？　なんでわたしたちには知らないフリするの？」

「そういうわけじゃないさ。ただ慧斗には難しいかなと思って」

父さんが答えた。母さんが何度もうなずく。

「可哀想じゃない？　茜ちゃん、お母さんの勧誘に使われてるみたいだし」

「まあ、そうだね」

「だったら助けてあげようよ」

二人は顔を見合わせた。ややあって、母さんが口を開いた。

「慧斗、宗教はね、信じる人だけを救うものよ」

「え？」

「信じていない人には変だったり不幸だったり、悪いことのように見えるものなの。でも信じている人には違う。あの子が助けを必要としているかどうかなんて、わたしたちには分からないわ」

「そんなことないよ、だって……」

「慧斗。それは普通の押し付け、幸福の押し売りだよ」

父さんが優しく諭した。

「お前がそう考えてるのは、学校でみんなに聞いたからだろ？　その噂がどこまで本当か、考えたことあるかい？　嘘でなくても誇張や、話す人の勝手な思い込みが混じるんじゃないかな？　話の中で、その茜ちゃんって子が不幸だ、可哀想だってイメージがどんどん膨らんで、それが真実ってことになってしまってるんじゃないかな」

わたしは反論できなかった。今ほど明瞭に認識してはいなかったものの、自分たちの噂話の信憑性がはなはだ低いものであることを、何となく察していた。

かといって納得はできなかった。

「不満かい、慧斗」

会長さんが髭を撫でながら言った。わたしは躊躇《ためら》いながらも頷く。

「会長さんは……？」

「父さん母さんの言っていることは正論だね」

この人も同じか、と落胆しそうになった時、

「だが一般論に過ぎない、と反論もできる。その茜ちゃんという一人の女の子が不幸なのか幸福なのか、この二人もちゃんと把握していないはずだよ」

母さんが言葉に詰まった。父さんが決まり悪そうに頭を掻く。わたしは呆気《あっけ》に取られていた。親も全てを知っているわけではない。そんな当たり前のことに初めて気付かされた瞬間だった。同時に、親は知らないのに語り、騙《かた》り、子供を誘導しようとするのだと知った瞬間でもあった。

「もちろん私も把握してないよ。よく知らないからね。だからこの二人と何も変わらない」

会長さんの言葉はわたしに更なる驚きを与えた。己の不明を素直に明かし、少しも取り繕うところがない。その誠実さに胸を打たれた。それまで以上に尊敬の念を抱いた。彼に気に入られたい、いいところを見せたいと思った。

三人は祭りの話を再開していたが、わたしは次の手について考えていた。

ドアが開く音とともに「よっ、ただいまさん」と祐仁の冗談めかした声がして、わたしは玄関に駆け出した。

六

その週の日曜の、午後のことだった。

飯田邸の前でわたしは緊張していた。ドアホンを鳴らそうとして、その度に思い止まる。

「やろうか?」

祐仁が苦笑いで言った。

「いい、計画したのはわたしだから」

「押せ押せ、押すだけだよ」と朋美が半目で言う。

「よし」

何度目かの決意をして指を伸ばしたが、ボタンのすぐ手前で止まった。同級生も友達もいない家を訪問するのは、その時が初めてだった。人通りはないが誰がどう見ても不審者だろう。だから急がないと、でも押せない。微笑ましい躊躇《ちゅうちょ》をわたしは繰り返していた。

「ああもう」

我慢も限界に達したのか、朋美が脇から指を伸ばしたその時、古びた玄関ドアが開いた。現れたのは車を運転していた中年男性だった。怒られる、とわたしは身を竦《すく》めたが、彼はわたしたちをぼんやりと眺めながら後ろ手にドアを閉めた。

「どちらさま?」

「はじめまして。近くに住む者です。あのマンションに」

祐仁がマンションが立ち並ぶ辺りを指差した。

「ええと、今回はですね」

「茜さんはいますか?」

わたしは祐仁を遮って訊ねた。

「会ってお話ししてみたいなって思って、それで来ました」

「という用件です。あはは」

と祐仁がまとめ、朋美が無言で男性を睨み付ける。

男性は老人のように緩慢な動作で、門まで歩いてきた。そのまま外へ出て、

「たぶん部屋にいると思うよ。どうぞ」

開け放した門を手で示す。

わたしは戸惑った。招き入れられたことになるのか、判断が付かなかった。朋美も、祐仁も同じ気持ちだったのだろう。二人とも固まっていた。

黙っていると、男性は「じゃあね」と大通りの方へと歩き出した。

「待って、おじさん」

わたしは声を掛けていた。

「〝たぶん〟って何ですか」

「何ですかって言われてもね」

男性は鼻を擦ると、

「そうだな、朝から見てない。車がないからひょっとしたらカミさん……茜の母親と出かけたかもしれないけど、部屋にいるだけかもしれない。だから〝たぶん〟」

「あの、すみません、気にならないんですか」

「別に」

祐仁の問いに、男性は肩を竦めた。顔の筋肉は弛緩《しかん》していて、目も虚ろだった。服もよれよれで、シャツの胸元には食べこぼしらしき茶色い染みが付いている。

ニコリと祐仁が笑顔を作った。

「学校……通ってないって話ですけど」

「そうなの？　まあ、それはカミさんがそう決めたってことだろうね」

「お父さん、ですよね。それについては」

「特に。全部カミさんに任せてるから」

スラックスのポケットをまさぐり、煙草を引っ張り出す。その場で火を点《つ》け、吸い始める。サンダル履きの素足に灰が落ちたが、まるで気にする様子はなかった。

「もう、いいかな」

「お出かけですか。どちらに？」

「さあ、とりあえずパチンコか、図書館か……」

「どうでもいいんですか？」

たまりかねてわたしは問いかけた。男性はわたしを見下ろし、煙草をアスファルトに落とした。好意を持たれてはいないと分かって足が竦んだが、わたしは正面から見返した。

ふっ、と男性が弱々しい笑みを浮かべた。感情を持つことに疲れた、考えることに草臥《くたび》れた。そんな笑みだった。

「いいんだよ。これが一番平和だからね」

どうぞ、と再び門を示して、彼は歩き去った。背中が見えなくなってから、わたしたち三人は顔を見合わせた。

「こう来るとは思わなかったなあ」

祐仁が困惑した顔で頬を掻く。

「どうすんの」

朋美が欠伸しながら訊く。

考える前にわたしはドアホンのボタンを押した。「お」と二人が声を揃える。

ややあって「はあい」と飯田のおじさんの声がした。名前を告げると「ちょっと待ってね」と通話が切れ、しばらくしてドアが開く。見慣れたおじさんの顔に、見たことのない表情が浮かんでいた。警戒と困惑と羞恥がない交ぜになっている、と今なら説明するだろう。或いは瀕死の鼠のような、と喩《たと》えるかもしれない。

「どうかしたの?」

「あのう、茜さんとお話しできたらいいなって思いまして」と祐仁。

「慧斗がどうしてもって」

朋美が面倒臭そうに言って、わたしは何度も頷く。

「そうかあ」

おじさんはしばらく考え込んだが、やがて曖昧な笑みを浮かべて言った。

「茜が病気なのは知ってる?」

「車椅子」

「そう。あんまり動けないんだ。話すのはできるけどね。だから大人しい遊びくらいしかできないよ。いいかい」

「いい」

「お願いできないでしょうか」

と、祐仁が頭を下げた。わたしも慌ててお辞儀する。

「うん、まあ、いいよ」

おじさんは躊躇いを含んだ口調で言った。

七

靴箱の上に写真が飾られていた。赤と金の派手なフレームの中で、白いマオカラーの服を着た、オールバックの肥満の中年男性が微笑んでいる。頬は赤く、目は少年のように輝き、歯は真っ白だった。字が書いてあるが読めない。

「親戚の人？」

「そんなところだね」

おじさんはそう言って、玄関を上がってすぐのところにある階段を指した。身体で廊下を遮っているのが分かった。

「いらっしゃい」

廊下からおばさんの声がしたが、それっきりだった。わたしたち三人はおじさんに案内されるまま階段を上った。

茜の部屋は二階の一番奥にあった。僅かに開いているドアを、おじさんが「茜、開けるよ」と声をかけながらゆっくり開け放つ。

六畳の洋室だった。ベッドに少女が寝そべっていた。

車で見た時と同じく、タオルケットを首まで掛けて全身を隠していた。大きな枕には派手な色のバスタオルが巻かれていた。

「近所の子がね、遊びたいって来てくれたんだよ」

おじさんの声がはるか彼方から聞こえた。

その時のわたしはもう茜を見ていなかった。茜のベッドの手前、壁際に置かれた物体に目を奪われていた。刺々《とげとげ》しい蠟燭《ろうそく》立てを左右に従えている。蠟燭は溶けてなくなっている。

奇怪な緑色の塑像だった。

高さはおよそ五十センチほど。キャビネットの中央、赤いフェルトの上に立っていた。

無数の蛇が絡み合って、人の形を作っている。あるいは人の形をした何かから触手が生えている。そんな風に見えた。

どこが関節かも分からない、曲がりくねった手足。腰も胸もない胴。首はなく、肩に直接、丸い頭部が載っていた。

顔には無数の穴が穿《うが》たれていた。目も鼻も口も、耳もなかった。

全体を見ても、部分を見ても稚拙だった。左右は非対称で直立していない。いくつかの箇所には指紋が刻印されていたが、意匠でないことは子供の目でも分かった。色むらも酷く、味わいや美しさなど皆無に近かった。

それでもわたしは塑像を恐れていた。塑像の放つ禍々しい空気に当てられ、寒気すら覚えていた。祐仁に肩を叩かれ我に返るまで、自分がどこにいたかすら忘れてしまうほどだった。

四方の壁のあちこちに、緑色の御札のようなものが貼られていた。字が書いてあるが全く読めない。

祐仁が「こんにちは」と明るい声で言った。

「はじめまして、久木田祐仁と言います、この子は――」

「慧斗です」

それまで感じていた寒気を振り払うように、わたしは名乗った。朋美はぶっきらぼうに「百瀬朋美」とつぶやく。

茜はわたしたちを見た。見開かれた目がすぐに潤む。首や肩に力が入っているのが分かった。明らかに警戒している。

「お名前は？」

わたしは訊ねた。本人から直接聞いてみたかった。

いつまで待っても彼女は答えなかった。ただわたしたちを見つめるばかりだった。

難しい顔をしていた飯田のおじさんが、口を開いた。

「答えても地獄に堕ちたりしないよ。お爺ちゃんも黙ってる。お母さんに告げ口したりしない。遊びたいって来てくれたんだ。自己紹介するといい」

祐仁が片眉を上げておじさんを見た。朋美の眉間の皺が更に深くなる。わたしは不思議で仕方がなかった。地獄に堕ちるとはどういうことだ。告げ口とは。子供だましの冗談かとも思ったが、どうも違うらしい。

「茜」

再びおじさんが促したが、彼女は何も言わなかった。細い指でタオルケットを持ち上げ、口元を隠す。話したくない、という意思表示なのは考えるまでもなかった。

わたしたちは部屋を後にした。「ごめんね」と祐仁が詫びたが、わたしは何が悪いのか、何を詫びているのか理解できなかった。

「申し訳ないね」

壁に手を突き、ゆっくり階段を下りながらおじさんが言った。

「いつもああなんだ。母親——息子の嫁だね——のいる前で、母親の許可がないと口を開かない」

「学校にも、その……」と祐仁。

「ああ、それも母親の意向だ。私らは通わせた方がいいって言ったんだけど、聞く耳持っちゃくれなかった」

長い溜息を吐く。

「……まあ、仮に通わせても、楽しく学んだり、友達が作れたかは分からないけどね。なにせあの病気だ。十一歳にしては小さいだろ。縮んでるんだ」

わたしと同い年だ。

祐仁が悲しそうな顔をしていた。

「普通の子と同じようには生きられない。仲間はずれにされることもあるだろう。いじめも……」

「そんなことない」

わたしは言った。思ったより大きな声が出て、おじさんが階段の中ほどで足を止める。振り返った顔は光の加減か、それまでより痩せ衰えて見えた。

「うちの学校ではそんなのない。やってる人がいたら、わたしが止める」

「へえ、そうかい」

「あー、慧斗は実績あるんで」朋美が言った。「深雪が転校してきた時は陸人がちょっかいかけてて、それを止めたのが慧斗。他にもいたな」

「そうなのかい？」

祐仁が照れ臭そうに答えた。

「ええ、正義感が強くて。頑固なところもありますけど、まあ立派だと思います」

わたしは恥ずかしくなって「いいよ、そういうのは」と彼の腕を叩いた。おじさんはわたしたちを見上げていたが、やがて小さく笑って言った。

「まあ、どの学校にもあなたみたいな子がいたら、また違ってただろうね」

わたしたちにではなく、独り言のような口調と視線だった。言っている意味も摑めなかった。問い質《ただ》そうとすると、外が慌ただしくなった。

「おっと」

おじさんがゆっくりと、だが確実に歩調を早め、再び階段を下り始めた。わたしは慌ててそれに続く。おじさんとわたしが一階に着いたのとほとんど同時に、玄関ドアが開いた。まだほんの少し寒い外気が廊下に流れ込む。

「あらっ」

両手に荷物を抱えた小太りの中年女性が、わたしたちを見るなり言った。取れかけのパーマ、化粧っ気のない丸い顔。季節外れのセーターは毛玉だらけで、ジーンズはすり切れている。

茜の母親だ。娘を連れ回して布教や募金集めに勤しんでいる、〝シンコーシュープキョー〟の母親だ。わたしは身構えた。

呆けた顔に悲しみとも怒りともつかない表情が、徐々に浮かんだ。いずれにしても気分を害している。よくないことが起こる。

「お義父《とう》さん、二階に余所《よそ》の人を上げたんですか！」

彼女はこの世の終わりが来たかのような悲嘆の声を上げた。土間に荷物を投げ置こうとして固まり、そっと廊下に着地させる。視線はわたしたち〝余所の人〟から離さない。裂けそうなほど見開かれた目は血走っていた。

「すまないね」

おじさんは特に反省している風でもなく言った。あしらい方を心得ている、或いは感情的になることを止《や》めた。そのどちらにも受け取れた。玄関で会った父親の態度とも共通するものが感じられた。

「下りなさいっ。早くっ」

母親が言った。祐仁が慌てて残りの数段を駆け下り、朋美がその後に続く。よほど驚いたのか、彼女は珍しく目を開けていた。歩調もいつもより早かった。そんな朋美の様子を見て、わたしの心にようやく恐怖の感情が湧《わ》き起こった。

異様な人が目の前にいる。何をされるか分からない。追い出されるくらいで済めばいいが――と、そこまで考えたところで、

「来なさい！」

母親は大きく手を振ると、わたしたちを押し退《の》けて廊下を歩き出した。途中の開け放たれたドアをくぐる。居間か、あるいは和室か。わたしのいた位置からは見えなかった。飯田のおばさん

が「おかえりなさい」と遠慮がちに言うのが聞こえた。

「まあ大丈夫さ。普通に答えて、余計なことを喋らなければね」

飯田のおじさんが先に立って歩き出した。

ドアをくぐった先にあったのは広々とした部屋だった。キッチン、ダイニング、居間が繋がっていて、窓の外には同じくらい広い庭があった。だがわたしは少しも羨ましいとは思えなかったし、ましてや立派だとも豪奢だとも感じなかった。

家具らしい家具がどこにもなかった。テレビも、ソファも、テーブルも、カーペットも。オーディオ類も棚も、カーテンも。巨大な食器棚だけが部屋の一角に鎮座していたが、中には食器が全く入っていなかった。裸電球がいくつか、天井からぶら下がっていた。

これで済んでいれば、ただガランとしているな、といった印象を持つに留まっただろう。だが、その部屋には家具の代わりに異様なものが詰め込まれていた。

一抱えほどもある緑色のごつごつした物体が、窓を塞ぐように三つ並んでいた。その全てに茶色く萎《しお》れた胡蝶蘭が生けてあった。胡蝶蘭のおかげで物体が壺か瓶だろうと辛うじて判別できたが、庭に出る動線を完全に断っているせいで異様さが際立って見えた。

壁には茜の部屋で見たのと同じ御札らしきものと、靴箱に飾られていたのと同じ「親戚の人」の写真が、所狭しと貼り付けられていた。彼の一際大きな全身写真が奥の壁に飾られていた。背景は合成と思しき白雪の山岳。額縁には炎のような彫刻があしらわれ、金色に塗られていた。

その隣には金と赤の祭壇が設けられ、中にはあの塑像が立っていた。茜の部屋で見たものより一回り大きく、左右の均衡はより大きく崩れていた。

辺りには生ゴミの匂いが、うっすら漂っていた。

床には段ボール箱や紙くず、瓶や缶が散乱し、足の踏み場はほとんど無かった。母親もおじさんも、辛うじて見える床板を飛び石のように渡っていく。わたしたちは彼女らに倣《なら》って居間の中を進んだ。

大きな段ボール箱が椅子のように並べてあるところまで行くと、母親はその上に腰を下ろした。おじさんは部屋の隅にいたおばさんの下へ歩み寄り、小さな座布団に座り込む。おばさんはめっきり老け込んでいた。白髪も伸び放題で乱れていた。

「そこに座って」

母親の指した「そこ」にはくしゃくしゃになったレジャーシートがあった。祐仁がシートの皺を伸ばし、わたしたち三人は並んで正座した。

「名前と住所、連絡先を言いなさい、あなたから順番に」

彼女は祐仁を指差した。

「代表して僕だけじゃ駄目ですか」

祐仁は愛想笑いで答える。わたしは驚くのと同時に安堵していた。正直なところ、シートに座り、彼女に見下ろされた時点でわたしは萎縮していた。泣きそうな気持ちになっていた。

「いいんじゃないかな。久木田くんとは前から知り合いだけど、信用できる男だよ」

おずおずとおじさんが言った。「余計なことを言うな」と目が訴えていたが、それでも助け船を出してくれたらしい。おばさんも頷いて口を動かしているが、掠れた呻き声を漏らすだけで何も言わなかった。祐仁が申し訳なさそうに頭を掻いていた。

母親が大きな目で二人を見返した。おじさんおばさんが弱々しい笑みを浮かべて肩を寄せ合う。

「まあ、いいわ。久木田さんでしたっけ」

「はい」

「言いなさい」

祐仁はかしこまって、姓名と住所と連絡先を答えた。わたしたちとの関係も、用件も。

母親は膨らんだバッグから小さなノートを取り出し、いそいそと祐仁の言葉をメモし始めた。時折手を止め、わたしたちを見つめる。わたしは目が合わないように注意しながら、彼女の様子を窺っていた。

「……で、帰ろうとしたところでお母さんと鉢合わせた、というわけです」

祐仁が話し終わっても、母親はメモを取り続けていた。しゃりしゃりとシャープペンシルの芯がノートを擦る音が、広い部屋に響く。わたしも祐仁も朋美も、飯田のおじさんおばさんも息を殺していた。

母親がノートから顔を上げた。

「茜に会いに来た……遊びに来た、と言いましたね。あなた。真ん中の子に付いてきて」

「ええ」

「じゃあ言い出しっぺは、あなた?」

シャープペンシルの先端をわたしに向ける。「いえ、それは言葉の綾で、僕が」

「言い出しっぺは、あなた?」

母親は祐仁を無視して再びわたしを指した。殊更《ことさら》な無表情でわたしを見据えていた。祐仁が

「あちゃあ」と言わんばかりの顔で縮こまる。

わたしは震え上がった。月並みな誇張表現だが、心臓が口から出そうなほど鼓動が激しくなっていた。視界の隅でおじさんが遠い目をしている。心を遠くに放っている。この状況から自分を切り離している。助けてくれはしないのだ。朋美が膝の上で拳を握りしめていた。

わたしは思い切って答えた。

「……そうです」

「誰に命じられたの？」

「え？」

「だから誰の入れ知恵なの？　ミハラの連中か、光の霊《れい》の天城《あまぎ》か。それとも——古杣《ふるそま》の語り部？」

何を言っているのか全く分からなかった。単語の一つ一つが理解できず、わたしが誰かに唆《そその》かされたと推測する理由も判然としない。

「じ、自分で来ました。わたしが行きたいって祐仁に言ったんです」

「ああ、なるほど。スズミヤ会と大地の民は繋がっているのか。だと思った。こんなところにまで追っ手を差し向けて」

意味を摑める単語も幾つかあったが、やはり話の趣旨は理解の埒外《らちがい》だった。会話になっていなかった。同じ日本語を話しているのに、全く遣り取りが出来ていない。そしてわたしたちは今、彼女の家にいる。飯田のおじさんの持ち家ではあったが、目の前の女性が支配していることは容易に想像が付いた。

「で、茜は陥落できた？」

「かんらく……」

「無理よね。だって鍵を掛けてるもの。ミコト様が直接掛けてくださった鍵だもの。邪教徒にどうこうできる代物じゃない。わざわざお越し下さったのにお気の毒様。子供まで使ってね。本当はこんなことしたくないでしょう、あなた」

三度わたしを指す。

「いえ、だから自分の意志で」

「それが違うの。あなたはね、脳髄まで悪魔にコントロールされてるの。ブレインウォッシュっていうのよ。TVCMで流れる歌があるでしょ。それからゲーム。任天堂は悪魔と取引してるってミコト様が言ってたわ。茜は何か喋った？」

「えっ……いえ、何も」

「そうよね。募金は？」

今度は質問の意味が理解できなかった。横目でおじさんたちを窺う。おじさんはわずかに腰を浮かせて言った。

「真希子《まきこ》さん。この人たちは遊びに来ただけで、募金しに来たわけじゃないよ」

「お義父さん、それで茜が助かりますか」

「いや、それでもね」

「茜を救う方法が他にあるんですか」

おじさんは黙った。おばさんは俯《うつむ》き、固く目を閉じていた。

祐仁がジーンズのポケットをまさぐって言った。

「これも僕が代表で」

母親は——真希子は大きな目でじっと祐仁を見つめていたが、やがてパタンとノートを閉じて「まあいいでしょう」と言った。

祐仁は財布からお金を出して、両手でそっと母親に差し出した。真希子はじろじろとお金を眺め、やがて「そこの募金箱へ」と祭壇を指差した。

祭壇の傍らには小さな紙製の箱が置かれていた。上部に細い穴が開いている。祐仁は募金箱にお金を入れた。「お祈りとかはした方がいいですか」と訊いたが、真希子は何も答えなかった。

立ち尽くしている祐仁に声をかけようとすると、

「何をしているの？　どうぞお帰りください」

真希子が当たり前のように言った。

解放されると思った瞬間、全身から力が抜けた。立ち上がろうにも足腰に力が入らなかった。朋美に腕を摑まれ、わたしは引き摺られるように居間を出た。背後で「気を付けてね」とおじさんの寂しそうな声がした。

履いてきた靴に足を入れると違和感が広がった。中を改めて見たが何かが入っていたわけでもなく、濡れたりもしていない。この家に一時間ほど置いただけで靴が変容してしまった——そう身体が感じてしまうほど飯田邸は異質で恐ろしかった。床にも壁にも靴箱にも、なるべく触れないようにして靴を履いた。

玄関を出る時、おじゃましました、失礼しました、それじゃ——と口々に言ったが、誰からも返事は返って来なかった。

庭石を踏み門をくぐり抜ける。途端に全身に纏《まと》わり付いていた重苦しい感覚が無くなる。風が涼しい。日の光が心地よい。だが信じられないほど疲れている。わずかな時間でわたしは擦り減っていた。朦朧《もうろう》としていた。二度とここには来たくない。そう思いながらも茜のことを考えていると、ピコピコと場違いな音が上の方から聞こえた。

わたしは二階を見上げた。玄関のすぐ上は茜の部屋だった。

窓が開いていた。

来るときは閉ざされ、カーテンの下ろされていた窓が。

カーテンがそよ風に揺られていた。

茜が小さなピコピコハンマーを手にして、わたしたちを見下ろしていた。えっ、と祐仁が声を上げる。

訴えるような眼差しをわたしたちに向け、彼女はハンマーを持つ手とは逆の手を動かした。桃色の平たい物がひらりと宙を舞う。

紙片だ。二つ折りにした紙だ。

気流の加減だろう。紙飛行機のように風に乗り、わたしの足元にふわりと着地する。

見上げた茜の顔に、祈るような表情が浮かんだ。光の加減かもしれないが、わたしには確かにそう見えた。

「茜！」

金切り声が上から聞こえた。茜の顔が曇る。わたしは咄嗟に紙片を拾い上げ、身体で隠した。

「まさか悪魔の手先どもと喋ったの⁉」

声が近付いてくる。

「喋ってない！」

茜が叫んだ。小さく弱々しく、悲痛な叫び声だった。

彼女が振り向こうとした瞬間、茶色い影が彼女の頭上を走った。

布団叩きだ。そう思った瞬間には、布団叩きが彼女の頭を打ち据えた。

鈍い音がして、茜の顔が歪んだ。そのまま窓枠に突っ伏す。わたしは小さな悲鳴を漏らしていた。

「駄目！」

母親が――真希子が二階の窓に現れた。再び布団叩きを振り上げ、今度は娘の背中に振り下ろす。パンッ、と弾けるような音が周囲に響いた。茜が大きく仰《の》け反《ぞ》って呻く。

わたしは叫んでいた。

「うるさい！」

真希子は唾を飛ばしながらわたしたちを睨み付けると、呻いている茜の髪を摑んで部屋の奥へ引っ張り、次いで勢いよく窓を閉めた。

静寂が訪れた。

徐々に周囲の音が耳に届く。木々のざわめきや鳥の鳴き声に紛れて、パンパンという軽い音と、切れ切れの泣き声がかすかに聞こえた。その出所が分かった瞬間、わたしの目から涙が溢れた。

胸が締め付けられるような感覚に襲われた。

「や……止めさせないと」

「待て、慧斗」

祐仁がわたしの手を摑む。

「どうして！」

「関わったらまたあの子が叩かれるんだよ」

「だろうね」

朋美が同意して、憎々しげに舌打ちした。わたしの足腰からみるみる力が抜けていく。

「そんな……」

そんな理不尽な話があるものか。

反論したくてもできなかった。祐仁の言うとおりになることは容易に予想できた。理性より先に感覚で理解していた。

あの母親ならそうするに違いない。

茜は何もしていないのに、既に理不尽な目に遭っている。わたしたちが下手に刺激すれば、もっと理不尽な目に遭うだろう。

「今止めてどうにかなる話じゃない。余計に酷くなる。ここは退散しよう」

祐仁は苦しげに顔をしかめ、わたしの手を引いた。悔しさに涙が止まらず、二階を見上げて歯《は》軋《ぎし》りをしながら、わたしは飯田邸を後にした。

連れて行かれたのは近所の小さな公園だった。光明が丘には当時、大小合わせて八つの公園があったが、その中で一番小さく人気《ひとけ》のない公園だった。

ベンチに座らされたわたしは呼吸が落ち着くのを待った。光明が丘に移り住んで以来、泣いたのは初めてだったように思う。それ以前に悲しい経験をした記憶は全くなかった。

祐仁は立ったまま空を見ていた。朋美は一抱えほどもあるコンクリート製のハトらしき鳥の遊具に身体を預け、目を閉じていた。

茜のことを考えていた。

あの家に閉じ込められている、同い年の少女のことが頭から離れなくなっていた。

母親に叩かれ、連れ回され、父親にも祖父母にも助けてもらえないでいる、可哀想な子。酷い目に遭っているのに助けることができなかった。逃げ出してしまった。呻き声と苦悶の表情が脳裏に焼き付いている。

「警察に相談してみるよ、慧斗」

「うん」

「ちゃんと伝えれば何とかしてくれると思う」

祐仁は言ったが、確信が持てていないのは口調で丸分かりだった。また新たな涙が溢れ、また胸が苦しくなって、わたしは嗚咽《おえつ》を漏らした。

泣き止んだのは一時間ほど経った頃だろうか。朋美から貰ったポケットティッシュを使い尽くし、丸めた大きなティッシュの玉を持て余していたその時、

「手紙は？」

祐仁に訊かれて思い出し、慌ててポケットから引っ張り出す。

「ＳＯＳかもね」

朋美の言葉にわたしは頷く。きっとそうだ。あのタイミング、あの表情。間違いない。

子供用の便箋だった。ピンクと白の二色刷りで、端にウサギのイラストがプリントされている。震える字が、便箋の天地を逆にして書かれていた。

もうにどとこないで
つぎにきたらわたし
ぜったいにね
ころされます
ほんとうです
さよなら　さよなら　ともだちはむり

「迷惑だったんだね……」

思っていることを言葉にした途端、またしても涙が出た。独りよがりの好意と善意が、彼女を余計に傷付けたのだ。罪悪感と後悔で胸が張り裂けそうだった。

祐仁も朋美も何も答えなかった。

暗くなって祐仁に促されるまで、わたしは公園で泣き続けた。

八

飯田邸を訪問してからしばらくの間、わたしは何も考えられなくなった。茜のことは勿論、光明が丘のことも、それ以外のことも全て。

夜は眠れず、朝は起きられず、食事も味がしない。学校に行っても上の空で、先生に何度も怒られたけれど、彼女の憤怒の表情も、金切り声も、とても遠くに感じられた。

茜に拒絶された。

わたしは茜を傷付けた。

その衝撃があまりにも大きすぎて、わたしの心の灯《ともしび》は吹き消されてしまった。世界から否定されているような気がした。

大袈裟《おおげさ》にも程がある反応だった。一人の人間に突っぱねられたところで、何がどうなるわけでもない。だが、それは今だから言えることだ。あの頃のわたしは驕《おご》っていた。

闇夜の国から這《は》い出したばかりの、当時のわたしは解放感に浸り、万能感に酔っていた。だから茜を助けようとした。偶々《たまたま》目に留まった、不幸そうな人間に手を差し伸べた。自分では善意だと思っていたが、実際のところは傲慢だっただけだ。

救われたから救える。助かったから助けられる。

わたしは無根拠で純粋な自信に満ち溢れていた。だからこそ茜に拒絶された時の苦痛は耐え難いものだった。再び暗闇に突き落とされた、そんな風にも感じた。

消沈していた頃の記憶は今も曖昧だ。だからこの辺りを詳述することは難しい。わたしにできるのは、思い出せることを率直に、順序立てて書くことだけだ。

「慧斗」

彼方から声がした。目を閉じている自分に気付く。

わたしは声のした方に耳を澄ました。

「慧斗、慧斗」

祐仁の声だ、と気付いて目を開いた。

クリーム色の襞《ひだ》のようなものが視界を覆い尽くしている。これは布団だ、日の光が透けているのだ、ということは今は昼か、それとも朝か。ぼんやりした意識の片隅で考える。

わたしは布団に包《くる》まっていた。

「起きてる？」

布団越しに二の腕を突《つ》かれる。微かな痛みが意識をまた少し明瞭にする。わたしはゆっくりと布団を剥《は》いだ。薄い布団が酷く重く感じられた。

祐仁がマットレスの角に胡座《あぐら》をかいて、心配そうにわたしを見ていた。

「今日も学校、休むのか」

「きょう、も？」

訊き返すと、彼は悲しそうな顔をして、

「お前な、もう三日休んでるんだよ。父さんも母さんも心配してるぞ」

信じられなかったが、驚きの感情はほんの束の間、心の端の方で瞬いただけだった。

「……別にいいよ」

わたしは答えた。

「こうなってるの、わたし一人だけじゃないもん。勇気《ゆうき》も鈴子《すずこ》もそうだし、上のクラスも、下のクラスにだって」

「ああー」祐仁は頭を掻きながら、「それとはまた事情が違うだろ。お前の場合は単にショック受けてるだけじゃないか」

当時のわたしたちは未熟だった。

「〝単に〟?」

「ああ、ごめん。軽く見てるわけじゃないんだ。けど、くよくよしないでほしいってこと」

祐仁は以前より痩せて小さく見えた。わたしのせいで彼まで弱り、衰えている。そんな風に思えた。微かに胸が痛んだが、これもほんの一瞬のことだった。

「……どうしたらいいの」

わたしは訊いた。

祐仁はしばらく手元を見つめていたが、やがて顔を上げて言った。

「とりあえず、健康に生きることかな。あの子が不幸だからって、自分まで不幸になることなんかない」

「でも」

「慧斗はせっかく良くなったんだ。幸せになったんだよ。それをこんな形で手放さないでほしい」

恩着せがましい言い方だけどさ、と頭を掻く。祐仁の気持ちを思うとまた胸が痛んだ。つい先刻より強く長い痛みだった。

わたしは立ち上がった。それだけで目眩《めまい》を起こし、転びそうになる。祐仁が慌ててわたしを抱き止める。

「学校には無理して行かなくていい。父さんにも母さんにも説明した」

祐仁は囁き声で言った。

「朋美も、他のみんなも、慧斗が来るのを楽しみにしてる。けど急がなくていい」

「うん」

「どうする？　朝ご飯？」

「うん」

わたしは答えた。祐仁に支えられながら部屋を出た。廊下を歩くのが久々に思えた。


父さんも母さんも特に怒ったりはせず、ごく普通にわたしに接した。母さんは茜について根掘り葉掘り訊ね、わたしはその殆《ほとん》どをハイとイイエで答える。飯田邸から戻ってすぐ、二人とも祐仁からあらかた説明を受けたそうだが、わたしに訊かなければ気が済まないという。

「ずっと生返事で心配だったの。あの日は帰りも遅かったたし」

「そう……だったね」

胸の痛みを感じながら、わたしは朝食を口に入れ、飲み込んだ。味はしなかったが心は確実に戻りつつあった。

祐仁を見送って、わたしは部屋に戻った。隅に座り、ナップサックの中を漁《あさ》る。

茜から受け取った便箋が、指に引っ掛かった。姿勢を正し、便箋を開き、もう一度読んでみる。

もうにどとこないで
つぎにきたらわたし

ぜったいにね
ころされます
ほんとうです
さよなら　さよなら　ともだちはむり

わたしの心を抉《えぐ》り、鼻っ柱を叩き折った言葉が並んでいた。逆さまのウサギのイラストが、こちらに空疎《くうそ》な笑みを向けている。ウサギからはフキダシが出ていて、「PYON PYON HANEMASU」と全く意味のないことを喋っている。

茜の字は稚拙で震えていた。ひらがなばかりなのは、まともに学校に通わせて貰っていないせいだろう。公園で初めて目にした時はショックを受けながらもそう理解した。

またあの時のように涙が出るのだろうか。そこまではないにせよ、苦しくなるだろうか。わたしは覚悟して手紙を読み返した。彼女との出会いを、一方通行の会話を思い出した。母親との嚙み合わない遣り取りも、二階の窓に見えた茜の顔も。

改めて手紙に目を向ける。

湧き上がったのは悲しみでも苦しみでもなく、違和感だった。

おかしい。

なぜ便箋の天地を逆にして書いてあるのか。仮に急いでいたせいだとして、であればなぜ別れの挨拶を二度も繰り返すのか。よく読めば「にどとこないで」と「ともだちはむり」もちぐはぐな気がする。だが、何より変だと感じるのは三行目の末尾、「ね」だ。ここだけ妙に砕けている。

やはりおかしい。

こんな時に考えることは大人も子供もそう変わらない。わたしは茜からの手紙を暗号だと仮定し、解き明かすことにしたのだった。

今で言う「縦読み」をしてみたが、行頭や行末の字だけを読んでも文章は浮かび上がらない。斜めに読んでも同じだった。「たぬきの暗号」でも同じだった。そもそも極端に多用されている文字が存在しない。

やはり考えすぎか。暗号だの何だのはこちらの都合のいい思い込みで、本当にただ「来るな」と言いたいだけなのか。あの表情、あの視線。

ウサギの台詞が目に留まった。ローマ字だ。わたしは鉛筆を筆箱から取り出し、ノートに書き綴ってみた。

MOUNIDOTOKONAIDE
TSUGINIKITARAWATASHI
ZETTAININE
KOROSAREMASU
HONTOUDESU
SAYONARA
SAYONARA
TOMODACHIHAMURI

これも縦横に読んでみるが、何も見えてこない。Oが少し多いがどれだけ考えても理由は分からない。

斜めはどうだろう。桂馬のように飛ばして読んでみては。駄目だ。では行頭と行末を順に一字ずつ抜き出してみてはどうか。一行目の頭、二行目の末尾、三行目の頭と、ジグザグに――

MIZUHASI

「みずはし」。

心臓が鳴った。

人名だろうか。地名だろうか。あるいは駅名。それこそ橋の名前かもしれない。

呼吸が荒くなっていた。この線だ、と直感が告げていた。だがこれだけでは何のことか分からない。きっとまだ全部ではないのだ。では一行目の末尾、二行目の頭――

ETEKUSAT

これはまるで意味をなさない。

落胆した瞬間、逆さまのウサギと目が合った。

逆さま。逆。つまり。

TASUKETE

自分の頬を抓《つね》った。何度か叩いてもみた。痛い、ひりひりする。夢ではない。そこまで確かめたところで、頭に茜の顔が浮かんだ。二階の窓。母親に暴力を受け、苦悶の表情を浮かべる茜を。

わたしは勢いよく立ち上がった。立ち眩《くら》みで転びそうになったが、構ってはいられなかった。

九

父さんは仕事で家におらず、わたしは取り敢えず母さんに相談した。飯田茜の手紙は暗号だった、これこれこういう規則でアルファベットを抜き出して読めば、助けを求めているのが分かる、規則を導き出すヒントもある、これが証拠だ――

床に正座した母さんは便箋をまじまじと見つめていたが、やがて口を開いた。

「偶然でしょ、そんなの」

「そんな。だってこんなにはっきり『たすけて』って言葉が出てくるんだよ」

「じゃあ『みずはし』って何?」

わたしは答えられなかった。そら見たことか、と言わんばかりの表情を浮かべて、母さんは優しく説明した。

「いい、慧斗。当たり前のことだけど暗号はね、浮かび上がる言葉が通じないと意味が無いの。

もし本当に暗号なら、初対面の慧斗たちにもぜんぶ理解できる言葉を選ぶはずよ。でも」

これじゃあね、と苦笑する。

わたしは反論を試みた。「たすけて」はヒントに則《のっと》っているから暗号だろう。でも「みずはし」は偶然かもしれない。だから無視していいと考えられる――

母さんは笑顔で耳を傾けていた。もう真面目に聞く気が無いのは明白だった。徒労感と苛立ちを覚えながら、わたしは最後まで説明した。話し終わった頃には呼吸が乱れていた。

母さんはわたしの頭をそっと撫でて、

「慧斗は優しいのね。でも、優しさで目が曇ることもあるの。今がまさにそう」

と言った。

やはりか、と胸に落胆が広がった。覚悟はしていたはずなのに、悔しさが込み上げる。

「……そんなことない」

わたしは言った。湧き起こった怒りが頭を回転させていた。

「茜ちゃんは殴られたんだよ。お母さんに怒鳴られて、布団叩きで」

母さんは笑顔のまま、眉間に皺を寄せた。

「この目で見た。痛がってた。前に幸福の押し売りはいけないとか言ってたけど、そういう次元の話じゃない」

便箋を母さんに突きつける。

「それ、わたしじゃなくて父さんが言ってたんじゃなかったっけ」

彼女は露骨にはぐらかしたが、わたしが真っ直ぐ見つめるのに耐えきれなくなったのか、やがて「ごめんね」と詫びた。

「じゃあ慧斗はちゃんと見たのね」

「そう言ってる」

「ごめんごめん。じゃあその子が殴られたのは事実なのね。うん、そこは認めましょう」

「うん」

やっと一歩進んだ。ほっとしたのも束の間、

「でも、その時だけかもしれないよ。たまたま一回だけ、叩いたところを目撃したってこと」

母さんは小首を傾げて言った。

「だからっていつも虐《いじ》められてるってことにはならないし、その手紙が暗号だって証拠にもならないの。慧斗は賢いから、母さんの言ってる意味は分かるわよね？」

分かる、と言おうとしてわたしは黙った。理屈としては正しいが認めては駄目だ。うなずいてもいけない。母さんは——この人はきっとわざと誤解する。「慧斗は納得した、だからこの話は終わりだ」の合図だとすり替えて、どこかへ行ってしまうのだ。

「分からない」

わたしは答えた。食い下がったつもりだった。だが、母さんは「そう。じゃあもう少し考えみて」と立ち上がり、居間を出ていった。

彼女の背中をわたしは呆然と見送っていた。洗濯籠を抱えて戻ってきた彼女に「悪いけどお昼は自分で食べてね、母さん今日は会合があるから」と声を掛けられたが、返事をすることもできなかった。

学校に行きたくはあった。まず祐仁に、その次に朋美に相談したかった。だが思った以上に足腰が弱っていて、外に出るのは躊躇《ためら》われた。昔を思い出したせいもあるだろう。光明が丘に来るよりさらに前、暗闇にいた頃を。

大事を取って休むことを母さんに伝えると、彼女は「そうね、その方がいい」と安堵の表情で言った。新しい服に着替えていた。

「無理しなくていいの。前に何人もいたでしょ、ここで暮らしてるうちに元気がなくなって、目に光が無くなって……慧斗もそうなるんじゃないかって」

当時の母さんは若く、気弱だった。周囲のご機嫌をうかがい、向けられる視線に一喜一憂していた。暗号を否定したのも、わたしの健康を心配したのも、要するに波風を立てたくなかったのだ。光明が丘という小規模で新しい共同体の、さらに小さな集団の中でさえも。

この人に話しても無駄だ、とわたしはその時ようやく理解した。口先だけで詫びる。

「大丈夫。心配かけてごめん」

「いいの。じゃあ、行ってくるね」

母さんは満足げに微笑すると、会合に行ってしまった。

誰もいなくなった家でわたしは次の手を考えた。

夕方になって父さんと母さんが一緒に帰ってきた。皆で夕食を取り、語らう。わたしは父さんが一人になったのを見計らって声をかけた。彼がベランダで煙草を吸っている時だった。

当時の父さんは喫煙者だった。今で言うチェーンスモーカーだったのだろう。ベランダの片隅に置かれた空き瓶は、先端が少し燃えただけの長い吸い殻で一杯だった。わたしが説明する数分間で、父さんは実に三本もの煙草を揉み消し、空き瓶に突っ込んだ。

「なるほどね」

新たな煙草に火を点けると、父さんは夕日を眺めた。ベランダは山側を向いていて、太陽は山の端に半分ほど隠れていた。

「母さんは何て言ってた？」

「暗号は偶然で、暴力だってたまたまその一回だけかもしれない、だから気にするなって——」

「まあ、父さんも正直そう思うな」

彼は勢いよく煙を吐いた。

顔に浮かんでいたのは朝の母さんと同じ笑みだった。

「じゃあ、どうすればいいの」

「慧斗は慧斗で幸せに生きればいい。アフリカの飢えた子供が可哀想だからって、慧斗まで飢える必要はない」

「そんなの屁理屈だよ。茜ちゃんはアフリカの子じゃない。すぐそこに住んでる」

「参ったな」

父さんは煙草をくゆらせて、

「じゃあ、慧斗はどうしたいんだい。助けるって、具体的にどうすること？」

「そりゃあ、まずあの家から出す」

「うん。それで？」

「あのお母さんから引き離す」

「それで?」

「ここにかくまう」

「それで?」

わたしが必死で答えを探していると、父さんは待ってましたとばかりに捲《まく》し立てた。

「ご飯は誰が作る? 学校は? 通わせるとして手続きは赤の他人じゃ無理だ。身体が悪いみたいだけど、どうやって世話する? お医者さんに診《み》せるにしたって、それだってお金が――」

「会長さんならやってくれるよ」

わたしは断言した。

そうだ。会長さんなら間違いなく治してくれる。何しろ彼は医師だ。お医者さんだ。事実わたしは彼に治してもらったのだ。

父さんはわたしを見下ろしていたが、やがて静かに言った。

「そのお金は誰が払うんだい?」

「えっ……」

「自分のことを思い出してごらん。慧斗だって無料で治してもらったわけじゃないよ。しかるべき額の治療代を会長さんに支払ったんだ。誰が工面したのかは分かるね」

わたしは無言でうなずく。

「会長さんは善意の人だけど、善意で何もかもやってくれるわけじゃないんだ。それに、人を助けるのはとても難しい。囚われの城からお姫様を連れ出して、メデタシメデタシで終わるのは御《お》伽噺《とぎばなし》だけさ」

「…………」

「現実はそこからが大変なんだ」

「大変だから止めるんだね」

わたしは考える前に言った。

もっともらしい理屈を捏《こ》ねているけれど、父さんも母さんも、要は厄介だから茜を助けたくないのだ。面倒臭い、関わり合いになりたくない、それだけのことだ。

足元が崩れるような感覚に陥った。ガラガラと音さえ聞こえたような気がした。清浄で平和で明るい、光明が丘での暮らしが一瞬で忌まわしく、薄っぺらなものに変わった。

一皮剝《む》けばこの程度だったのだ。

「そうは言ってないけどね」

父さんが苦しい言い訳をしたが、わたしはもう反論する気になれなかった。適当な挨拶をしてすごすごと部屋に戻り、そのまま自分のマットレスに寝そべる。力が抜けて誰とも話す気になれなかった。

祐仁に相談したのは翌日のことだった。

十

「そりゃあ……何とかしないとだな」

休み時間だった。廊下でこっそり打ち明けたところ、祐仁はあっさりわたしに同意した。手にした茜からの手紙を真剣に見つめている。

「それ、本気で言ってる？」

わたしは思わず訊ねた。父さん母さんに躱《かわ》されたのだ、祐仁もきっと同じだろう。そう決め付けていたせいで、彼の反応は嬉しい以前に意外だった。有り得ないとさえ思っていた。

「祐仁は分かるよね？　助けた後が大変なんだよ」

父さんからの受け売りで説明すると、祐仁は「ああ、分かるとも」とうなずいた。

「実はさ。あの後警察に、匿名で電話してみたんだよ。飯田さん家で子供が虐待されてるんじゃないですかってね。毎日のように子供の叫び声がする。道で子供を見かけたら、殴られたような痕《あと》が身体に付いてるって」

「嘘吐いたってこと？」

「そこは勘弁してくれよ、慧斗」

わたしが怒りを鎮めるのを見計らって、彼は悲しげに首を振った。

「特に動きがないところを見ると、相手にされなかったんだろうね。よしんば飯田さん家に行ったとしても、追い返されたか、誤魔化されたか」

「そんな。じゃあ交番に直接……」

「駄目だった。予想はしてたけど、僕たちみたいなのは端から相手にしてくれない」

彼は大きな身体を縮めて、落胆と悔しさと諦めを同時に滲《にじ》ませる。わたしが交番に行っても同じことだろう。いつ挨拶をしても不審者でも見るような目で睨み付けてくる、四角く黒い顔の警察官を思い浮かべていた。

祐仁が密かに動いてくれていたことは嬉しかったが、素直に喜べなかった。せめて感謝の言葉をかけておけばよかった、と今は思うが、その時はそこまで気が回らなかった。

顔を見合わせて溜息を吐くと、トイレから朋美が出てきた。

「どいて。通れない」

「待って朋美、あのね」

わたしと祐仁が暗号と、父さん母さんの反応について説明する間、彼女は眠そうな顔で聞いていた。

「ふん、親たちは動いてくれないってことか」

「朋美から頼んだら、ひょっとして——」

「ないない。そんなの慧斗だって分かるでしょ。誰が言ったって同じだよ」

「先生は」

「余計に無駄」

困ったな、と朋美は腕を組んだ。そのまま黙って何事か考えている。

休み時間がもうすぐ終わるのが何となく察せられた。早く戻らないと先生に怒られるが、ここで切り上げたくない。焦っていると、朋美が口を開いた。

「わたしが今気になるのは暗号の前半かな」

「みずはし?」

「うん。これにも何か意味があると思う。まあ、単なる勘だけどさ」

「僕も引っ掛かってはいるけど……」

祐仁が肩を竦める。

ドアを開けて先生が「大事なお話の途中でごめんなさいね」と猫なで声で皮肉を言った。わたしたちは大急ぎで教室に戻った。

他の同級生たちに相談するのは止めておいた。祐仁にも朋美にも口止めした。

当時のクラスは十八人。今と比べてずっと少ないが、それでも全員を束ねられるほどではない。わたしはもちろん祐仁でも難しい。きっと誰かが先生に漏らすだろう。そうなってしまえば大問題だ。当然、親にも連絡が行くだろう。そして厳しく罰せられるだろう。

わたしはそう考えた。

その当時、教師が生徒に暴力を振るうのは日常茶飯事だった。わたしたちの学校も例外ではなかった。むしろ親や親以外の大人も、体罰や指導という名の暴力を推奨している風だった。教師に殴られて重傷を負った生徒も、精神的な問題を抱えてしまった生徒も、過去にはいた。そのせいで光明が丘を離れる家族もいた。このことは事実として明記しておきたい。

いい機会だから改めて書いておこう。

わたしたちはこれまで何度も、大きな過ちを犯してきた。それを忘れてはならない。今現在が平和だから、上手く回っているからといって、過去を美化してはいけない。最初から何一つ失敗しなかったかのように語ったり、都合良く捏造《ねつぞう》した歴史を後世に伝えるのは愚かだ。

わたしがこの本を残すのは、その愚行に手を染める、近しい人々へ警告するためでもある。

話を戻そう。

会長さんに会いたかった。

同級生にも、親にも、先生にも相談できない。彼ら彼女ら以外に耳を傾けてくれそうな人間は、会長さんしか思い付かなかった。

だが、ちょうどその頃、彼は多忙であちこちに出かけていた。たまに光明が丘に戻ってきても、祭りのことで町内を駆け回るか、あの裏山に籠もるかしていた。

学校で囁かれる茜の噂は、日に日に詳細になっていた。最近は母親に連れられ三丁目を回っているらしい。

母親が歩きながらずっとブツブツと何かを唱えているのを聞いた人がいる。

茜が頬を腫らしているのを見た。目が真っ赤だった。

道端で母親がビンタしているのを見た。目が合うと怒鳴られた。

飯田邸に知らない人が十人近く、ぞろぞろ入っていった。

知らない人が茜たちと一緒に歩いているのを見た、きっとシンコーシューキョーのシンジャたちだ――

陸人も深雪も、他の面々も、怖がりながら楽しそうに話していた。平和な日々が脅かされてはいるが、決定的に日常を壊されたりはしない。皆の態度にはそんな余裕が滲み出ていた。口では茜を気の毒がっていたが、他人事なのは見え見えだった。

また飯田邸に行きたい、具体的には何も考えていないが兎に角行ってみよう――そんなことまで考えるようになった、ある日のことだった。

学校から家に帰る途中、マンションの玄関前の小さな広場に差し掛かった時だ。立ち話をしていた中年女性二人が、同時にこちらを向いた。一人は丸々とした体形の福井《ふくい》さんで、もう一人は棒のように痩せている細田《ほそだ》さんだった。

「こんにちは」とわたしは挨拶をした。二人とも同じマンションに住んでいて、それ以前から何度か言葉を交わしたことがあった。どちらにも子供がいるが、わたしたちとは違う学校に通っていた。

「あら、こんにちは」

細田さんが笑顔で言った。

「学校？」

「はい」

「お父さんは今日は一緒じゃないの？」

「はい。用事があるみたいです」

「そう。ほら、いつも仲良しだから」

ふふふと淑《しと》やかに笑う。福井さんがおずおずと、

「慧斗ちゃん……だったよね。ちょっと訊きたいんだけど」

「はい」

「あのね、飯田さんとこのお孫さん、知ってる？」

「……はい」

わたしは小声で答えた。福井さんも小声だった。

「あの子と、お母さん？　のやってる宗教って……慧斗ちゃん。何か知ってる？」

言いにくそうに、遠回しに訊ねる。

「いいえ」

わたしは頭を振った。奇怪な塑像が思い出されたが、福井さんが知りたいのは宗教の名前や教義のことだ。クラスメイトも「怪しいシンコーシューキョー」ということ以外は何も把握していないようだった。彼らの無知と無関心を思い出して苛立ち、すぐに五十歩百歩だと気付く。

「福井さんも知らないんですか」

「そんなに詳しくはねえ」

「コスモフィールド、って名前の団体らしいよ」

細田さんが言った。マンガかアニメに出てきそうな名前にわたしは首を傾げた。飯田邸の禍々しい雰囲気とはそぐわない。母親の言動とも。

教えてくれた細田さんも不思議そうにしていた。

「主人……お父さんが調べたんだけどね、宗教じゃないみたいなのよ。会社」

「会社、ですか」

わたしはいよいよ混乱した。「宗教法人ではなく株式会社である」という意味だと今は分かるが、幼いわたしには理解できなかった。何の話をしているのか。細田さんは何故それを奇妙なことのように語って聞かせるのか。子供にとってはどちらも謎だった。

「そうなの？」と福井さん。「じゃあ知らなくても無理ないか。ごめんなさいね」と、納得した様子でわたしを見る。彼女たちにとっても、茜とその母親は気になる存在らしい。

わたしは質問し返した。

「女の子のこと、何か知ってますか」

「可哀想な子よねえ、寄付の道具にされて」

「ねえ」

二人は揃って悲しい表情を作ってみせた。上辺だけで助けるつもりはない、干渉もしない。そんな意志が透けて見えた。父さん母さんとは微妙に違うが、核は同じだ。

あまり期待はしていなかったが、この二人も力にはなってくれそうにない。落胆が表に出ないようにしていると、「あ、でもね」と福井さんが口を開いた。

「お母さんも可哀想なの」

「みたいねえ。うちの息子経由で聞いたけど」

「うちは友達から。二丁目の川野《かわの》さんってほら、前に一度お茶した」

「ああ。分かる分かる」

「で、お母さんもね、娘さんがあんなだし、学校でいじめとかにも遭って、それで困って色々回り回って、コスモフィールドに行き着いたんだって」

「御利益があったってこと？　娘さん、あれでよくなったの？」

「じゃないの？　そうでなきゃ旦那もその実家もああはならないでしょ」

「そっか。それで入信して自分のお金も旦那の稼ぎも注ぎ込んじゃって」

「おまけに世田谷のマイホームも売り払ったらしいの」

「うわあ」

「うわあ」

二人揃って渋面になる。福井さんは飯田邸のある方を眺めながら、

「で、今は旦那の実家の貯金も年金も、ご祈禱《きとう》代だか何だかのために使ってるって話よ」

「突っぱねられないんだ」

「そう。ほかに治す方法があるんですかって泣かれたら、誰も止められないわ」

「じゃあ今までも渡り歩いて」

「そう。これ噂なんだけど色々回り回って……」

話が戻ったが気にしている様子はなかった。いずれにしてもわたしは聞いていなかった。驚いていた所為《せい》だ。

あの母親があゝなったのは、娘の病気のせいらしい。茜を治そうとした結果、今のようになってしまったらしい。最初からおかしかったわけではない。むしろ理解できる切実な動機だった。

噂話を真に受けてはいけない。そう理性を働かせながらも、心を揺り動かされていた。

「じゃあ、次はうちのマンションってこと?」

「かもしれない。順番で言ったらそろそろ――」

不意に細田さんが口を噤《つぐ》んで、わたしは我に返った。二人は不自然な表情で、ばらばらの方向を向いていた。

じりじり、と車輪が地面を擦る音が近付いてきて、わたしは振り向いた。

茜だった。派手なタオルケットを羽織って車椅子に座り、俯いている。

押しているのは母親だった。

晴れた日の光の下にいるせいか、厚塗りの化粧がまるでピエロのように見えた。子供の目でも丁寧さを欠いているのが分かる。パーマも取れ掛かっている。ブラウスもスカートも黒いが、どちらも皺くちゃであちこちに染みが付いている。

異様だ。壊れかかっている。

だが、感じたのは不安や恐怖だけではなかった。胸に湧いたもう一つの感情は、悲しみだった。訳の分からないことを言い、飯田家を支配し、娘に暴力を振るう非道な人間なのに、忌避するだけ、嫌悪するだけではいられなくなっていた。

「こんにちは」

母親が言って、口だけで笑った。

「どうも」「どうもぉ」

福井さんも細田さんも目を合わさず、曖昧な笑みを浮かべて答えた。弾かれるように歩き出し、そそくさとマンションの正面玄関をくぐって見えなくなる。

取り残されたわたしはその場に立ち竦んだ。

母親は少し離れたところで車椅子を止めた。瞬きしない目でわたしを見据える。

「……こんにちは」

わたしは言ったが、彼女は答えなかった。

茜がちらりとわたしを見て、すぐ目を逸らす。

二人に訊きたいことは無数にあったが、言葉が出なかった。

通りかかった学生服の男子グループが、楽しげにこちらを見ていた。くすくすと笑う。怪しい、やばい、宗教戦争勃発、と囁き声で囃《はや》し立てる。母親が睨み付けると、彼らはヒイイと半笑いで叫びながら立ち去った。

「茜」

母親は動じた様子もなく呼びかけた。茜が手にした募金箱をゆっくり掲げ、

「お、お願い」

「もっと大きな声で」

「ご支援をお願いします!」

茜は声を振り絞った。

募金箱がカタカタと鳴っている。小銭が擦れ合う音も漏れ聞こえる。彼女は募金箱で顔を隠すようにして、わたしと目が合わないようにしていた。

「……ごめんなさい、今お金、持ってないです」

わたしは正直に言った。

「でも、茜ちゃんと友達になっていいですか、代わりって訳じゃなくて、単純に仲良くなりたいんです」

「ははは」

母親は乾いた笑い声を上げた。

「馬鹿言わないでちょうだい。そんなので功徳《くどく》を積むことができると思ってるの? 悪しき波動で茜が余計に悪くなるわ」

「そんなこと」

「口を慎みなさいな、邪教徒さん」

罵倒にたじろぎながらも、わたしは頼んだ。

「茜ちゃんとお話しさせてください」

「黙りなさい」

「話させてください」

「駄目に決まってるでしょう」

「あ、茜ちゃん、あのね」

「話しかけるな！」

彼女は右手を振り上げた。茜が車椅子の上で身体を縮める。

悔しさに地団駄を踏みそうになりながら、わたしは黙った。鼻の奥が痺《しび》れ、涙腺に痛みが走る。

わたしは必死に涙を堪《こら》えた。母親は悠然とハンドルを握り締めると、

「退《の》いて頂戴」

再び歩き始めた。

わたしはふらふらと道を譲る。茜と目を合わせようとしたが、彼女は募金箱で顔を隠したままだった。

二人はマンションの中に消えた。エレベーターを通り過ぎ、角を曲がって消える。一階の端から順に声を掛けるのだろう。

わたしはしばらくその場を動けなかった。

夜が更けても眠れなかった。

目を閉じれば茜と母親の顔が浮かぶ。声が聞こえる。

何度目かのトイレに行くと、リビングから話し声が聞こえた。廊下の突き当たりのドア一枚を隔てた向こうで、男女の声がする。

父さんと母さんが起きているのだ。

いつもは早く寝るのに珍しいことだと思いながら、わたしは廊下に突っ立ち、ぼんやりと二人の声を聞いていた。何を言っているかまでは分からないが、二人とも時折悩ましげに唸《うな》っている。

ケイト、と母さんが言った。

聞き違いかと思った瞬間、今度は父さんがケイトと口にする。次いでユージン、トモミ。

わたしは忍び足で廊下を歩いた。板張りの床が不意に冷たく感じられる。

ドアガラス越しに見られないよう、壁に凭《もた》れながら耳を澄ます。

「――さんはまたトンボ返り？」

「うん。揉《も》めてるみたいだね。祭りの方も上手く行っていない」

「反対されてるものね」

「そりゃそうさ。簡単には受け入れてもらえないよ。まあ、すんなり通っても実現まで時間がかかると思うよ。伝統の根っこの部分も再現しようとしてるから」

「根っこって何？」

「伝統的な農村では、祭事を実際に執り行うのは若者だった。打ち合わせだったり準備だったりが、そのまま若い世代の交流の場だったんだ」

「それ、出会いも入ってるでしょ」

「そのとおり」

ふふふ、と二人は笑い合う。

「光明が丘全体を一つの共同体としてまとめ上げる、そんな下準備が要る。だから若者のコミュニティも作ろう――会長さんはどうもそう考えてるらしいんだ」

「無理でしょ」

「無理だよ。順番が逆になってる」

「とりあえずは試しに一回やってみて、そこから少しずつでもいいんじゃない？」

「副会長さんたちはそう言ってるんだけど、どうも会長さんは聞く耳持っちゃいないらしい。どうしたのかなあ」

「焦ることないのにね」

「そうだよ。取り立てて軋轢《あつれき》があるわけでもないし」

「今はコスモフィールドの方が問題でしょ？」

「そのとおり」

わたしは息を潜め、全神経を耳に集中させた。僅かな呼吸音すら二人に聞こえるのではないかと心配になり、鼓動が早まる。

「……慧斗はその後どう？　僕には元気に見えるけど」

「元気よ。大人しくしてくれてるし」

「まさか乗り込むとは思わなかったなあ。祐仁くんも止めてくれたらいいのに」

「仕方ないでしょ、ここじゃ同級生なんだし。それに慧斗のこと大好きだから、頼まれたら断れない。言いなりよ」

小さな怒りが胸に灯る。

「まあでも、監督役は僕らだから、祐仁くんに任せるわけにはいかないよ」

「それもそうね」

「暗号のこと、何か言ってた？」

「慧斗が？　ううん。納得はしてないみたいだけど、もう関心はないみたい」

「調べたりもしてない？」

「うん」

ぎい、と椅子の鳴る音がして、わたしは反射的に後じさった。てっきり二人のうちどちらかが立ち上がったのかと思ったが、足音はしない。椅子に凭れただけか、と胸を撫で下ろしながら、わたしは再び聞き耳を立てた。

「まさか暗号だとはな」

「単純だけど、あれだけのヒントで導き出せるなんて大したものよね」

「慧斗は賢い。侮っちゃいけないよ」

「そうね」

喜んでいる場合ではない、とわたしは気を引き締める。

「賢いと言えば茜ちゃんもよ。いろいろアンテナ張ってるってことでしょ」

「うん」

「洗脳されてはいないってことよね」

「逃げ出すチャンスをうかがってるってことでもある。でなきゃ『みずはし』なんて知ってるはずがない」

心臓が弾け飛びそうなほど大きく鳴り、わたしは思わず両手で胸を押さえた。壁に背中を押し付け、しっかりと床を踏みしめる。そうしないと力が抜けて倒れてしまいそうだった。

「手広くやってらっしゃるのね、『みずはし』さん」

「引く手数多《あまた》ってことじゃないか。やり口は乱暴だし、信者の幸せなんか一ミリも考えちゃいないだろうけどな」

父さんは嫌悪感を隠さずに言った。

「そんなこと、家族にとってはどうでもいいのよ。とりあえず教団から引き離せば何とかなると思ってるから」

「依頼する家族の方だって、結局は自分の幸せしか考えてないんだ。ずっとまともに愛情を注いで来なかった癖に、入信して離れたら今度は取り戻したい。身勝手もいいところさ」

「木内《きうち》さんとこのご家族と、あと園田《そのだ》さん?」

「きみの知ってる範囲だとそうかな」

ううむ、と二人揃って唸る。

わたしは震えながら続きを待つ。

「……最近は来てる?」

母さんが訊ねた。

「本人は来てないが、助手らしい人は見たことあるな。ほら牧《まき》商店の近くで」

近所にある小さな商店だった。今で言うコンビニに近いが、それよりもっと大らかな雰囲気で、子供の溜まり場になるような店。

「キツネみたいな顔した、ものすごく髪の長い女の人だったよ」

「『みずはし』さん、関係あるの？」

「だと思うよ、だってさ」

二人の声が聞こえなくなる。じれったさを覚えながらわたしは待つ。

ふふ、と笑い声がした。

「でもそれ、ホントにキツネを雇ったんじゃないの？」

「かもね」ははは、と父さんは笑って、

「脱会屋の人脈は謎だからなあ」

と言った。

十一

脱会屋。

若い読者には説明が必要かもしれない。

「信者を他の信者から強制的・長期的に引き離し、所属する宗教団体から脱会させるビジネス」

と堅苦しく書けば、誤解が少ないだろうか。

言葉の定義としてはこれで間違いではないが、この場合の「宗教」は実質的に新興宗教、それも「カルト」と呼ばれるような狂信的な宗教団体を指す。信者は往々にして他の信者以外との交流を絶たれており、時に精神的なトラブルを抱えたり、反社会的な思想を持つようになっていたりする。また依頼人はほとんどの場合が信者の家族だ。

こうしたことを踏まえて、より簡潔に説明するなら、脱会屋とは「カルトに洗脳されてしまった人間を拉致監禁し、洗脳を解いて家族のもとに返す仕事」である。

彼らに求められる資質や能力は多岐にわたる。

標的である信者の行動パターンを把握する情報収集力、言葉巧みに誘導する話術、状況に応じて脅迫や暴力も辞さない冷静な決断力、そして腕力。加えてチームの統率力、洗脳を解くための専門的な知識――

履歴書に書けるような職業ではない。他者の権利を侵害し、法を犯し、人を傷付けることも往々にしてある。いっそのこと「堅気《かたぎ》ではない」と言ってしまおうか。世間一般に流通しない本で、そこまで慎重な表現を心がける必要はないかもしれない。

「ねえ、ダッカイヤって何?」

登校中に祐仁に訊ねたところ、彼は人のいない時間に少しずつ、右のような説明をより簡潔に、わたしにも分かるように説明してくれた。幼いわたしに全てが理解できたのは、父さん母さんの会話を盗み聞きした三日後のことだった。

わたしは考えた。「みずはし」「たすけて」の意味は、要するに――

「脱会屋の『みずはし』さんに頼んで、『たすけて』欲しいってことだよね?」

「そうなるかも……いや、なるな。うん。ここまで揃えば偶然じゃない」

祐仁は答えた。わたしと彼はブランコの前にある低い鉄柵に、並んで腰掛けていた。朋美は例のハトの遊具に身体を預け、遠くを見ている。

日が落ちかかっていた。すぐ前の道路を走る車は、どれもヘッドライトを灯している。わたしたちは初めて茜からの手紙を読んだ、あの小さな公園にいた。

「父さんたち、どうして知ってたんだろう。なんで知ってたのに黙ってたんだろう」

「そりゃあ厄介事に巻き込まれたくないからさ。慧斗はもちろん、自分たちもね」

祐仁が答える。大人はそんなものだ、仕方が無い——言葉にこそしなかったが表情でそう訴えていた。いちいち腹を立てるな、と諌めている風にも受け取れた。

「怒ってないよ」

わたしは笑って返した。実際、怒ってはいなかった。胸にあるのは父さん母さんへの諦念だった。二人ともわたしたちの世話はしてくれるが、味方になってはくれないのだ。

「悪いな、慧斗」

祐仁は溜息交じりに、

「暗号の意味が分かったところで、どうにもならない。連絡先なんて調べようがない。万に一つ、脱会屋に会えたとしても、お金はどうやって用意する？」

「お金？」

「無償で引き受けてくれる訳ないだろ」

「そう、か……そうだよね」

わたしは自分が嫌になった。こんな状況で金銭のことに考えが至らない、己の幼さにうんざりしていた。

「僕も正直、これでお終《しま》いにしてほしいって思ってる。父さん母さんの態度に正直不満はあるけど、気持ちには賛成だな」

「そうなの？」

「ああ。慧斗が傷付いたり、苦しんだりするのを見るのはもう御免だからね」

地面を指差して、

「前にここで手紙読んで、ショック受けてたろ。あれだけで苦痛だった」

「そう」

以前なら照れて小突く場面だったが、そんな気力も湧かなかった。手紙が暗号だと分かった、一条の光明が差した、そう思ってすぐ光は消えてしまった。

わたしは立ち上がり、「帰ろうか」と二人に声を掛けた。

「慧斗」

祐仁が不安そうに呼ぶ。わたしはきっぱりと言った。

「終わりにするよ。ごめんね、心配かけて」

車椅子の茜が頭に浮かぶのを振り払い、わたしは歩き出した。祐仁が顔を綻ばせて付いてくる。

朋美だけが動かなかった。呼んでも答えず、ハトの上で仰向けになって暗い空を見上げている。

「朋美、帰ろう」

「先帰ってて」

「母さんに怒られるよ」

「いいよ」

「よくないよ。ただでさえ心配かけてるんだから」

朋美は答えなかった。勢いよく起き上がると、早足でわたしたちを追い越した。目を合わせてもくれない。わたしと祐仁は顔を見合わせ、彼女の後を追った。


その週の土曜日のことだった。

昼食後、わたしは台所で食器を洗っていた。いくつもの偶然が重なり、その時間わたし以外は誰も家にいなかった。家事をするのは当時も今も全く苦痛ではないが、皿の最後の一枚を拭き、片付けた頃にはへとへとになっていた。

手を拭いていると電話が鳴った。備え付けの電話台の上で、プルルとけたたましく叫んでいる。電話に出ても構わない、と父さん母さんには言われていた。

「はい」

「あ、慧斗?」

「ええと……どちらさまですか」

「朋美」

「ああ」

いつもと声が違うせいで気付かなかった。ほっとしながらわたしは電話台に手を突いた。「どうしたの？　妹と、あと小さい子たちと遊んでたんじゃないの」

「妹に任せてる。子守りなんかやってる場合じゃない」

朋美は息を切らしていた。どこにいるか訊こうとしたところで、

「すぐ来て。牧商店の、近くの公衆電話からかけてる」

「え、何で?」

「『みずはし』の関係者がいる」

囁き声で朋美は言った。

「キツネみたいな顔した、ものすごく髪の長い女。父さんが言ってたんだろ。それと同じ見た目の人が、自販機の隣で煙草吸ってんの。車じゃなくてバスみたい。前の駐車場に車停まってないもん」

「……嘘でしょ」

「ホントだよ。こんな嘘吐くわけない」

声と口調から緊張が滲み出ていた。

頭の中で牧商店と、公衆電話と自販機の位置関係を思い浮かべる。かなり近い。電話ボックスの中とはいえ、普通に話せば漏れ聞こえるかもしれない。

無意識に背筋をぴんと伸ばしていた。受話器を握る手も、空いた方の手も汗で湿っている。

「だから来て。財布持参で」

「なんで」

「尾行だよ。後を追うからにきまってんじゃん。『みずはし』に会って頼めば何とかなるかも知れない」

「無理だよ、そんなの」

「やってみないと分かんないよ」

「でも、勝手に家を空けたら――」

「馬鹿か」

朋美は小声で器用に怒鳴った。

「茜を助けたくないの？　可哀想だって思わないの？」

わたしが答える前に、

「焚き付けたのは慧斗だろ。一人で盛り上がってわたしら振り回しといて、親とか祐仁にちょっと言われたくらいでハイ止めます？　勝手過ぎる」

荒い息遣いが聞こえる。言葉を探していると、またしても彼女が先に話し出す。

「ああ、やばい煙草消すかも……あ、消した」

「朋美」

「あ、大丈夫。また一本抜いた」

偶然が味方している。

走って行けば吸い終わる前に、牧商店に着くだろう。頭に浮かんだのは会長さんから教わった、土着の神の姿だった。粒子の粗い写真に写っている、神様の仮面。大きな丸い目でわたしを睨み付けている。

次に浮かんだのは飯田邸の祭壇に祀られていた、異形の塑像だった。

「分かった」

わたしは言った。それだけで耐え難いほど緊張し、全身が震えた。

「待ってて朋美、すぐ行く」

朋美が「うん」と力強く答えた。

十二

走るのを止め、乱れた息を必死で整えながら、わたしは牧商店の前に差し掛かった。まっすぐ出入り口へと足を進め、横目で自販機の辺りを覗《うかが》う。

自販機の向こうに、くすんだ銀色のスタンド灰皿が置いてあった。そのすぐ隣にスーツの女性が、煙草を手に立っていた。

灰色のスーツ。黒い小さなバッグ。黒い髪は腰まである。顔は細く、目は更に細く、しかも吊り上がっている。まさにキツネだ。

立ち止まりたくなるのを堪えて、わたしは牧商店に入った。狭い店内に並んだ駄菓子とパンを目の当たりにして、中に入るのは初めてだったと思い至る。買い食いは禁止されていた。

店内は薄暗かった。レジカウンターというより番台と呼ぶのが相応《ふさわ》しい隅のスペースに、店主らしき老婆が陣取っていた。萎《しぼ》んだ顔の中で、達磨のような大きな両眼が光っている。

「こんにちは」

挨拶をしたが老婆は答えず、黙ってわたしを睨み付けただけだった。

駄菓子を選ぶふりをして店内を見回した。朋美の姿はない。ということは外か。確かめたいが間を置かずに出れば、外の女性――キツネ女に怪しまれるかもしれない。

無意識に外に目を向けると、キツネ女が歩いているのが見えた。駐車場を横切り、小さな階段を上る。おそらくは大通り沿いのバス停に向かうのだろう。見失ってはいけない。慌てて外に出ようとすると、

「ちょっと」

老婆がわたしを呼び止めた。茶色い歯を剝いて、

「どこの子？　見ない顔だけど」

「あの」

「ははん」彼女は一人で納得して、「あんた、あの何とかって宗教の子でしょ、飯田さん家で怪しい集会してるんだって？」と訊ねた。

「いえ」

「みんな言ってるよ。何だっけね、コスモスペースだっけ？　はっ、横文字にすれば済むと思っちゃってまあ」

「だから、違います」

軽蔑と敵意を露《あら》わにした笑い声に、わたしは戸惑った。

何を勘違いしているのか、どうしてわたしがコスモフィールドの信者と間違えられ、怒りを向けられているのか。

「余所者《よそもの》が次から次へと変なもん持ち込んでさあ」

老婆は顔をしかめながら立ち上がった。足が悪いのが動きで分かった。棚に手を突いて、こちらに近付いてくる。

わたしは立ち竦んだ。震え上がった。全く予想もしていなかった方向から、強い負の感情をぶつけられている。逃げなければ。でも動けない。こうしている間にもキツネ女は。

「そもそも買う気も全然ない癖に、ふらっと遊び場みたいに入って来られても――」

「すみません！」

朋美が詫びながら、ドタドタと店に入ってきた。わたしの手を摑んですぐさま外に引き返す。引き摺られるようにしてわたしは店を出た。老婆が背後で何か叫んでいるような気がしたが、はっきりとは聞こえなかった。

朋美はまっすぐバス停へと走る。かなりの速度だ。転ばないように必死で足を動かしながら、わたしは訊ねた。

「どこにいたの？」

「電話ボックスに決まってるじゃん。ずっと電話する振りしてたんだよ」

「そんなの分かんないよ」

「他に隠れる場所ないって」

考えてみればそうだ。何も考えずに牧商店に入った自分に呆れ、わたしは朋美に詫びた。彼女は「いいよ、急いで」と更に速度を上げる。

バス停にはバスが止まっていた。短い列の最後尾にキツネ女がいた。

「普通にしてて」

朋美の指示に従ってわたしは平静を装い、彼女の後ろに並んだ。キツネ女の長い髪が間近に見える。目を逸らすのも逆に不自然だろう、と考えながらバッグに手を突っ込み、財布を摑む。朋美に続いてステップを上る。光明が丘を走るバスの料金は後払い制だと、その時初めて知った。

土曜の午後ということもあってか車内は空いていた。知っている顔は乗っていない。キツネ女は前から三番目の一人席に腰を下ろした。わたしと朋美は目だけで会話し、後ろから二番目の二人席に座った。空いているから多少離れたところで、見失うことはない。振り向きでもしない限り彼女に見つかることもない。そう判断したからだが、少しも油断できなかった。

遠出するのは久々だった。自由に歩けるようになってからも光明が丘を出たことは数えるほどしかなく、それも父さん母さんか、会長さんと一緒だった。その事実に気付いただけで、軽い吐き気に襲われた。

緊張の糸はぴんと張り詰めたままで、動悸《どうき》も一向に収まらない。急に走るのを止めたせいで、全身から汗が溢れている。それに祐仁がいない。いつもわたしを心配し、すぐ近くで守ってくれる同級生が。そもそも父さん母さんに黙って外に出ている。バスに乗って移動している。ただそれだけのことが、耐え難いほどの重圧に感じられた。

震えるわたしの手を、朋美が握り締めた。

いつもの眠たげな顔とは違っていた。凜々《りり》しく頼もしく見えた。鋭い目はさりげなく前を――キツネ女のいる方を向いている。細い喉が動いた。

「正直言うとさ、慧斗」

耳元に口を近付けて、彼女は言った。

「わたしもどきどきする。怖い」

　意外なことを囁く。

「馬鹿みたいでしょ。電話ボックスで待ってる間、怖くてちびりそうだったよ」

「本当？」

　くすりと笑い声が漏れ、慌てて首を引っ込める。余計に怪しいだろうか、キツネ女に気付かれなくても、他の乗客に不審がられるだろうか。

「大丈夫」

　朋美に促されてそっと姿勢を元に戻し、座り直す。彼女はわたしの手を力一杯握り締めている。本当に怖がっているのだ、わたしに調子を合わせているわけではないのだと悟る。「ありがとう、朋美」

　わたしは言った。

「やれるだけやろう。上手く行ったら、帰って祐仁に報告しようよ」

「いいね」

　朋美は目を細めて笑った。


　キツネ女は終点の光明駅で降りた。切符を買い、改札をくぐり、都心行きのホームへとエスカレーターで上っていく。わたしたちは距離を取って彼女の後を尾《つ》けた。

　最初は意味なく忍び足になったり、息をするのを忘れたりしていたが、次第に普通に振る舞えるようになった。キツネ女を直接見ることはせず、視界の隅に入れておく。そんな見張り方も覚えた。彼女は快速列車に乗り、ターミナル駅で降りた。そこから地下鉄に乗り換える。人混みに惑わされ、駅員のいる改札で乗り越し精算をしたわたしたちは、途中で三度、彼女を見失った。その度に不安のあまり泣きたくなったが、奇跡的に彼女の長い髪を目の端で捕らえることができた。発車寸前で同じ車両に乗ることもできた。

思い出すだけで掌に汗が滲む。

見知らぬ大勢の大人たちが歩く駅構内。光明が丘とはまるで違う色彩、空気の匂い、湿度、ざわめき。すれ違う人々の視線。傍らの朋美が時折見せる、心細そうな表情。キツネ女はどこまで行くのか。電車賃は足りるのか。

走ってもいないのに息が切れていた。牧商店からバス停まで走った時より息苦しかった。不安だった。だが、同じくらい楽しかった。期待と希望で胸が一杯だった。

ほとんど知らない街の巨大な駅を、朋美と二人だけで歩いている。怪しい女を追いかけている。上手く行けば茜を助けられるかもしれない。

振り返ってみると呑気なものだと呆れてしまうが、あの時の感情を素直に書けばこうなってしまう。バスと電車での移動時間は、今ネットの地図サイトで計算すると僅か一時間半だ。当時もほぼ同じくらいだっただろう。だが、あの頃のわたしにはたったそれだけの時間が、果てしない冒険の旅のように感じられた。

ターミナル駅から七つ目の小さな駅で、キツネ女は降りた。彼女の視界に入らないよう、注意を払いながら尾行する。この頃になるとわたしにも朋美にも、雑談する余裕ができていた。

地上に出た彼女はすぐ近くのアーケードをくぐった。後を追ったわたしは思わず目を見張った。

肉屋から流れてくる高温のラードの匂い、蕎麦屋のつゆの匂い。賑やかな魚屋が冷やかし半分で投げかけてくる、嗄《か》れた声の呼び込み。

決して賑わっているとは言い難い、寂れつつある商店街だったが、わたしにとっては鮮烈で目眩がするほどだった。朋美は冷静に振る舞っていたが、二度ほど彼女の腹が鳴ったのをわたしは聞き逃さなかった。

キツネ女は脇目も振らずアーケードを歩き、中程で右の脇道に入った。十五秒ほど間を置いて後に続く。

狭い道だった。人がすれ違うことはできるが、車は通れそうにない。舗装がいい加減だったのかアスファルトはでこぼこで、酷く歩きにくかった。左右に立ち並ぶのはシャッターの下りた住居兼店舗と、木造アパート、塀が苔で緑になった朽《く》ちかけの平屋。

電信柱に隠れながら、わたしたちはキツネ女の後を追った。人通りは皆無に近く、それまでと違って雑踏に紛れる手は使えなかった。

女は長い髪をなびかせて歩いていた。

地下鉄に乗ってから一度も振り返っていないことを思い出した。髪と服だけで彼女を識別していることにも気付いた。朋美も或いはそうかもしれない。

「朋美」

不安になっていた。

ひょっとして途中から、髪が長くてグレーのスーツを着ているだけの、全くの別人を追っているのではないか。自信が揺らいでいた。つい先刻までの楽しさがみるみる消えて無くなっていく。

不安を手短に伝えると、朋美は口だけで笑った。

「大丈夫、ほら手首にヘアゴムあるでしょ。左手の、茶色いの」

目を凝らすと、女の左手首に茶色いヘアゴムが見えた。

「それに右足のふくらはぎ。ストッキングが伝線してる。ちょっとだけだけど」

「……ほんとだ」

「あと歩き方。手をあんまり振らないの。バッグを持ってる方だけじゃなくて、持ってない方も」

「そう、だね」

「これだけ同じなら間違いないと思う。キツネ女はあの人だよ」

朋美は断言した。彼女の観察眼に驚き、感謝しながら、わたしは自分の鈍さと未熟さを改めて呪った。

キツネ女は何度か角を曲がったが、幸い見失うことはなかった。やがて彼女は左手に建つアパートの階段を上り始めた。カンカンと鉄製の階段を踏み鳴らす音が周囲に響き渡り、わたしの心を掻き乱した。

ドアが開き、閉まる。静寂が十秒ほど続いたところで、わたしたちは電信柱の陰から顔を出し、そっとアパートの様子を窺った。

老朽化した、と形容するのが生温く感じられるほど、古く汚い二階建てのアパートだった。屋根はかつて青だったらしいが、真っ赤な錆《さび》でほとんどが覆われている。階段も同様だった。各階に四部屋。玄関扉が薄いのが見ただけで分かる。

ゴミ捨て場らしき空間には紙屑と黴《かび》の生えた座布団が散らばり、その隣にはこれも錆だらけの自転車が二台、並んで停まっていた。

　彼女が入ったのは二階で間違いないが、どの部屋かは分からなかった。周囲を確認し、足音を忍ばせながら、朋美と二人で階段の下にある集合ポストに向かう。八つあるポストの半分は、目一杯チラシを突っ込まれていた。

　二〇四号室のポストだけ、ネームプレートに名前が書かれていた。

〈水橋〉

　朋美と顔を見合わせる。一階の玄関戸に貼られた部屋番号の札を確認し、二階の一番奥の部屋が目当ての二〇四号室だと当たりを付ける。アパートから少し離れて、二〇四号室のドアを目で確認する。

「どうする」

　朋美が訊いた。

　辺りはひっそりと静まり返っている。

「ねえ慧斗。いきなり行って話聞いてくれる大人なんか、普通はいない」

「うん」

「最初は手紙で伝えるのもいいんじゃない。住所は分かったんだし」

「うん」

「もういっぺん、大人に頼んでみるのもいいと思うよ」

「駄目。どうせまたはぐらかされて終わりになる」

「祐仁くんは?」

「そりゃあ祐仁は……聞いてくれるだろうけど」

「じゃあ」

「ううん」

わたしは頭を振って、

「今から行こう。相談——依頼っていうのかな。やってみる」

と言った。

茜のことを思い出していた。あの家に閉じ込められ、そうでない時は連れ回されている彼女のことを。母親に打たれ、父親には放置され、苦しんでいる彼女を。

のんびりとはしていられない。

巻き返さなければ。急がなければ。

わたしは覚悟を決めた。それまで以上に緊張していたが、不思議と身体が軽くなった。

「いいね、慧斗らしくて」

朋美は目を細めると、階段へと歩き出した。

階段は軽く体重を掛けただけで激しく軋《きし》んだ。手摺りは錆で汚れていて摑むに摑めず、両手を広げてふらふらと上る。最早キツネ女に気付かれても一向に構わなかったが、大きな物音を立てる気にはなれなかった。

汚れた洗濯機が並ぶ短い廊下を歩き、二〇四号室のドアの前に立つ。傍の窓は閉ざされ、内側からカーテンが下ろされている。

わたしは深呼吸してドアチャイムに指を伸ばした。八分音符が描かれたボタンを押す。

ピンポン

中から音がした、と思ったその時、ドアが勢いよく開いた。とっさに身体を引いたが避けきれず、ドアの角が右肩にぶつかった。

呻き声を漏らす間も無く、襟元を摑まれた。凄まじい力で室内に引きずり込まれる。

「慧斗！」

朋美が叫んだ。

視界が激しく揺れる。何者かに摑まれ引きずられているらしいが、暗くてよく見えない。突然のことで抵抗するという考えが湧かない。

気付けばわたしは宙に浮いていた。

天井が見える。本棚が見える。

投げ飛ばされた、と理解したのと同時に、背中から床に叩きつけられていた。

息が詰まって声もなくもがいていると、「離せ！」と朋美の声がした。

「大人しくして」

同じ方向から女の声がする。

キツネ女が玄関で、朋美の腕を捻り上げていた。朋美は歯を食い縛って抵抗している。起き上がろうと畳に手を突いた瞬間、口元を摑まれた。そのまま押さえ付けられる。

太い指、硬い皮膚。煙草の強い匂い。

男の手だ、と分かったところで、

「何だ、お前ら」

どすの利いた声が耳元でした。酒臭い息が顔にかかる。

やつれた無精髭の男が死人のような目で、わたしを見下ろしていた。

十三

男は積み上げられた新聞紙に腰を下ろし、わたしたちを睨《ね》め付けた。濁った目には疲労がにじみ出ていたが、心の裡は何もうかがえない。

わたしと朋美は六畳間の隅で縮こまっていた。傍らにはキツネ女が立っている。筋張った白い手には包丁が握られていた。切っ先がわたしと朋美の顔、ほんの十数センチ先を往き来している。痺れにも似た恐怖が全身を走っていた。次の瞬間に身体が弾けて、畳を汚してしまうのではないか、そんな訳の分からない空想が、奇妙な実感を伴って頭の中を駆け巡っていた。

「で、誰に言われた？」

男が訊ねた。静かな、穏やかな声だった。転がっていた煙草のソフトパックを摘まみ上げる。

「わたし」

朋美が不服そうに答えた。

意味が分かった瞬間、かっと身体が熱くなった。

「違います。最初の最初はわたしです。わたしが朋美を巻き込んだの」

「ああ、こっちの子はトモミちゃんっていうんだな。そうかそうか」

男の言葉と微笑で、わたしは己の愚行に気付いた。あっ、と間抜けな声が出る。

朋美が溜息を押し殺したのが、微かな音と気配で察せられた。

煙草に火を点《つ》けて男は訊ねた。

「ちなみにお前はケイト。さっきトモミが言ってたろ」

わたしは黙り、朋美は遂に溜息を吐く。男は黄色い歯を見せ、紫煙を吐き出した。

「あのね、お二人さん。こういう時は平然としなきゃいけねえんだよ。そしたら偽名かも、知っても意味ねえかもって俺も判断するわけよ。そんな顔と態度じゃ、本名で呼び合ってましたってバラしてるようなもんだぞ」

朋美ががっくりと肩を落とした。キツネ女がくすくすと嘲笑《あざわら》うのが頭上から聞こえた。

ずっと転がされていることに気付いて、わたしは本当に自分が厭になった。丸裸にされたような気がした。同時に、緊張が解けている自分に気付いた。

もう身構える必要も、作戦を練る意味もない。わたしは覚悟を決めた。不思議と清々しい気分だった。

「脱会屋さん……水橋《みずはし》さん」

「ああ？　何のことだ」

「名前はポストに書いてあった」

「それで？」

「助けてほしい人がいるの。女の子。親がシューキョーにハマって、酷いコトされてる」

「…………」

男の顔から表情が抜けていく。

「コスモフィールドとかいう名前で、変な神様の像を飾ってて、その子、お母さんに叩かれてるの。飯田茜っていう子」

キツネ女と視線を交わしているのが、目の動きで分かる。

「証拠もある」

わたしはポケットから暗号の書かれた便箋を取り出し、男の眼前に差し出した。

「だから、茜を脱会させてほしい。お願いします」

部屋が静まり返った。

朋美はもちろん、男もキツネ女も黙りこくっている。前の道をトラックが通り過ぎるのが、音と振動で分かった。アパートは微かにだが揺れていた。

煙草の灰が音もなく畳に落下した。男は我に返って畳を踏み付け、灰を畳に伸ばした。

「……依頼しにきたのか」

半開きの口から、虚ろな声がした。

「そうです」

わたしが答えるなり、男は仰け反った。口から笑い声が飛び出し、アパートにこだました。

突然のことにわたしは何の反応もできなかった。朋美は忌々しそうに男を睨み付けている。男は笑い声の合間に、苦しそうに何事か話していた。

「ハハハハ……し、しかもお前、こんな、こんなガキが、ガキが俺を頼って来るなんて、ハハ、ハハハハハ！」

気付けばキツネ女も包丁をわたしたちから離し、手で口を押さえていた。指の間から笑い声が漏れている。ただでさえ細い目を更に細め、顔を真っ赤にしている。

大人たちの哄笑が響く中、わたしの中で徐々に、そして確実に怒りの感情が芽生えた。

何が可笑しい。笑うな。

人が真剣に頼んでいるのに。

あなたたちは依頼されて信者を逃がす、脱会屋じゃないのか。

いつのまにか膝の上で、手を強く握り締めていた。歯を食い縛って男を睨んでいた。朋美が肘で腕を突いているのが分かったが、止める気にはなれなかった。

視線と態度に気付いた男の顔から、また感情が抜け落ちた。

「もういい、笑うな」

わたしを見返したまま、キツネ女に声をかける。指で合図を出しているが、女は見えないのかまだ笑い続けている。

「笑うな」

キツネ女は姿勢を正したが、すぐにククク と腹を押さえて身体を折った。

「黙れ、優子《ゆうこ》」

凄みを利かせて男は言った。さっきと同じかそれより小さかったが、耳から腹にまで響くような声だった。

ぽとん、とキツネ女は包丁を取り落とした。慌てて拾い上げ、腰を落としてわたしたちを威嚇《いかく》する。顔は先刻までと違って緊張を帯びていた。

「本気なのか」

男が訊いた。

「もちろん」

わたしは答えた。朋美が頷く。

男はしばらく考え込んでいたが、やがて足元の空き缶に煙草を放り込み、

「水橋だ。脱会屋をしている」

と名乗った。

「まずは詳しく聞かせてほしい。コスモフィールドがこっち方面に来てるって噂はちらほら聞いてたが、今のところお手合わせしたことは一度もなくてね。一通り調査はしてるんだがな」

男――水橋は腰を浮かし、畳に座った。

「脱会の話はそれからだ。さあ、教えてくれ」

「ちょっと待って」

キツネ女――優子と呼ばれた女が、棘のある声で口を挟んだ。

「なんでこの子たちの茶番に付き合わなきゃいけないの。慈善事業じゃないんだけど」

「慈善事業みたいなもんだろ。儲けは少ないし、いざお支払いって時にトンズラするやつもいる。依頼した時は神様みたいに縋《すが》ってた癖にな」

ぎらり、と目に憎悪と諦めの光が宿ったが、それも一瞬のことだった。

「それに、さっきの話だって嘘かもしれないよ？」

「判断するのは今じゃない。依頼とやらを聞いてからだ。要するに……」

「はいはい」

優子はやれやれといった様子で台所に向かい、飲み物を持ってきた。包丁は既に手にしていない。目の前に飲み物を置かれたが、手は付けなかった。示し合わせてもいないのに、朋美も同じだった。油断はできない。胡散臭さは拭《ぬぐ》えなかったし、再び脅されることも充分有り得る。

わたしは慎重に、事の次第を語った。わたしが言葉に詰まると朋美が助けてくれた。

水橋は無言で聞いていた。わずかにうなずく以外のことはせず、視線はわたしたちから少しも離さない。

優子は台所の方からわたしたちを見張るようにしていた。包丁こそ握っていないが、不意に立ち上がろうものなら一飛びで組み敷かれるだろう。そんな空想をしてしまうような緊張感と威圧感を、全身から放っていた。

茜の話をし終わった頃には、喉が渇き切っていた。それでも飲み物を我慢していると、

「まあ、逆の立場なら俺も飲まないな」

水橋は煙草を引き抜き、ソフトパックを握り潰した。優子が新たなパックを持ってくる。

「今日はこれで最後ね」

「はいよ」

苛立たしげに答えると、彼は煙草を吸いながら、おもむろに拳を縦にして優子に突き出した。

「ここでするの？」

「ああ」

彼女もまた同じように拳を突き出し、水橋のそれに軽く触れる。

意味不明で儀式めいた動作に、わたしは固まった。朋美は険しい表情で、二人の拳の辺りを凝

視している。水橋も、優子も平然としていた。

「せーの」

彼が言った次の瞬間、二人は同時に親指を立てた。

「だろうな」

水橋が言い、優子がうなずく。二人とも手を下ろす。もはや何一つ分からない。

「大したことじゃない」水橋がにやりとした。「依頼人の中には本当のことを言いたがらないやつがいる。意識して嘘を吐いてるわけじゃない。家族や恋人をカルトなんぞに奪われた、悪の手から守れなかったって負い目があって、都合の悪いことを思考の外に追いやってしまうんだ。事実を聞かないと脱会後が骨でな。だから俺もこいつもその辺は慎重なんだ。特にこいつは嘘を見抜くのが抜群に上手い」

「匂いで分かるの」

くんくん、と大袈裟に鼻をひくつかせる。からかっているのか。それにしては表情が穏やかすぎる。さっきまでの尖った気配も消えている。

「で、話を聞いた後で毎回、今みたいにお互いの判断を確認するんだ。いつもなら依頼人から見えないところでな」

「ケイトちゃんもトモミちゃんも、包み隠さず話してる。ちょっと掴みづらいのは環境のせいね」

「だろうな」

水橋は再びわたしを見て、

「その茜って子を、助けて欲しいわけか」

と訊ねた。

信じてもらえた、ということか。引き受けてくれる、ということか。

興奮を抑えながら、わたしは朋美と目配せして、一度大きく頷いた。

十四

「コスモフィールドが何なのか知ってるか。お前らはシンコーシューキョーとだけ呼んでいたが」

水橋が訊ねた。

「……いいえ」

わたしは正直に答え、すぐに続ける。

「でも、知りたいです。なんであんなことになってるのか、想像もできない」

「ふむ」

無精髭の生えた顎を撫でて、彼は話し始めた。

「コスモフィールドはな、いま流行《はや》りのカルトだ。人気って意味じゃない。成立の過程が、ここ最近よく聞くパターンだってことだ」

灰を空き缶に落としながら、

「自己啓発セミナーって知ってるか。心の持ちようを変えて成功しよう、金儲けしよう――サラリーマン相手にそんなやり方を教えるビジネスだ。貸し会議室なんかを使ってな。その中のごく一部が、客との結び付きを強めてカルト化する。代表者と受講者が、教祖と信徒の関係を築き上げるんだ。教養なんていい加減でな。スピリチュアリズムやニュー・エイジを適当に継《つ》ぎ接《は》ぎしただけの代物だ。コスモフィールドもその一つ」

彼が何を言っていたのか今は分かるが、当時は上手く飲み込めなかった。それでも頭に刻み込まれたのは、あまりにも異質な言葉だったからだろう。光明が丘では聞いたことのない言葉、触れたことのない話題だった。

「代表のミコトと名乗るジジィは鷹石《たかいし》といって、元々は塾講師をやってたんだ。それがセミナーブームに乗っかって会社を立ち上げて、当初は好調だったがほどなくして傾いた。そこで鷹石は熱心な受講者を囲い込む作戦に出たんだな。まずは精神世界を扱った独自路線のセミナーを始めた。次いで自分のセミナーがいかに独特で素晴らしいか触れ回った。次は——これもオリジナリティなんかゼロなんだが——受講料を有り得ないほど吊り上げた。一コマ九十分で百二十万円だ。普通は高くて一コマ数万、一泊で十数万が相場なんだがな」

わたしは無意識に変な顔をしたらしい。水橋は少し考えて、こんな質問をした。

「何でも百円で治します、なんて謳《うた》う医者に診てもらいたいか？」

「ううん」

「一億円くれたらやってみますって医者と、どっちが信用できる？」

「……一億円」

価格が価値を決定する。価格が信頼を担保する。何処《どこ》の世界でも当たり前のように行われていることだが、その時初めて腑《ふ》に落ちた。

と同時に、わたしは自分の治療にかかった費用のことを思った。動くこともままならなかった、かつての自分をまざまざと思い出しそうになった。当時の感情も、周りの空気も。

朋美に再び小突かれ、わたしは我に返った。水橋が話し続けていた。

「大多数の客は離れていったが、ごく少数の熱心な客はむしろ積極的に金を払い、鷹石に付き従った。コスモフィールドを名乗り始めたのは信者が三十人を超えた五年前だ。表向きはセミナー会社のままだが、実態は信者の寄付で運営されている宗教団体だな。宗教法人にする様子がないところをみると、どうやら鷹石は打算でやっているわけじゃないらしい。大方、誇大妄想に取り憑かれたってところだろうな。今じゃ未来が見える、人間のあるべき姿を見通せるとまで言っている。あと、自分の気を注《そそ》げばどんな病気も治せるともな」

「病気」

わたしはつぶやいていた。

飯田邸のあちこちに飾られていた、太った男性の写真を思い出していた。

「だから茜のお母さんも……」

「だろうな。で、実際に効果があったんだろうよ」

「え、それって」

朋美が訝《いぶか》しげに、

「本物だったってこと？　その鷹石っておじさん」

「母親の中ではそうなんだろうよ。そう信じていないとやってられないほどの額をコスモフィールドに、いや──鷹石に注《つ》ぎ込んでる。お前らの話を聞く限りはな」

「ああ……」

朋美は悲しそうに窓を見た。

「その母親みたいな信者はいくらでもいるさ。難病なり、経済的な事情なりで、或いは単なる不運なりで家族が苦しんでいるのに、解決策が見つからない……そんな人間が最後に縋るのがコスモフィールドだ。で、ミコト様の治療というのがまず本人直筆の書を買って飾ること」

飯田邸の居間に飾られていた御札のことか。

「次いで本人自作の粘土細工を買って祈ること」

「あの神様みたいなやつ?」と朋美。

「そうだ。俺は写真でしか見たことはないが、あれはミコト様が心の目で捉えた、迷える受講者の本当の姿、ということらしい。己の醜い姿を客観視して見つめることで、真理へと到達できるそうだ。もちろん病気も治る。トラブルも解消され、経済的にも潤う。程度の低い霊感商法だ」

くく、と水橋が笑った。

「カルトはカルトらしく、水を葡萄酒に変えるくらいのことはしてほしいもんだ。なあ?」

ふ、と優子も笑った。

「で、一番効くのがミコト様ご本人の手から、直接気を流し込んでもらう方法さ。これは金だけでなく功徳を積まなければ効果がないらしい。選ばれた信者だけに与えられる稀少な霊薬ってところだな」

わたしも鼻息だけで笑った。コスモフィールドのやり口がいかに馬鹿げているか、子供でも理解できた。餌をぶら下げて金と労働力を吸い上げているだけだ。

「それ、効くの?」

朋美がまた訊いたが、その言葉には嘲《あざけ》りが込められていた。

「ミコト様のありがたいお言葉どおりに言うと——私の気はどんな病も治せるが、患者の霊力が低ければ、肉体が気に耐えられず崩壊してしまう」

水橋は両手を広げると、

「今までの患者は皆、霊力が足りなかった。功徳を積まなかったせいだ。皆はよく精進するように——ものの本に書いてあった。一冊十万円もする本人の自伝『Ride On 真理』って本にな」

「本当に？」

「ああ。どこだったかな」

水橋は新聞と雑誌を掻き分け、一冊の小さな本、というより冊子を取り出した。紫色の表紙にオレンジ色のゴシック体で、タイトルと教祖の名前とが横書きされている。彼は煙草を咥えたままページをめくると、「ここだ」と開いてわたしに差し出した。

本当に書かれていた。

水橋が先刻口にした、寝言としか思えない言葉が、活字になって並んでいた。小さな紙面にでかでかと、まるで究極の真理を語っているかのように。

「馬鹿みたい」

朋美が小声で吐き捨てた。

「貶《けな》して済むなら脱会屋は要らない」

水橋は真顔で答えた。

「それに、馬鹿みたいな団体だからって簡単に脱会できるわけじゃないぞ。むしろ今回の場合はより難しい。考えてもみろ。歩くこともままならない子供を、監禁されている家から連れ出すんだぞ。宗教関係なく無理な相談だ」

「無理なんですか」

「課題は山積みだな。一番大事なのはこれだ」

水橋は右手の親指と人差し指で円を作ってみせた。

わたしは息を飲んだ。

報酬について訊かれる可能性は当然、予《あらかじ》め考えていた。どう答えるかも考え抜き、決めていた。それなのに、いざ相手を前にすると怖じ気づいていた。

鼻で笑われるのでは。怒鳴られるのでは。

躊躇いが膨らみきる前に、わたしは思い切って口にした。

「わたしが払う。ただし、出世払いにしてください」

キツネ女が「は！」と笑った。

朋美が天を仰いだ。

水橋は無言で煙草を吹かしていた。

やはり駄目か。大人の世界で、人の命を預かる仕事で、こんな提案は幼稚で馬鹿げていたのか。

後悔と羞恥で泣きそうになっていると、

「いいだろう」

水橋が囁き声で言った。

キツネ女も、朋美も目を丸くする。あからさまに狼狽《ろうばい》する。わたしも同じだった。

「いいんですか？」

と、思わず訊いていた。

「ああ」

勢いよく立ち上がった水橋はわたしを見下ろし、

「どうせ儲からないなら、面白い方の仕事をやってやるよ。こんな妙な依頼は初めてだからな。それに――」

わたしに顔を近付けて、

「どういうわけか、お前の話は聞いてやらなきゃいけない気になってな、ケイト」

と言った。

十五

あの時の話題になると、朋美はいつもわたしを過剰に持ち上げる。慧斗はすごい、真っ正面からぶつかって、海千山千の脱会屋を動かした、慧斗のカリスマ性のおかげだ、さすが慧斗だ――どれも事実とは隔たりがある。いや、何一つ事実を伝えていない。わたしはただ子供だっただけだ。水橋がわたしの依頼を引き受けてくれたのは、いくつもの偶然が重なった結果に過ぎない。

後から人づてに聞いた事だが、あの頃の水橋は脱会屋という仕事に限界を感じていたらしい。副業ではあった。金儲けでしていることではなかった。だからこそ、ただ脱会させただけでは何の解決にもならないことを知り、絶望を覚えていた。

彼の信仰は敬虔で実践的なものだったが、それ故に単純に割り切れない人の心の在り方に、悩み、苦しんでいたのだ。そこへ偶々、わたしという人間が現れ、突拍子もない依頼をした。彼はそこに運命を感じた。

宗教的な言い回しを使うなら、彼はわたしの依頼を天啓だと感じたのだった。

彼について物語るのはここまでにしておこう。今も心から感謝しているが、彼とは長らく会っていない。報酬さえ渡せていない。おそらく既に脱会屋を辞め、隠遁《いんとん》しているのだろう。人を救い続けるには、彼は脆《もろ》すぎたのだ。

だが、もし彼と再び会ったなら。そして今も悩み、苦しんでいるなら。わたしは彼に手を差し伸べるだろう。いや、必ずそうする。今度はわたしたちが、彼を救う番だ。

もちろん、その前にまず報酬を支払うのは言うまでもない。

暗くなるまでわたしたちは水橋と話し合った。キツネ女こと優子は時折口を挟むだけで、その表情には躊躇いが見て取れた。無理もない。子供の依頼で、子供を「脱会」させる。それも脱会させる方の子供は一人で歩けないのだ。

光明が丘に戻ったのは、午後七時を回った頃だっただろうか。マンションの正面玄関をくぐると、ロビーに父さん母さんをはじめ、大人たち何人かがいるのが見えた。祐仁の姿もあった。

わたしたちを認めるなり、全員が猛然と駆けてきた。怒鳴られ、ぶたれることくらいは覚悟していたが、誰もそうしなかった。父さんはわたしを抱き締め、「よかった。いなくなったのかと思ったよ」と嬉しそうに言った。母さんは涙ぐんでいた。

「怪我はない？　どこも悪くなってないか？」

祐仁が狼狽《うろた》えながら訊いた。

「心配性だなあ、祐仁は」

わたしは泣きそうになるのを堪えて、軽口で返した。彼の気持ちは嬉しかったが、素直に感謝を伝えることはできなかった。

朋美は目を赤くしていたけれど、大人たちの質問には「駅の方に行った」「二人でぷらぷら遊んでただけ」「何も買わなかった」と大嘘を吐いてくれた。帰りの電車とバスの中で、二人で作った嘘だった。本当は水橋のアパートの近くにある商店街で、コロッケを一つずつ買って食べた。些末なことだが今もその味と温かさを思い出せる。

お咎《とが》めらしいお咎めを受けることなく、その日は終わった。わたしはそれまでと変わらぬ布団で、それまでと同じ平和な夜を過ごした。茜のこと、水橋と優子のことを考えながら。

水橋からの最初の連絡は十日後に来た。たった十日だが、幼いわたしには気の遠くなるほど長く感じられた。

午後三時を回った頃。マンションの駐輪場に足を運ぶと、わたしの自転車の前カゴに黒いセカンドバッグが入っていた。カゴに一本、極端に長い黒髪が絡まっていた。

セカンドバッグの中には手紙が入っていた。

小さく畳んだルーズリーフが一枚。

連絡手段と時間は別れる前に決めていた。駐輪場は日中でもあまり人が来ず、一方で誰でも出入りできる。山の中腹にあり坂ばかりの光明が丘で、自転車を日常的に使う人間は、当時も今も皆無だ。バイクに乗る人間も現在と同じくらい少なかった。

わたしの自転車は身体が治った直後、父さんにねだって買ってもらったものだった。三ヶ月ほど近所の公園で乗り回した後、全く乗らなくなった。駐輪場には似たような運命を辿った子供用自転車が何十台と並び、錆《さ》びた身体を寄せ合っていた。

水橋の字は容姿とは違って丁寧だった。調査は丹念なもので、とりあえずの結論は冷酷なものだった。手紙を読んだわたしは酷く落胆した。

現状での脱会は困難。飯田母娘は片時も離れない。

こちらから仕掛けるには情報が少なすぎる。今は機会を窺うしかない――

およそこんなことが書かれていた。

こうしている間にも茜は、と思いながら、わたしは事前に書いておいた手紙をセカンドバッグに突っ込んだ。そのまま家に引き返す。手紙には光明が丘で気付いたことについて、ありとあらゆることを書いた。わたしたちのことも、学校のことも大人たちのことも。

人を助けるための準備なのに、悪いことをしている気になった。それ以上に厭な予感が膨れあがった。まるで自分の行いのせいで世界が滅びてしまうかのような、そんな大袈裟な予感が。

手紙をバッグに入れ、その場を後にしてからも緊張は解けなかった。

以降、手紙はきっかり一週間に一通届くようになった。目立った進展はなかったが、水橋は代わりにコスモフィールドの所業について書いていた。

認知症の老人を「治療」と称して山奥に放ち、衰弱死させたこと。表向きは老人が徘徊した末に迷い込んだことになっているらしいこと。

茜のように学校に通わせてもらっていない子、十数人が「シェルター」と称する信者の粗末な家に住まわされているらしいこと。

代表のミコト——鷹石の誇大妄想は悪い方に肥大化し、この頃は最終戦争がどうのと信者に説き始めていること。つまり、外部か内部、どちらかを傷付ける可能性が浮上していること。

前者ならテロ、後者なら集団自殺だ。

カルトのテロといえば、読者は真っ先にオウム真理教を思い出すだろう。集団自殺と言えば人民寺院やブランチダヴィディアン、ヘブンズゲートだ。

当時のわたしは無知ゆえに漠然と不安になった。はっきりと脱会計画が進まないもどかしさも相俟《あいま》って、何日も眠れない夜を過ごすこととなった。勉強にはますます身が入らなくなり、激怒した野村先生にとうとう頬を叩かれた。

二人きりになった時に朋美に何度か相談したが、根本的に不安を拭い去ることはできなかった。彼女は冷静に振る舞っていたけれど、内心はわたしと同じくらい不安なのが目の色と動きで分かった。わたしたちはどこまでいっても子供だった。

五通目の手紙を受け取った日のことだ。

雨が降っていた。駐輪場にはトタン屋根があるが心配になったので、わたしは傘を差し、小走りで駐輪場に向かった。

セカンドバッグの中から手紙を取り出した瞬間、

「慧斗」

すぐ側で声がして、わたしは縮み上がった。

折れたビニール傘を差した祐仁が、眉根を寄せてわたしを見つめていた。

「それ、何だよ」

「手紙。違う学校の子とやりとりしてるの。ほら、隣の家の……」

「嘘は駄目だ。脱会屋と連絡を取り合ってるんだな？」

「違うよ、これはその」

「慧斗。もういい」

祐仁はくしゃくしゃでセロハンテープだらけのルーズリーフを掲げた。読み終わって捨てた、四通目の手紙だった。

どこでバレてしまったのだろう。決して家や学校で開かず、外に独りでいるときだけ読むようにしていたのに。読んだ手紙も細かく破いて捨てていたのに。

「ここんとこずっと上の空だったろ。気付かないわけがない」

「そう……祐仁だもんね」

茶化すように言ったが、彼は笑わなかった。

「慧斗、どういうつもりだ。本気であの子を助け出すつもりなのか」

「決まってるよ」わたしは開き直った。「大人は誤魔化すだけで何の力にもなってくれない。祐仁だってそうだよ。だからわたしが」

「水橋はどんな条件を出した？　お前はどんな条件を飲んだ？」

口調が刺々しくなっていた。

「どんなって……大人になるまで待ってくれるって。意外と優しいね」

「冗談だろ?」

祐仁の優しい顔が、一瞬で真っ赤になった。わたしの肩を掴み、激しく揺さぶる。

「お前、自分が何したか分かってんのか? 何をされるか分かってんのか? 相手は大人の――それもヤクザ同然の男だぞ。口約束だろうと何だろうと、ああいう連中は」

「そういう意味じゃないって」

わたしは祐仁の手を何とか振り解いて、彼から距離を取った。セカンドバッグを胸に抱く。

「お金は大人になったら払う。そういう約束をしたの、信じて」

祐仁が疑わしげにわたしを睨みつけていた。傘は地面に落ちていたが拾い上げる様子もない。

風が強くなり、横殴りの雨が頬を打った。

祐仁が大きな溜息を吐いて、すぐ側の子供用自転車に腰かけた。「信じる。信じるけどさ」とトタン屋根を見上げる。

「父さんは心配なんだよ。お前のことが心配で心配で仕方ない」

「変なこと言うね、祐仁」わたしは苦笑して、「母さんも心配してるよ、きっと。他の大人もね。でも、だからって茜ちゃんを助けませんってなるのはおかしい」

「そうさ、そうだけどさ」

「仲間になってくれとは言わないよ。でも反対しないで。見て見ぬふりしてて」

「できるわけないだろ、そんなの」

祐仁は鼻についた雨粒を拭って、

「見守るよ。僕も加えてくれ。みんなには内緒にするから」

と言った。

大きな腕に抱かれたような安心感が、身体を包んだ。わたしは自然と笑顔になっていた。傘を拾う祐仁に声を掛ける。

「ありがとう、祐仁」

「やれることをやるよ」どこか清々しさの漂う渋面で、彼は訊いた。「で、その手紙にはなんて書いてあるんだよ」

そうだ、とわたしはセカンドバッグに手を突っ込んだ。手紙を開き、すっかり見慣れた水橋の字に目を走らせる。

「ここ、ほんと誰も来ないんだな。そりゃそうか、僕も用事なんかないしな。ここに来てから自転車に全然乗らないし、慧斗も……」

祐仁の言葉が徐々に遠ざかっていく。鼓動が速まり、息が苦しくなっていく。

「あれ、どうした」

「おい、慧斗」

問われているのは分かるのに、答えられない。

「……って」

「え?」

「明日、だって」

わたしは何とか言葉を搾《しぼ》り出し、手紙をかざした。

「急だけど、脱会は明日するって。すごいチャンスなんだって」

祐仁が「へ？」と間抜けな顔で言った。

十六

午後五時を回っていた。空はまだ明るかったが、感覚としては夕方、遅い時間だった。

わたしは家のベランダで、プランターのペチュニアをスケッチしていた。当時の母さんは植物が好きで、家の中にも鉢植えがいくつかあった。画用紙に鉛筆を走らせてそれらしく描いていくが、あくまで振り、カムフラージュだった。そもそもスケッチの宿題など出されていない。

注意は遥か下、マンション裏にある道路に向けられていた。それなりに広いが車も人もあまり通らず、当時も今も、来客の違法駐車が何となく黙認されている、あの道のことだ。

父さんはまだ仕事から戻らない。母さんは台所で夕食の準備をしている。

傍で祐仁と朋美もスケッチブックを手に、近くの山々の風景を描いていた。

ペンキで塗ったような赤紫色の花弁を見つめていると、祐仁が鉛筆でわたしの肩を突いた。わたしは柵の隙間からそっと道路を覗き込む。

磨き上げられた黒いセダンが、今まさに裏門の前に停車するところだった。そのすぐ後ろに薄汚れたミニバンが続く。ドアを開けて飛び出したセダンの運転手が、小走りで回り込んで後部左側のドアを開ける。

でっぷりと太ったマオカラーの老人が、セダンから巨体を引きずり出すようにして現れた。ミコト様こと鷹石だろう。ミニバンからぞろぞろと降りて来たスーツの男女に取り囲まれ、支えられるようにして裏門に向かう。撫で付けられたオールバックの黒髪が、真上からだと酷く眩しく、ぬるぬるとして見えた。

老人が何か言ったらしく、周囲の男女がどっと笑った。

「あれ見て」

朋美が視線で示した先に、十人近い集団が歩いていた。反対方向からこちらに――裏門へと向かっている。酷く鈍足なのは、杖を突いた老人二人に歩調を合わせているからだった。

遠目でも一様にみすぼらしい格好をしているのが分かった。位置から察するにバスでここまで来たらしく、その点も彼らの窮状を裏付けているように思えた。コスモフィールドの信者たちに違いない。教祖であるミコト様の、ありがたいお話を拝聴しに来たのだ。

「下に行こう。ロビーで見てみようよ」

わたしは言った。

「しっ。行っても意味ない」祐仁が囁き声で返す。「今はもう脱会屋に任せるしかない。僕らは成功を祈ることくらいしかできないし、しちゃいけないよ。そういう話だったろ」

「邪魔はしないって」

わたしは部屋に入ると「外の景色を描きに行くね」と白々しい嘘を吐き、玄関へと駆け出した。祐仁の言い分は理解できたが、文字どおりの高みの見物でこの日を終える気にはなれなかった。

外の廊下を早足で進む。背後の音と気配で二人が付いてくるのが分かった。わたしは昨夜破いて捨てた、五通目の手紙のことを思い出していた。

〈明日、鷹石が光明が丘に来る〉

〈光明が丘で急遽セミナーを開く。しかもお前の住むマンションの集会所でだ。これはまたとない機会だ〉

〈脱会を決行する〉

手紙にあった水橋の字も文も、緊張と興奮を滲ませていた。決行することになった経緯は簡潔に示されていた。

水橋らの調査によると、鷹石は飯田茜の母親から更に金を吸い上げるつもりらしい。ここ二年の彼女の寄付は際立って多く、信者の中でも上位に位置していた。そこで鷹石は彼女に栄誉を与えることにしたという。

飯田邸の近所でセミナーを開き、彼女を招いて皆の前で褒め称える――

コスモフィールドを名乗るようになって以来、鷹石がいち信者の家を訪問したことは皆無に近い。教義によるとそれは「最大の栄誉」だという。近所で会合が開かれ、そこに招かれるだけでも、信者にとっては有難いわけだ。

程度の低い仕組みなのは子供でも理解できた。こんな馬鹿げたことを本気で善行だと思っているらしい、さっきのオールバックの肥満男――ミコトに対する軽蔑の念が増すばかりだった。同時に、こんな仕組みに救いを求める茜の母親を心底憐れに思った。

集会所を借りることができたのは、そこまで熱心でもない信者の一人がマンションに住んでおり、自治会で発言力を持っているせいらしい。茜の母親が勧誘し、入信させたのだという。セミナーの開催を急に決めたのは鷹石の気紛れ以外の何物でもないそうだが、水橋によると鷹石の行き当たりばったりな言動は毎度のことらしい。だが、ここに脱会のチャンスがある、と彼は手紙で強調していた。

水橋は信者と親しくなった脱会屋の一員からセミナーのことを聞き及び、すぐさま飯田家に——茜の母親に電話した。そして古参幹部の一人であると素性を偽り、彼女に指示を出した。

明日、近くでセミナーがあるが一つ注意点がある。

家族全員で来てほしいのはやまやまだが、娘の茜は家で待機させておくように。彼女は現状、ミコト様の霊力に耐えられないから——

当日は水橋と優子が飯田邸を訪問し、茜以外を連れて集会所に移動させる。そして二人はそのまま飯田邸に引き返し茜を連れ出す。当面は水橋の家で、家族と過ごさせるという。

〈幸運を祈っておいてください〉

手紙はどこか軽い一文で締め括《くく》られていた。

できるのか。これで茜を助けだせるのか。

少しも安心できないままわたしは眠れぬ夜を明かし、授業を受け、ベランダでコスモフィールドの連中の到着を待ったのだった。

エレベーターを降りるとわたしたちはまっすぐ砂場に向かった。ロビーとエレベーターをつなぐ短い廊下の片側にある、住人の子供が雨天でも遊べるように作られた小さな砂場だ。現在は砂も簡素な遊具もベンチさえも撤去され、何のためにあるのか分からない空間になっているが、当時は子供たちの溜まり場の一つだった。

砂場は幼稚園児らしき三人の子供に占拠されており、ベンチにはその母親らしき女性たちが座って語らっていた。わたしたちは砂場の傍、ロビーが見える位置に陣取った。腰を下ろし、転がっていた石ころで遊ぶフリをする。

ロビーを挟んで反対側、管理人室の隣が集会所だった。

見知らぬ人々が続々と詰めかけている。杖を突いた老人二人もいる。ベランダから見えた信者たちだ。目が合ったのか、突っ立っていた祐仁が「こんにちは」と挨拶する。奥からまた笑い声が上がったことから察するに、鷹石は既に中にいるらしい。

ベンチの母親グループは顔を寄せ合い、小声で何事か話し合っていた。「新規の信者は子供も大人もまとめて……」「古い信者が保護者役で……」「気持ち悪い……」と、いくつかの言葉が自分の耳に届く。彼女たちを見ていると、朋美に肩を叩かれた。

「来たよ」

ロビーに現れたのは茜の家族だった。飯田のおじさん、おばさんが不安そうに手を繋いでいる。悪趣味な柄の服を着て、毒々しい柄のバッグを提げた茜の母親が、誇らしげな笑みを浮かべながら闊歩《かっぽ》している。その後をくたびれた格好で歩いているのは茜の父親だ。以前会った時と変わらず、どうでもよさそうな表情をしていた。

「こちらです、どうぞ」

先導するのはグレーのスーツを着た、渋い美形の中年男性だった。子供のわたしでも見惚れてしまうほど端整な顔立ちだった。見た目で幹部を決めているのだろうか、と思った次の瞬間、彼の顔が記憶と結び付く。

水橋だった。

顔を洗い髭を剃り、髪を整えればこうも変わるのか。

呆気にとられて眺めていると、祐仁がスッとわたしの前に立ち、視界を塞いだ。「見過ぎだよ」と朋美が詰《なじ》る。水橋に導かれるまま、飯田家の人々が集会所の方へ向かった。茜の母親は嬉しくて心が広くなっているのかドアの前で立ち止まり、手振りで夫や義理の両親を先に中へ案内している。

優子が最後尾を歩いていた。こちらを一瞥したが、わたしたちを気にする様子は一切ない。流石《さすが》プロだと感心していると、彼女は茜の母親に近づいて何事か話しかけた。

母親が嬉しそうに何度も頷き、集会所のドアをくぐった。

全身に血が駆け巡るのを感じた。破裂しそうなほど胸が高鳴っている。手筈が整ったのだ。ドアが閉まれば二人はそのまま飯田邸へと向かう。そして茜を連れ出すのだ。後を追って事の次第を見守ってもいいものだろうか。

水橋がドアの取っ手を摑み、にこやかな顔で閉めようとした、その瞬間。

「待ちなさい」

しわがれ声が集会所の中から響いた。

不明瞭なのにはっきり聞こえる、奇妙な声だった。

鷹石の――ミコトの声だ。何の根拠もなくそう確信した。

「こちらに」

優しく、それでいて有無を言わせぬ口調だった。母親グループもひそひそ話を止めている。子供たちも砂遊びを止め、集会所の方に注意を向けている。

水橋は優子に笑みを向けると、悠然とドアをくぐり、見えなくなった。

「違う。二人ともだ」

今度の声は今までより厳しく、怒気を含んでいた。閉じる寸前だったドアが内側から開かれ、何人かの男が出てくる。うち一人が無表情で優子の肩を掴んだ。彼女の長い髪が揺れる。

気付かれたのだ。

こんな場当たり的な作戦が上手く行くわけがないのだ。

祐仁が呻くのが聞こえた。朋美の顔に影が差した。立ち上がりそうになったその時、優子が後ろ手で何かを放り投げた。

次の瞬間、彼女は二人の男とともに集会所に消えた。カチャン、とドアの閉まる音がする。

彼女が投げたものが音を立てて廊下を滑り、わたしの前を通り過ぎ、二つ並んだエレベーターの前で止まる。わたしはほとんど無意識にその物体に歩み寄る。

鍵束だった。キーホルダーが幾つも付いている。うち一つは金色の楕円の板で、アルファベットが四文字、並んで刻印されている。

〈IIDA〉

集会所は不気味に静まり返っていた。

震える指で鍵束を拾い上げた。祐仁と朋美が覗き込む。

わたしは猛然と駆け出した。

走っている間、背後が気になって仕方なかった。次の瞬間にも誰かに——追っ手の信者に襟首を摑まれる、そんな妄想が頭から離れなかった。アスファルトも妙に柔らかく感じ、蹴っても蹴っても前に進まない。水橋がどうなったか、優子がどうなったか。厭な想像ばかりしてしまう。辺りは夕日で赤く染まっていた。誰も見かけず誰ともすれ違わない。車すら通らない。悪い夢の中にいるようだった。

息を切らしながら何とか飯田邸の門を開け、鍵を鍵穴に差し込む。深呼吸を繰り返して、肺に空気を送り込む。

門の前で朋美が周囲を警戒しながら、「見張っとくよ」と言った。祐仁は途中で走り疲れたらしく、見える範囲にいない。

かちゃり、と音を立てて鍵が回った。

罪悪感が膨らむのを抑え込んで、ドアを引き開ける。

埃《ほこり》が鼻をくすぐった。

生乾きのにおいが充満していた。

前に来た時より荒《すさ》んでいる。

わたしは靴を脱いで玄関を上がり、二階にある茜の部屋を目指して、すぐ前の階段を上った。

薄暗かったが電気を点けるのは憚《はばか》られた。

階段も板張りの廊下も酷く軋んだ。聞こえても構わないのに忍び足になってしまう。落ち着け、冷静になれ。心の中で自分を叱りながら、わたしは一番奥の部屋のドアをノックした。

返事はなかった。そっとドアを開ける。

誰もいなかった。

開いた窓から流れ込んだ空気が、カーテンを揺らしている。何処だ。この家にはいないのか。

不安が胸をざわつかせ、搔き乱す。

かすかな音が鼓膜を震わせた。動きも呼吸も止めて出所を探る。

足元より更に下、一階からだろうか。廊下に出て確かめる。布を擦る音、紙を丸めるような音が、確実に下から聞こえてくる。

階段を下りた。朋美は外だ。祐仁はまだ来ない。呼びに行くべきか。いや、いま外に出ると、再びこの家に足を踏み入れる勇気が湧かない気がする。

わたしは一階の廊下を歩いて、リビングに入った。

がさ、と大きな音がした。

リビングの隅で痩せ細った少女が、ぼろぼろのタオルケットに包まって震えていた。

「茜ちゃん」

わたしは呼んだ。

「来ないで」

彼女は答えた。

十七

「早く出ろ、出ろって」

朋美が苛立ちを隠さずにドアを開け放つ。

わたしたちは茜を車椅子に乗せて飯田邸を飛び出した。

外はかなり暗くなっていた。

「どこに行く?」

後に続く祐仁にわたしは訊いた。

「だと思ったよ」彼は車椅子を押しながら、「下山しよう。ここにいるよりは安全だし、しばらくは何とかなる」

「なるの?」

「もちろん」

「さすが祐仁」

「無駄口は後にしよう。バス停だ。拾えたらタクシーでもいい」

わたしはうなずいて大通りへと駆け出そうとした。

「駄目!」

朋美が叫んで思わず足を止める。

次の瞬間、目の前でセダンが急停車した。タイヤがアスファルトを擦る不快な音が耳を貫く。セダンは歩道に前半分を乗り上げ、道を塞いだ。

後部座席に座っているのはミコトだった。太った顔を真っ赤にして、ガラス越しにこちらを睨み付けている。次いで二重顎を震わせて何事かがなり立て、助手席のシートを殴り付ける。

ぱたん、と前のドアが開く音がした瞬間、祐仁が「こっちだ!　引き返せ!」と叫んだ。わたしは踵《きびす》を返して祐仁と朋美の後を追った。

背後から大人たちの怒鳴り声がした。

それだけで泣きそうなほど恐ろしかったが、竦む足を懸命に動かして走り続けた。祐仁に先導されて住宅街を駆け回り、大通りに出るもミニバンが走っているのを見付けて慌てて隠れ、マンションの方へと舵を切る。

車椅子の中で茜は目を閉じ、唇を堅く結んでいた。

「茜！」

彼女の母親の叫び声が、近くから聞こえた。

「茜を返せ、邪教徒ども！」

何人もの足音が迫ってくる。エンジンの音もする。ううう、と茜が呻き声を漏らす。

何度も回り込まれ、引き返しては鉢合わせ、三人が別に逃げても追い込まれて落ち合った。車で追いかけてくるミコトと幹部たち。走って追いかけてくる茜の母親と、一般の信徒たち。

悔しいことにミコトには統率力があった。あれほど馬鹿げた手口と弁《べん》で金を巻き上げ、人を死に追いやっているのに、少なくとも人を使役して追いかけっこをする才能はあった。加えてわたしたちはあまりにも愚昧《ぐまい》で、逃げるにしても行き当たりばったりが過ぎた。

追い詰められたのは光明が丘ニュータウンの端にある、地域で最も大きな公園だった。その野球グラウンドの隅、コンクリートの高い壁の前に、わたしたちは追い込まれてしまった。

夜になっていた。

公園の三方を取り囲む何棟ものマンションが、住人たちの生活の灯りに彩られている。並んだ窓から漏れる乳白色の光と、青白い光。

住人たちは昨夜と変わらない今夜を過ごしている。わたしたちのことなど気付きもせず、気付いたとしても目を逸らし、傍観者を決め込んでいる。平時は挨拶や会話を交わしてくれるが、それ以上の関わりを持とうとはしない。

今も決して霧消《むしょう》したわけではないが、当時はまだわたしたちと彼らの間に、強固な壁が存在していた。あの時、限界まで消耗したわたしが手を突いた、コンクリートの壁のように。

わたしは静かな絶望に苛《さいな》まれていた。

園内の外灯が、コスモフィールドの信者たちを照らしていた。全部で十四人。互いの間隔を狭めながら、じりじりと土を踏みならして歩み寄ってくる。うち一人は茜の母親で、うち一人はミコトだった。

「虫ども」

芝居がかった口調で彼が言った。脂肪の付いた顎を揺らして、

「そう――お前らはまさに地べたを這い回る虫。我々の光に吸い寄せられ、我々に踏み潰されるちっぽけで憐れな存在だ」

「う、上手いこと言ったつもりかよ」

祐仁が小声で毒づいた。車椅子を背後に置き、茜を身体で庇っていた。朋美が祐仁の手を握り締めていた。顔が死人のように青ざめている。

「お前らこそ上手いことやったつもりか？　脱会屋は逃げたぞ。頼む相手を間違えたようだな」

「ちっ」

朋美が舌打ちした。

「さあ、その子を渡せ。治療がまだだ」

「何が治療だよ。どうせこの子も霊力が足りないとか言い訳して見殺しにするんだろ。今までずっとそうだったんだろ。脱会屋の調査で知ったよ」

祐仁が言った。

「教祖ぶるのは一人でも治してからにしてくれませんかね、インチキおじさん」

「邪教徒めが」

ミコトはニタリと笑った。

「茜を返しなさい」

彼女の母親が言った。祐仁の指摘にも動じた様子はなかった。茜がその声に反応し、呼吸を乱す。苦しそうに口を押さえ、身を捩《よじ》る。

「茜」わたしは彼女の細い手を摑んだ。

「ごめんね、逃げ切れなくて。ぬか喜びさせてごめん」

思ったことをそのまま口にしていた。結局何もできなかった。女の子一人を助け出すことすらできなかった。悔し涙が溢れ、視界が滲んだ。

「本当にごめん」

「ううん」

茜が小声で言った。唇を歪め、目を細める。

「……ジェットコースターみたいだった。じ、自分で走ったわけじゃないし、本物に乗ったこと、ないけど」

「運転荒くてごめんな、茜ちゃん」

「いいの」

「くそ」と朋美。

「くそだね」

茜が言った。今度ははっきりと笑う。胸の前で細い指を組んで、溜息交じりに言う。

「でも、楽しかったよ」

「茜……」

「お手紙、渡してよかった」

胸の痛みに耐えかねて、わたしは茜に縋り付いた。鍵束を摑んだ時の決意、茜の家に潜り込んだ時の勇気、茜と相対した時の自信、すべて打ち砕かれ吹き飛ばされていた。

「さあ」

ミコトの声が公園に響き渡った。両手を夜の闇に掲げる。信者たちが一斉に、わたしたちとの距離を縮める。わたしたちは茜を囲むようにして身を寄せ合う。

「手荒な真似はせん。少しばかり〝修練〟に付き合ってもらうだけだ。悪しき信仰を洗い流し、コスモフィールドへの反抗心を消すための――」

ミコトが黙った。

表情が消え、視線がわたしたちから逸れる。細い目は虚空を見つめ、やがて激しく吊り上がった。

「ぐ……ぐる、ぐるる」

獣《けもの》のような唸り声を上げて喉の脂肪を摑む。他の信者たちも一様に苦しみ、もがき、膝を突く。

「げえええっ！」

茜の母親が激しく嘔吐し、その場に倒れた。

「お母さん！」

「待ってくれ茜ちゃん。なるべくじっとしてて」

「何なの、これ」と朋美。「お芝居？　そういう儀式か何か？」

「いや、多分……」

祐仁は辺りを見回した。

紫色の顔をしたミコトが、突っ立ったまま目を見開いている。その口と鼻から血の筋が垂れ、顎まで真っ赤に染め上げている。やがて彼は大きな音を立てて転倒し、土埃を巻きあげた。

あっ、とわたしは小さな悲鳴を上げた。

グラウンドに大人たちが立っていた。

コスモフィールドの信者たちを更に取り囲むようにして、こちらに近付いてくる。数にして二十人、いや、それ以上か。

父さんがいた。母さんもいた。

先生も、給食のおばさんもいる。副会長さんも、その他の大人たちも。

呼びかけたくても声が出なかった。

助かったのは分かるが、何がどうして助かったのか、見当も付かなかった。思い当たるところがあるとすれば——

大人たちに遅れて、暗闇から一人の男性が現れた。早足で近付いてくる。白い服が幽霊のように、暗い中に浮かび上がっている。

会長さんだった。

見たこともないほど厳しい表情をしていた。

そして右手を高々と上げ、こちらに掌を向けていた。ゆらゆらと手を揺らすごとに、信者たちから苦悶の声が上がる。これは。この力は。

大地の力だ。

わたしたちの礎《いしずえ》になる力。

でも会長さんだけが使える、特別な力。

治癒だけでなく攻撃もできるのか。

人を救うだけでなく、責め苛むこともできるのか。

「大丈夫かい」

優しく厳かな声で、彼は呼びかけた。表情を少しだけ和らげる。信者たちの呻き声が少しずつ小さくなっていく。

祐仁が「はい」と掠れた声で答えた。朋美が無言でうなずく。茜は声もなく泣いていた。頰の涙が外灯の光を受けて、星のように煌《きら》めいていた。

「慧斗」父さんが駆け寄った。母さんがそれに続く。

「朋美も、祐仁も無事なの？」

「会長さん」

わたしは車椅子に手をかけて、

「この子、茜ちゃんです。前に言った子」

「うんうん」

「治してあげること、できますか。わたしみたいに。お金は……大人になったらわたしが払う」

自分の言葉がすとんと腑に落ちていた。抱えている事柄、手持ちの札が収まるべきところに収まった、そんな気がした。この選択肢が最善だが、最初は見えない。最初から選ぶことはできない。今までの選択はすべて、ここに至るための道筋だったのだ。

大人たちが次々に信者を抱え上げ、公園の入り口に向かって歩き出す。ほとんどの信者たちは何の反応も示さず、ほかの信者たちもかすかに呻くだけで抵抗はしない。

会長さんは茜の前に跪《ひざまず》いた。

右手を示し、彼女に語りかける。

「この力は強い。人を傷付けることも、命を奪うことも容易い。さっき見せたとおりだ」

茜はこくりと、小さくうなずく。

「保証はできない。コスモフィールドの連中のように、必ず治せるとは言えない。それでもいいなら、慧斗の頼みを聞いてあげたいんだが」

「……うん」

茜が答えた。

「わたしも、治してほしい」

会長さんは頬を弛《ゆる》めると、「行こう」と立ち上がり、歩き出した。

マンションの灯りはそれまでどおり、冷え冷えとした光をわたしたちに投げかけていた。

エピローグ

一年と少しが過ぎた、ある日の朝のこと。

目覚めとともに歓喜で飛び起きたわたしは、顔を洗ってリビングに走った。

「おはよう、母さん」

「おはよう、慧斗」

新しい母さんは微笑みながら大鍋のスープを掬った。数日前に替わったばかりだが、優しいだけでなく料理がとても上手で、わたしはすぐに彼女が好きになった。花を育てるのは苦手のようで、プランターの花は全て枯らしてしまったけれど。

テーブルでは父さんが眠そうにパンを齧っていた。わたしに気付いて欠伸混じりの挨拶をする。父さんは来月、新しい人に替わることになっていた。

「早いなあ、ちゃんと眠れたのか」

「もちろん。父さんも早いね。出張?」

「まさか。今日はお祭りだろ」

「だよね」

わたしは笑って席に着いた。

祐仁が、朋美が、他の子供たちが眠そうに起きてくる。わたしは挨拶を返しながらパンを手に取った。

皆で学校に行き、授業を受けるが気もそぞろで、先生に何度も注意されてしまう。

「どうしてそんなにぼんやりしているのかなあ？　慧斗ちゃん」

嫌味な口調で訊く野村先生に、わたしは「お祭りだからです」と素直に答えた。

「じゃあしょうがないか。大事なお祭りだもんね」

先生はやれやれといった表情で呟《つぶや》き、教室が和やかな空気に包まれた。

学校から帰るとベランダに出て、公園に目を向ける。

野球グラウンドの中央に、高い櫓《やぐら》が組まれていた。大人たちがその周りで声を掛け合い、準備に走り回っていた。胸の高鳴りを感じながら見下ろしていると、見覚えのある二人が目に留まった。野球グラウンドの隣、遊具のある小公園のブランコに乗って、何事か話し合っている。

わたしは家を飛び出した。


ブランコに走り寄ると、右側の女の子が顔を上げた。ふくよかになったが容貌はほとんど変わらない。間違いない、彼女は――

「茜！」

「慧斗ちゃん！」

彼女はブランコから立ち上がると、わたし目がけて駆けてきた。ぶつかり合うように抱き合い、弾みで仲良く転んでしまう。

「大丈夫、茜」

「うん」

「治ったの？」

「うん」

茜の輝かんばかりの笑みが眼前に迫る。それだけでわたしは絶叫したくなるほどの幸福感に包まれ、立ち上がることさえ忘れてしまう。

「慧斗ちゃんたち、こんな凄い力を持ってたんだね」

「使いこなせるのは会長さんだけだよ」

「でも、慧斗ちゃんならいつか」

「どうだろう」

地面に寝そべったまま話していると、会長さんがニコニコしながら近づいてきた。

「準備に行ってくるよ。始まったら慧斗もおいで」

「もちろん」

わたしは上体を起こすと、

「ありがとう。お金は絶対に払うね」

「まだ完治はしていないよ」

神妙な顔で彼が言い、わたしも茜もつられて真顔になる。

「大地より生まれし生命は、大地に根を張って生きなければならない。茜ちゃんはずっと家にいた。閉じ込められていた」

茜が表情を曇らせる。

「だから……これからみんな仲良く生きよう。私たちに加わった、茜ちゃんのご家族だけじゃない。私たち大地の民みんなで。それを忘れないために、ここで祭りを行うことに決めたんだ。戦地に平和祈念のモニュメントができるようなものだ。分かるね」

わたしは大きく頷いた。茜も再び笑みを見せ、わたしに抱き付いた。


空が赤紫色に染まる頃、わたしは酩酊にも似た感覚を覚えながら、公園をさまよい歩いていた。

祭りは賑わっていた。

光明が丘が光明が丘になる前、この地に伝わっていた祭り。それを今の地形や家並みに合わせてアレンジし、皆が楽しめる形にした。会長さんの主導で、大人たちが住民以外の人たちと交渉し、了承を得て執り行うこととなった、わたしたちの祭りだ。

大地の民の祭りだ。

公園のあちこちに配置されたスピーカーから、音楽が流れている。

櫓の上で踊っているのは父さんだ。あの写真と同じ装束を纏《まと》い、仮面を着けてゆらゆらと、不思議な舞を舞っている。音楽も舞も、丹念な調査で再現したものだ。ここで舞い踊る前、山から下りて来て光明が丘を練り歩くのも、かつての作法どおりだという。

櫓の周りでは大人たちが輪になって踊っている。その周りには露店がひしめき合い、人々で賑わっている。醤油の焦げる香ばしい匂いが、辺り一面に漂っていた。

光明が丘が始まる。わたしたちは確かに、この地に根を下ろした。

その確信を胸にわたしは園内を歩き続けた。

「慧斗ちゃん！」

呼ぶ声に振り向くと、茜が手を振っていた。祐仁と朋美の三人で、焼きとうもろこしを食べている。

「どこ行ってたんだよ、もう」祐仁がぼやく。

「いつものことでしょ」朋美が笑う。

わたしは手を振り返すと、彼女たちに向かって走り出した。

※　※

これがわたしと飯田茜が出会い、彼女とその家族をわたしたちの一員にした経緯だ。お読みいただいたとおり偉業でもなんでもない、ただの愚行だ。わたしたちの行いが祭りの始まりに少しばかり寄与したからといって、わたしを褒め称えるのは誤りである。

改めて強調しておこう。

邪教の子を救ったのはわたしではない。大地の民一人一人が、彼女を暗闇から助け出し、病を癒し、あるべき姿へ変えたのだ。

変える力を持っているのだ。

だからこれを読む者は、そのことを誇りに思ってほしい。

そしてこれからも、大地の民であることを誇りに思ってほしい。

大地の民でい続けてほしい。

世界が終わり、新たな始まりの時を迎えるその瞬間まで。
それがわたしの、唯一つの願いだ。

——大地の民　第二代会長　権藤慧斗『祝祭　我が大いなる愚行および光明が丘始まりの記録、或いは大地の力によりその病を克服した者たちの真実』（私家版）より

1

乱暴に本を閉じた。

パン、と乾いた音が車内に響いた。

タクシーは高速道路を走っていた。運転手は幸いにも無口で、乗ってから今に至るまで、行き先やルートを訊《たず》ねる以外は一言も口を利いていない。

「矢口《やぐち》さん」

隣の席で男がもぞもぞと動いた。伸び放題の白髪の隙間から、怯《おび》えた目が覗く。

男は小声で呼んだ。

「お、脅かさないでくださいよ」

「何がですか」

「今の……大きな音」

「コレですか」

俺は本を掲げてみせた。男は泣きそうな顔でうなずく。いや、実際に泣いている。大きな目から涙が零《こぼ》れ、弛んだ頰を伝っている。

「死ぬ、かと思った。銃声か、爆弾かと……本当に、か、勘弁してください」

「申し訳ない」

言葉を尽くして詫びようと、あの手この手で宥《なだ》めようと、この男は一度感情が乱れたらしばらく落ち着かない。だが暴れたり大声を上げたりはしない。何事か呟《つぶや》きながら、ひっそり泣くだけだ。だから最低限の対応だけして、後は放っておくのが一番いい。

震えながら男は呟き続けた。白いものが交じったぼさぼさの髪、皺くちゃの黒ずんだ顔。容姿は六十前後だが、実年齢は三十代半ばくらいのはずだ。正確な年齢を本人は覚えていない。記憶にかなりの欠落がある。容姿だけではない。脳や精神もおかしくなっている。

この男は壊されかけたのだ。

カルトに。

邪教「大地の民」に。

俺は手にしている本の表紙を撫でた。シンプルと言えば聞こえはいいが、質素で味気ない薄茶色の表紙。ところどころ染みが付いている。背にも、小口にも。仰々しく長ったらしいタイトルと著者名だけ、金色の箔押しで印刷されている。

〈『祝祭　我が大いなる愚行および光明《こうみよう》が丘《おか》始まりの記録、或いは大地の力によりその病を克服した者たちの真実』（私家版）権藤慧斗《ごんどうけいと》〉

バーコードも価格も記載されておらず、奥付すらない。信者に配るためだけに製本されたものだから、当然といえば当然かもしれない。

俺は再び本を開いた。撮影の合間も、移動中も、それ以外でも気付けば読んでいたせいで、どこに何が書いてあるかは大体覚えている。それでもまたこうして開いてしまう。

特定の期間にだけ焦点を当てた、教祖の自伝。

この手の書物は支離滅裂なものも多いが、『祝祭』は平易な文章で簡潔に綴《つづ》られており、内容を掴《つか》むことは比較的たやすい。登場人物たちの個性も、感情もある程度は理解できる。権藤慧斗も「娯楽小説の真似」と自嘲《じちょう》交じりの自己分析をしている。実際、この本が何であるかを全く知らない読者にとっては、終盤の数々のサプライズは娯楽小説そのものだろう。だが、これは間違いなく著者、権藤慧斗にとっては意図せざるものだ。『祝祭』の本文には、内容を理解するための重要な情報が書かれていないのだ。省略されているというより欠落している。

慧斗らが「大地の民」の信者であること。「会長さん」こと権藤が先代代表であること。「父さん」「母さん」「先生」は成人の信者の役職名であり、前二者は実の親でも育ての親でもなく、後者は教員免許保持者ではないこと。「学校」も信者がそう呼称しているだけで、実際はマンションの一室だろう。

これらは終盤に至っても明記されない。当たり前だ。想定されている読者は信者のみで、わざわざ説明する必要などないからだ。

これらの事実を踏まえていないと、誤解してしまうか、或いは引っかかりを覚える箇所がいくつもあった。

光明が丘に住む人々が、慧斗らにどこかよそよそしい態度を取っていること。コスモフィールドの教祖や信者が、慧斗らを「邪教徒」と蔑むこと。逆に「野村《のむら》先生」が飯田茜《いいだあかね》を異様に嫌悪していること。

牧《まき》商店の女性店主が、慧斗に敵意を露《あら》わにしていたこと。もっとも、彼女は大地の民とコスモフィールドを混同していたようだが。これ以外にも人々の発言に、「コスモフィールドのことを指している風に読めるが、実は大地の民やその信者のことを話している」箇所はいくつもある。

慧斗に依頼される以前から、脱会屋の優子《ゆうこ》が光明が丘に足を運んでいた。何も知らなければ、この点がご都合主義に見えてしまうだろうが、実際は違う。おそらく彼女は大地の民から信者を奪還するための事前調査をしに来ていたのだ。既に何人かは成功していたのかもしれない。慧斗が盗み聞きした「父さん」「母さん」の会話に出てくる「木内《きうち》さんとこのご家族」「園田《そのだ》さん」は、奪還された信者のことだと考えれば筋が通る。

慧斗に直談判された水橋《みずはし》と優子が、大笑いしたのも無理からぬことだ。子供、それも標的である大地の民の信者から、仕事を依頼されたのだから。

「会長さん」が祭りの復活に躍起になっていたのは町興しのためではない。自分たちの宗教活動を、光明が丘の人々に認めて貰うための施策だったのだ。

そしてその試みは成功を収めた。代表が替わっても教団による一般人の懐柔は続けられ、全てが軌道に乗った。

光明が丘は新興宗教が根を下ろした宗教都市ならぬ宗教ニュータウンとして、今や全国的な知名度を誇っている。胡散臭い、怪しいとネガティブな視線もあるにはあるが、大多数の人間には静観されていると言っていいだろう。過疎化するニュータウンも多い中、特異な形で賑わっているレアケース、と好意的に取る学者もいる。

だが、俺は知っている。

大地の民はそんな平和的な連中ではない。

あいつらは信者を洗脳し、肉体的、精神的に痛めつけ、一生癒えない傷を残す。当人だけでなくその周りの人間も、長きにわたって苦しめる。

俺自身がその証拠だ。より客観的な証拠が、こいつだ。

傍《かたわ》らの男に目を向けた。

彼はもう呟くのを止めていた。中途半端に開かれた口から、涎《よだれ》が一筋垂れている。目は閉じられているが、瞼は二秒に一回のペースで痙攣《けいれん》している。俺が咳払いでもしようものなら、再び飛び起きて啜り泣くだろう。俺に非難の眼差しを向けながら。

男の名は久木田《くきた》祐仁《ゆうじん》。

この自伝に登場する、慧斗の同級生だった。

2

祐仁と出会ったのは半年前のことだ。

俺が企画し、撮影し、編集した深夜番組「アウトサイド食リポ」がネットで話題になり、多くのメディアで取り沙汰された直後。

ヤクザ、半グレ、ホームレス、家出中の十代少女、車中泊を二年続けている子連れの女性、かつて陸軍で化学兵器を開発し現在はゴミ屋敷に住む老人、親にネグレクトされ小学校にも通わせてもらっていない九歳の男子。そうした人々の生活を俺一人で取材し、彼ら彼女らの食事風景を撮る異色グルメ番組だ。

関東ローカルのテレビ局に入社して四年で、初めて通った企画だった。企画を吟味する編成の連中にとって、俺はずっと「テレビでやれない企画ばかり出す使えない奴」だった。「アウトサイド食リポ」が通ったのは様々な幸運が重なった結果だ。撮影中は様々なトラブルに見舞われ、死を覚悟したことも何度かあった。

他局やウェブマガジンから取材を受ける中で、俺はそうした経緯や自分の半生を語る必要に迫られた。顔写真も広く出回ることとなった。結果、道で声を掛けられることが増えた。二度見されることも、遠くから指差されることも。ロケの最中でも移動中でもプライベートでもお構いなしに。

「矢口弘也《ひろや》さんですよね？　テレビ関東の」

「ア、ア、アウショクのDの人ですよね？　番組、面白かったです！」

「続編待ってます！」

嬉しくないといえば嘘になるが、満たされた気持ちにはならなかった。誉められても信じられない。皮肉にしか聞こえない。市井の人々の言葉は勿論、記者やライターの言葉も。唯一の例外は歓楽街で酔っ払いの中年男に掛けられた、こんな言葉だった。

「あの番組かぁ。観た観た。ヤクザがヤクザの取材してたヤツだろ？」

堅気に見えない格好をしている同業者は多いが、俺はその中でも度を超しているそうだ。どれほど大人しい髪型にして地味な服を着ても、その筋の人間にしか見えないという。職務質問されるなど日常茶飯事だ。

色黒であること、目付きが悪いこと。そして痩せていること。その他、言語化するのが難しい、顔のパーツの配置や振る舞いの全てが、俺を反社会的勢力の人間のように見せているらしい。

納得出来ないわけではなかった。むしろ受け入れていた。こんな人生を歩んでいればこんな顔にもなるだろう。こんな荒《すさ》んだ雰囲気を纏《まと》うようにもなるだろう。

だから、と言っていいのか分からないが、この容姿の特徴を真っ直ぐ指摘されることについては全く悪い気がしない。久木田祐仁のか細い声が聞こえたのもそのせいだ。

「矢口さん、そこのハンシャみたいな矢口さん」

午後十時。人でごった返す新宿西口の、喫煙スペースの前を歩いていた時だった。小さな声がざわめきを突っ切って俺の耳に届いた。声のした方——喫煙スペースの方を向くと、紫煙を吐く人々の中で、男がこちらを見ていた。老人、と言った方がいいかもしれない。酷《ひど》い猫背でシャツもスラックスもよれよれで、肩に提げた鞄もあちこちがほつれていた。

「ああ、やっぱり矢口さんだ、アウショクの、ですよね」

男は目を見開いたまま口だけで笑みを作り、覚束《おぼつか》ない足取りで近寄ってきた。

俺はほとんど無意識に身体ごと、彼の方を向いた。リュックサックの中の撮影機材とノートパソコンを守るための、反射的な行動だった。

「番組、拝見しましたよ。面白かったです」

「どうも」

俺は答える。命の危険はなさそうだが、長く相手をしていい相手ではない。男をそう品定めする。

「ネットで仰《おつしや》ってたでしょ、第二弾もあるかもって」

「ええ、決めるのは上の人間ですが」

「カルトとかのコミューンを取材したいとか」

どこかの雑誌の取材でそんな話をしたこともあった。ネットニュースにも転載されたはずだ。

「それが何か」

「大地の民、ご存じですよね、矢口さん」

男は確信を込めて言った。

「ご存じのはずです。取材したいのはカルトなんてぼんやりした括りじゃなくて、大地の民のはずだ。違いますか」

俺は答えられなかった。

この男は知っている。俺のことを知った上で俺に接近し、話している。警戒心が強まり心臓の鼓動は激しくなったが、一方で思考は落ち着いていた。男にも、周囲にも意識を向ける。

男の見開かれた目から、涙がこぼれ落ちた。

「ちょっとお時間、よろしいですか」

鼻水も垂れている。ささくれた指先も震えている。それでいて笑顔を保っている。俺はその様子をじっと観察していた。男はかすれた声で更に、

「お、お時間……あちらの喫茶店でも、私の家でも」

「こちらに」俺は言った。「行きつけの店があるんで、そこにしましょう。申し訳ないですが他所《よ》《そ》では遠慮したい。込み入った話もできますよ」

男はぼろぼろと涙を流しながら、「ありがとう」と囁いた。

行きつけの店とは、ヨドバシカメラ新宿西口本店マルチメディア館のすぐ近くにある、カラオケボックスのチェーン店だった。三階の一番奥の部屋に案内される。廊下の一角にあるドリンクバーで適当な飲み物を注ぎ、テーブルに置く。男は物珍しそうに室内を眺め、俺がグラスとストローを差し出すと平身低頭した。

「カラオケ、ですか」

「そうですが」

「へえ、懐かしいな……あの、曲の書いてあるやつは?」

「と言いますと?」

「あれです、あれ……分厚い、タウンページみたいな」

男はソファとテーブルの狭い隙間に突っ立ったまま、両方の人差し指で中空に四角を描いてみせた。涙は引いたが不安そうな笑みは変わらない。

「今はありませんよ。曲はその機械で検索するんです。わざわざリモコンに番号を入力する必要もない」

マイクの挿さった端末を示すと、男は首を傾げた。理解できないらしい。

「歌を歌いにきたわけじゃない。どうぞ」

俺は彼に座るよう示すと、テーブルを挟んで向かいに腰を下ろした。男は怖々とソファに身体を預け、心細そうに鞄を抱いた。そのまま黙り込む。

沈黙は一分ほど続いた。やんわりと急《せ》かしてみるか、と思ったところで、男は口を開いた。

「久木田祐仁と、い、言います」

「矢口です」

「大地の民にいました。元信者です」

「元、と言いますと」

「脱会しました、四年前のことです」

へへ、と男は——祐仁は卑屈な笑い声を上げた。鞄を開き、中から一冊の本を取り出す。

「これを読んでもらえますか」

「此所《ここ》で?」

「ええ。現会長の自伝みたいなものです。私のことが書いてある。矢口さんにとっても、有益な情報が載っているはずだ」

俺は自伝を受け取り、開いた。読み終わるのに三十分とかからなかったと思う。

衝撃を受けていた。

これまで大地の民については調べていたが、こんな本が存在したとは知らなかった。書かれていることも未知のものか、今まで知り得た情報の裏付けになるものばかりだ。しかし。

「まず聞きたいんですが、ここに書かれていることは事実なんですか?」

俺はコップを干してから訊ねた。

祐仁は答えた。

「もちろん、もちろんです」

「慧斗とは——現会長とは昔から、ずっと仲良くしていた。ずっと一緒だったし、正直……特別な感情もありました。そこに書かれているとおりです。私達は大それたことをした。無茶をした。

それが大地の民と、光明が丘の礎《いしずえ》の一つになっている。け、結果論ですけどね」

「ですが」

俺は苦笑が出ないように、

「前代表がコスモフィールドに対して、言わば……超能力のようなものを使って、死に至らしめる記述がありますよね？　素直に読めばそう受け取れる記述が。申し訳ないが、これを事実として受け入れるのは難しい。久木田さんが異様に老け込んでいることより何倍も」

「ええ、ええ」

祐仁は鞄を引っ掻《か》き始めた。耳障りな音が密室に響く。廊下で若者グループが大笑いするのが聞こえる。

「ええ……仰りたいことは分かります。でもね」

祐仁は震える指で頭を突いた。

「この目で見ました。見たんですよ。私はあの公園で、慧斗や朋美《ともみ》たちと一緒に。ミコトは……コスモフィールドの信者たちは、全員が苦しみ、死んでいった。信じてもらえないのは分かっています。でも私は確かに見たんだ。この本に嘘は書かれていない。少なくとも私が登場する箇所の記述はね」

またしても彼は涙を流していたが、俺はもう何とも思わなくなっていた。

「死体はどうしたんです？」

「分かりません。埋めたか、他の方法で処理したか」

「他の方法とは？」

「分からないんです。私には分かりません」

祐仁は髪を掻き毟《むし》った。小声で何か言っている。俺は身を乗り出し、耳を澄ました。

「……どうしたらよかったんだ。どうしたら。あのままずっと、大地の民にいたらよかったのか……」

嗚咽《おえつ》を漏らしながら祐仁は自問自答していた。

「あのおぞましい、こ、コスモフィールドより狂ったやつらと、一緒に過ごせばよかったのか……そんなはずはない。そんなはずは。ねえ、矢口さんもそう思うでしょう?」

黙っていると、彼はこう続けた。

「こっそり抜けてきたんです。でも無理だった。何もできない。仕事も、生活も何一つ。あそこの暮らしが骨にまで染みついたせいだ。あ、思想も、考え方も何もかも」

不意に手を伸ばし、俺の腕を掴む。俺は抵抗せずに様子を窺うことにした。祐仁の握力はあまりにも弱く、憐れみを覚えるほどだった。

「私だけじゃない。あいつらに壊された人間は何人もいる。この本に出てくる人もいる。それに」

彼は俺の鼻先でニタリと歯を剝き、

「矢口さん。あなたも間接的に、大地の民に壊された人間のはずです。だからあそこを取材したい。食……食ナントカの番組を作るフリをして、あいつらの欺瞞《ぎまん》を暴きたい。そうお考えなんです。そうでしょう。そうですすよね」

へへへ、と冗談めいた笑い声を漏らした。

祐仁の指摘は当たっていた。だから彼から大地の民の話が出た時点で、仕事の頭に切り替えていた。そうしないと我を忘れてしまいそうだった。

この店までの道のりで、俺はリュックに手を突っ込んでアクションカメラの録画ボタンを押し、ジャンパーの内ポケットに忍ばせていた、ＩＣレコーダーで録音もしていた。これまで数々の潜入取材をして身に付いた、習慣のようなものだった。

「何が目的です？」

俺の質問に、彼はこう答えた。

「私を利用してください。そうすれば彼らと接触できる」

３

大地の民。

一九七八年、権藤尚人によって設立された新興宗教だ。もっとも、最初は「大地の会」という名前で、彼の編み出した健康体操を彼の自宅で実践する、ご近所のささやかな集まりに過ぎなかったらしい。代表を会長と呼ぶのはその名残、というわけだ。

この辺りのことは二〇〇三年、中堅どころの出版社から刊行された『大地の民　新世紀・宗教ニュータウンの全貌』という新書に書かれている。一般流通した、彼らについて書かれた唯一の本だ。権藤や信者のインタビューが中心、つまり「彼らの言い分」がまとめられたもので信憑性には疑問があるが、他にまともな情報が出ていない以上、手掛かりにしないわけにはいかない。

大地の民はメディアとの接触をほぼ絶っていた。公式サイトの更新も十二年前に止まり、ページのほとんどはリンク切れで閲覧できない。「アウトサイド食リポ」が当たった直後、「contact us」のページにあったメールアドレスに取材依頼を送ったが、宛先不明で戻ってきた。

『大地の民』の著者、大越隆彦は仕事を選ばないフリーライターで、この本を出して二年後、病気で亡くなっていた。享年五十一。メディア関係者の早死にはよくあることだ。俺の周りでも四十代、五十代で死ぬ人間は少なくない。

この本を読む限り、初代会長——教祖である權藤に、それほど特異なところは見受けられない。一九四六年長野県生まれ。高校卒業までを県内で過ごし、その後東京の大学の医学部に進学、医師免許を取得後、町田市の病院に外科医として勤務していた。ここまでは裏も取れている。

裕福な家の生まれだったらしいが、両親やきょうだいとの仲は険悪だったという。医者になったのは親の「命令」であり、それ以外は親への「抵抗」である——という主旨の発言を、權藤は『大地の民』の中で強調していた。大地の民が血縁を否定しているのもそのためだと。〈父さん〉〈母さん〉のことだ。『祝祭』を読んだ今、彼が具体的にどんな共同体を作ろうとしたかが分かる。実際に作れたことも。

「大地の会」を作ったのは働き始めて五年後、三十二歳の時だ。程なくして名前を変え、仲間——信者から寄付を受け取るようになる。

權藤が完成したばかりの光明が丘ニュータウンに居を移したのは一九八六年のことだ。彼の自宅では手狭になったから、というのが直接の理由らしい。時期を同じくして病院勤務を辞め、自宅であるマンションの一室を「集会場」「道場」にして、新興宗教としての活動を本格化させる。正式に宗教法人として認可されたのもこの頃だ。

教義は根幹も細部も、極めて凡庸だ。出家制度を採用しているところは珍しいと言えなくもないが、独特というほどでもない。

自然との調和。

修行による魂の浄化。

『祝祭』で水橋がコスモフィールドのことを「スピリチュアリズムやニュー・エイジを適当に継《つ》ぎ接《は》ぎしただけ」と揶揄していたが、同じことは大地の民にも言える。

彼らが一風変わっているのは、拠点となるニュータウンの住人と積極的に交流したこと、そしてそれが成功したことだ。『大地の民』で大越はそう結論づけている。強引な布教や勧誘をせず、無償で地域住民を支援した。具体的には権藤による医療行為、そして「お祭り」。これらは『祝祭』の記述と符合する。

宗教とは本来こうあるべきではないか、ニュータウンは本来こうあるべきではないか――大越はそう結んでいた。要するに権藤を、大地の民を概ね肯定的に書いていた。

馬鹿げた話だ。

午前十一時。予定よりずっと早く着いてしまいそうなので、パーキングエリアで休憩を取ることにした。急に疲労が襲ってきたせいもある。羽田空港で祐仁と待ち合わせてタクシーに乗り、高速をひた走って光明が丘へ向かう。俺にとって無理のあるスケジュールではないが、知らないうちに緊張し興奮し、心身に負荷を掛けていたらしい。

多目的トイレで身体を拭き、持参していた服に着替える。取材で身だしなみに気を遣う余裕は随分前に無くなっていたが、今回はしなければならない気がした。

喫煙ブースで煙草を吸ってからトイレに引き返し、歯を磨いた。食欲は全く無かったが自販機でお握りを二つ買い、建物を出てタクシーに戻るまでの数十メートルで食べ尽くす。運転手はアイマスクを着けてシートにもたれていた。祐仁はまだ戻っていない。

後部座席で腕を組み、これからのことを考えた。

大地の民のスポークスマンと会えるのは午後二時。場所は光明が丘にある公民館分室、二階会議室。

取材を許可されたのは祐仁のおかげだった。

彼から教わった教団私書箱に、こんな内容の手紙を送った。久木田祐仁を保護した、心身に不調をきたし、教団に戻りたがっているので連れて行きたい、その代わり取材させてもらえないか——。内容は彼の提案を踏まえたものだった。

「どうして俺に便宜を？」

これまで何度か同じ意味の質問をしたが、祐仁の答えはいつも同じだった。

「教団を憎んでいるからです。矢口さん、あなたと同じように」

手紙を送ったのは四ヶ月前、返事が来たのは半月前のことだ。幸運にも取材の合間で自宅に戻っていた俺は、手紙を読んだ瞬間「よし」と声を上げた。

手紙には挨拶と祐仁を保護したことに対する感謝の言葉、面会兼取材の日時と場所が、美麗な手書き文字で認《したた》められていた。俺一人だけなら二、三日泊まってもいい、とさえ書かれていた。マンションの一室を宿泊施設として利用できる、食事も用意する、と。

〈大地の民は矢口弘也様を心より歓迎します。敬具　広報担当者〉

手紙は今も手元にあった。リュックから引っ張りだし、もう一度眺める。祐仁はまだ戻らない。

（あなたも間接的に、大地の民に壊された人間のはずです）

カラオケボックスで彼が言っていた言葉を思い出した。俺の存在は教団にいた時に人伝に知り、強く印象に残ったという。

そうだ。俺は間接的に奴らに壊されている。

あいつらは俺の人生を、その始まりから狂わせたのだ。


俺を育てたのは母方の祖父母だったが、それがレアケースであると知ったのは小学校に入ってからだった。

いや、「育てた」より「生存させた」と言った方が正しい。二人は俺にわずかな食事と、屋根のある寝場所を与えただけだった。入学式に普段着で出た新一年生は俺一人だった。それも元が何色だったかも分からないスウェットの上下で。読み書きが全く出来なかったのも、単語でしか話が出来なかったのも俺だけだった。

二人を責めるつもりはない。責めるべきは年金暮らしで出歩くのもままならないほど老いた祖父母に、そうと分かって二歳の俺を預けて消えた母親だ。

祖母はことあるごとに、実の娘への罵詈雑言を俺に投げ付けた。娘の罪を並べ立て、詰《なじ》った。父親の分からない子供を産んだ、すぐに育てられなくなりここへやって来て、そのまま行方を晦《くら》ました、ヒモを養おうと多重債務に陥り、首が回らなくなって安全な所に逃げた——

その逃亡先が光明が丘、大地の民だった。

「シンコーシューキョーはそんなもんだ」

祖母が口癖のように言っていた。

「あのバカはね、わたしらの貯金まで全部持って逃げたんだよ。お布施にするために。大地の民はそんな金で運営されてるの。人からくすねた金と奪り取った金と、奪い取った金で」

同級生とあまりに違うことの不満を述べ立てると、祖母は杖で俺を殴った。途中から歩行用の杖とは別に、俺を殴る用の杖を用意した。玄関の隅に放置されていた、使わなくなった杖を少しばかり短く切ったものだ。普段は買い物に行くのも億劫がるほど足腰が弱っているくせに、俺を打つ時だけは矍鑠《かくしやく》としていた。家屋から出るという手段を思い付けないほど幼かった俺は、木造の狭い平屋を逃げ回っては捕まり、したたかに打ち据えられた。

祖父は無言でそれを傍観していた。

「大地の民め」

「あいつらが娘を狂わせた」

「大地の民さえなければ、こんなことにはならなかったのに」

これらも祖母の口癖だった。俺が動けなくなると彼女は俺を抱き締め、泣きながらそう繰り返した。慟哭《どうこく》する祖母は酷く弱々しく儚《はかな》げで、俺は彼女を可哀想に思った。

間違いなく当時の俺は被虐待児童だった。日々の生活に苦痛を覚えていた。常に空腹だった。だが自分には逃げる権利などないと思っていたし、クラスメイトのような生活を送る資格はないと思い込んでいた。

愚かな母親の子供だから当然の仕打ちだ。憐れむべきは自分ではない。大地の民に唆《そそのか》された母親に孫を押し付けられ、貯金を奪われた祖父母だ。こうなったのも全部、大地の民のせいだ。そう信じて疑わなかった。

小学校では爪弾きにされ、いじめに遭ったが、当然のことだと思って耐えた。耐えきれなくなって反撃すると、今度は教師たちに不良のレッテルを貼られた。

中学に入ると当然のように不良グループの仲間入りをして、盗んだ原付やらを売りさばくようになった。補導された事は一度や二度ではなく、暴力沙汰に巻き込まれたことも数え切れないほどあった。学校には滅多に行かず、家には全く寄りつかなくなった。この頃について反省する点は多々あるが、それは今だからできることだ。

当時はむしろ満たされていた。心はともかく、腹は。

万引きした食い物と、盗品を売りさばいた金で買った食い物で。

それに自分と似たような境遇の連中と一緒にいる間だけは、わずかに安心できた。学校で異端だった俺は、連中といると普通だった。親に養育を放棄されている、養父母から虐待を受けている、読み書きがまともにできない、栄養失調、空腹をシンナーで紛らしている――

中には本当に頭がおかしい、狂犬とでも呼びたくなる人間がいないわけではなかったし、彼らに目を付けられて死を意識したこともあったが、連中は概ねまともに育てられていない、ただ生存することだけを辛うじて許された者ばかりだった。

高校には行かなかった。今思えば怠惰で、愚かで、危険で、それでも幼いころよりはマシな日々を過ごして俺は生きた。

ある日のことだ。仲間の家で昼過ぎに目覚め、弁当でも買おうと近くのスーパーに原付で向かった。

「矢口くん」

弁当売り場で声を掛けてきたのは、小学校で同じ学年だった葛原英司《くずはらえいじ》だった。同じクラスになったことも何度かあったはずだ。苗字の所為《せい》でクズだのクズ男だのクソ原だのと仇名を付けられていた。いじめというほどではないにせよ〝いじり〟の対象だった。

同じカースト最下層同士で二人組にさせられたり、言葉を交わしたりすることは何度かあったが、特に仲が深まることはなかった。それ以前に、会話も嚙み合わなかった記憶がある。葛原の家はそれなりに裕福で、何気ない会話の端々から俺との隔たりを感じた。

当時の感情を思い出し不快感に苛まれていた。葛原を睨《にら》み付けてさえいたと思う。だが彼は気にする様子もなく笑顔を見せた。ふくよかな体格と顔つきも相俟《あいま》って大仏のようだった。声は甲高く少年のようだった。

「久しぶり。元気?」

「ああ」

「お買い物?　これからご飯?」

「それがどうした?」

俺は小さく舌打ちして訊き返した。葛原は明らかに怯んだが、それでも笑顔を崩さなかった。

「よかったら奢《おご》るから、そこで食べない?」

彼は出入り口の片隅を指した。小さく古臭いファストフード店があった。中途半端にアメリカ風の意匠。レジカウンターの上にはたこ焼きやアメリカンドッグの巨大なパネル。店名はどこにも書かれていない。

「は？　何でそんなこと」

「いや、再会を記念して」

馬鹿か、と思ったが無料で飲み食いできるなら好都合だ、とすぐ思い直した。ちょうどその頃は懐が寂しく、一週間ほど一日一食で済ませていた。

その時頼んだものは今も思い出せる。たこ焼き、お好み焼き、フライドポテト、フランクフルト、コーラ、ソフトクリーム。気紛れな善意を押し付けるお節介な元同級生から、分かりやすく毟り取ってやったつもりだった。

だが。

葛原は自分の注文したものを食べながら、嬉しそうにしていた。金持ちには痛くも痒《かゆ》くもないのだと分かって、俺は腹が立った。馬鹿にされた気がした。

「金貸せよ」

「いくら？」

「五万。持ってんだろ」

財布の中身は注文した時、それとなく確認していた。葛原は少し考えて、財布から五万円を引っ張り出した。こちらに差し出す。

ひっつかもうとした瞬間、彼はサッと札を引いた。

「あ？　舐めてんのか」

「ううん。全然」

彼はニコニコしながら、

「一個だけお願いがあるんだけど。約束というかね」

「何だよ」

俺は鼻で笑った。これっきりにしてくれとか、俺の仲間には内緒にしてくれとか、どうせそんなところだろう。出来心で施してはみたものの、搾《しぼ》り取られることに気付いてビビっているのだ。馬鹿らしい。

「約束してほしい」

「だから何をだよ」

「ぜんぶ食費に使うこと」

「は？」

「飲み食いする以外には使わないでほしいんだよ」

真っ直ぐ俺を見て葛原は言った。予想外の〝約束〟に俺は何も言えなくなった。守ることで俺に多少の制約はできるが、目の前の太った同級生に何のメリットがあるのか、全く想像できなかった。

「ふざけてんのか？」

「ううん。真面目だよ。で、どう？　守ってくれる？」

諭吉五枚を翳《かざ》してみせる。

俺はしぶしぶ「分かった」と言って、五万円をもぎ取った。彼は目をぱちくりさせたが、すぐに笑顔に戻って付け加える。

「あ、もちろんお酒は駄目だよ」

「さっきから何言ってんだ？」

俺はテーブルに乱暴に拳を置いた。安定感の悪いテーブルは大きく揺れ、空になったプラスチックのコップとストローが床に転がる。

「どういうつもりだ。え？　俺にそんなもん守らせてお前に何の得があるんだよ」

うっかり素直に問い質《ただ》していた。

「いや、別に」

葛原は財布を仕舞うと、今度は携帯を取り出して「連絡先を交換しよう」と言った。そこから何度凄んでも脅しても、彼は理由を言わなかった。

転がされている。優位に立たれている。その不快感と怒りは翌週、五万円を使い果たしても消えなかった。当然のごとく俺は葛原に連絡し、金をせびった。断る余地がないことを言外に仄《ほの》めかす。

午後七時。待ち合わせ場所に現れた葛原は、俺を認めるなり訊ねた。

「ちゃんと食費限定にしてくれた？」

「ああ」

俺は嘘を吐いた。貰った金のほとんどは酒と煙草、仲間と遊ぶ金に消えていた。

「よかった。じゃあ引き続きよろしく」

気付いていないはずがないのに、葛原はにこやかに五万円を差し出した。奪い取ってすぐさま原付に乗り、その場を去った。少しも嬉しくなく、むしろ不快だったが、その理由を考えるようになったのは、それから五度、やつから金をせしめてからだった。四度目と五度目の間は三日しか空いていなかったのに、葛原は訝《いぶか》る素振りすら見せなかった。

俺は何故こんな気分になるのか。累計で三十五万も貰って何が不満なのか。夜通し考えても答えは出ず、仲間の家に帰って眠り、夕方に目を覚まし、空腹を感じた瞬間、疑問はあっさりと氷解した。

その五万は全て食費に――それも自分のためだけの食費に充《あ》てた。あの時抱えていた負の感情を、今の俺が言葉にするのはとても容易《たやす》い。

俺は罪悪感を抱いていたのだ。葛原との約束を守らなかったことを、後ろめたく思っていたのだ。当時はそうした言葉を知らなかったが、感情の出所と対処法は分かった。五万円を使い切ったのは二ヶ月後のことだった。葛原に電話をして呼び出し、いつもの待ち合わせ場所で落ち合う。彼はそれまでと同じ態度で財布を手にした。

「何でだ?」

「え」

「何で食費限定なんだ?　理由があるだろ」

「いや、別に」

「おい、クズ」

俺は葛原の胸ぐらを摑んだ。

「馬鹿にしてんのか。あれか、金の力でチンピラ飼ってみましたってか」

「やんないよそんなこと」

彼はすぐに落ち着きを取り戻して、いつもの笑みを浮かべた。

「言え。何のつもりだ」

「怒らない？」

「あ？」

「怒らないなら答えるよ」

殴り飛ばすか、地面に叩き付けるか。辛うじて衝動を抑える。

「……分かった、言ってみろよ」

葛原は笑顔のまま答えた。

「いつもお腹、空かせてたみたいだったからさ。給食もお替わりしたそうだったたし。一回ちょっと多めに入れてあげたの、覚えてる？　すごい勢いで食べてたよ」

全く予想もしていなかった言葉に、俺は絶句した。

「それがすごく、記憶に残っててね。一回だけしか大盛りにしなかったの、すごく何て言うか、悪いことしたと思ってて。だから……だから、うん、罪滅ぼしってわけじゃないけど」

弱ったな、と眉尻を下げる。

力が抜けた。胸ぐらを摑んでいた手が、俺の意思とは関係なく放れる。

そして――


「お待たせしました」

祐仁が囁いて、俺は我に返った。彼の口元が涎で光っている。

「すみません、すみませんね、食べた途端に気分が悪くなって、トイレで吐いてたんです」

袖で口を拭《ぬぐ》いながら、ヒッヒッと泣き声とも笑い声ともつかぬ奇妙な声を上げる。俺がカメラを向けても彼はまるで気にしなかった。構っていられる精神状態ではない、ということか。

運転手が起きてエンジンを掛ける。動き出したタクシーはゆっくりと加速し、パーキングエリアを出る。

「今どんな気分ですか」

仕事用の声色で訊く。カメラを祐仁のどす黒い顔に寄せる。

「どうって……へへ、そりゃあ決まってますよ。最悪です」

祐仁は目を剝いて、

「あそこでしか自分は生きられないんですから。あの光明が丘でしか。私はあの人たちに、そんな人間にされてしまったんです。長い……長い年月をかけてね。何て言うんでしたっけ。改造？違うな」

「洗脳ですか？」

「そう、洗脳だ。洗脳」こつこつとこめかみを指で突く。「ここをね。やられたんだ。ほら、覚えてますよね。私以外の脱会者。彼らと一緒です。いや、彼らよりマシかもしれない。へ、へへ」

彼はまた涙を流していた。頰を伝う涙の粒を撮りながら、俺は彼の言う「他の連中」のことを思い出していた。

4

祐仁が教団から持ち出したのは『祝祭』だけではなかった。脱会した元信者の連絡先が記されたリストを、一部だけプリントし、保管していた。

リストには七十人の元信者の氏名と連絡先が記録されていた。限られた時間で取材することができたのは、そのうち二人だけだった。

一人は大阪府某所の下町に住んでいた。傍目には廃墟にしかみえないほど苔生《こけむ》し、朽ちかけ、日の光が差し込んでもなお暗い木造アパートに。

古いアパートだった。水回りは共用で、建物の出入り口で靴を脱いで上がる。板張りの廊下は所々に穴が開き、そうでないところも体重をかけると激しく軋《きし》んだ。廊下の小さな窓から入るわずかな光が、舞い散る無数の埃《ほこり》を照らしていた。

男の部屋は一階の一番奥だった。俺が呼んでも祐仁が呼んでも返事はなく、ドアを引くとあっさり開いた。

中は六畳一間だった。といってもそれが分かったのは暗がりに目が慣れてからで、しばらくの間は俺も祐仁も、真っ暗闇をただ見つめるよりほかなかった。ナイトショットモードに切り替えたカメラのモニタを見ながら、そっと歩を進める。

黴臭さが更に強くなった。ゴミが散乱していたがゴミ屋敷と呼ぶほどではない。畳が見えている。掛け布団、ペットボトル、折れ曲がった雑誌の山。それらに黒い点々が付着しているように見えるが、これは焦げ跡だ。吸い殻で満たされたペットボトルが、ちゃぶ台の上に幾つも並んでいた。

ぶら下がっていた電灯の紐を引いたが、電気は点《つ》かなかった。

部屋の隅で俯いていた男が、顔を上げた。上半身裸の老人だった。下半身は新聞紙と雑誌に埋まっていた。緊張しながらも俺は安堵《あんど》していた。においで予想していたとはいえ、孤独死の現場に足を踏み入れ、腐り果てた死体にご対面することは避けられたからだ。

モニタに映る男は歯のない口をだらりと開け、こちらを眺めていた。痩せて枯れた顔の中で目だけが光っているが、焦点が合っていなかった。

「小野寺忠雄《おのでらただお》さんですか？」

男は答えなかった。

祐仁がカーテンを開けると、窓から西日が差し込んだ。男は唸《うな》り声を上げて手で顔を隠し、雑誌と新聞紙の山に潜り込もうとした。俺はカメラを通常モードに切り替えながら、彼に近寄る。

「小野寺忠雄さん？」

男はやはり答えない。俺はモニタを見ながら、男の足のある辺りを足で探った。雑誌と新聞紙の柔らかい感触の奥に、細い木の枝のようなものがあるのを確認する。並んで二本。間違いなく足だ。今触れているのは臑《すね》の辺りだろう。カメラは男の顔を、顔だけを撮っている。

俺は男の足をゆっくり踏み付けた。

「んがあっ」

男は冗談のような悲鳴を上げた。映像の上では恐怖のあまり奇声をあげ、こちらを威嚇《いかく》しているようにしか見えない。

「大丈夫です。何もしませんから。落ち着いて。落ち着いて」

「ひい、ひいいい」

「どうされましたか。何をそんなに怯えてらっしゃるんですか」

「あ、あああ、足」

「足がどうかされましたか」

俺は踏み付けていた足をどけると、カメラを雑誌と新聞紙の山に向ける。新聞はタブロイド紙、雑誌の半分はパズル専門誌で、もう半分は成人向け、いわゆるエロ本だった。それも女子高生の制服モノ。その有様をたっぷり撮ってから、俺は白々しく独りごちた。

「こりゃ鼠にでも噛まれたのかもしれないなあ……今も噛まれてますか？　どうです？」

「ああ、あ」

男はしばし身じろぎすると、

「だ、大丈夫、大丈夫、もう行った、行ったから」

「そうですか。とりあえずこちらに。また噛まれるかもしれない」

「うああ、うう」

男は返事のような呻《うめ》き声を漏らして、印刷物の山から出てきた。垢のにおい、黴のにおい、その他何ともいえない不快なにおいが、狭く汚れた部屋に広がる。においの粒子が見えるのではないかと思うほどだった。俺は顔をしかめながら彼をフレームに収め続けた。

祐仁に目配せしてちゃぶ台の上を片付けさせ、男をその奥に座らせる。男の背後に吸い殻入りのペットボトルと焼酎の紙パック、エロ本をいい具合に並べ、重ね、積み上げる。貧しく荒んだ生活を送る孤独な老人とその住まいが、カメラのフレーム内に少しずつ出来上がっていく。

決して捏造しているわけではない。事実を編集し強調しているだけだ。これくらい派手に見せ付けてやって初めて、視聴者の一パーセントかそこらのアンテナにやっと引っ掛かる。悲しいがそれが現実だ。

そんなことを考えながら俺はテキパキと準備を整え、ちゃぶ台を挟んで男の向かいに座った。冷静に対応できているのは、ゴミ屋敷の独居老人を取材したことが過去に一度あるからだろう。陸軍で兵器を作っていた記憶だけを拠り所に生きる老人の、専門用語だらけの独白に付き合うため、俺は戦時中の資料や化学の専門書を読み漁り、何日も屋敷に泊まった。

それに比べれば今の、この撮影は簡単だ。

男は差し入れのカップ酒を啜っていた。顔の長い歯抜けの猿。そんな印象を抱いた。頭はほとんど禿げ上がり、伸び放題で油っぽい白髪が、耳の周りにべったりと張り付いている。唇からこぼれた酒が無精髭を濡らしていた。

目にほんの少しだけ理性が戻っているのを確かめてから、俺は三度訊ねた。

「小野寺忠雄さんですか？」

「ああ……」

溜息交じりに男は――小野寺は言った。こちらが自己紹介しても反応らしい反応はない。単刀直入に訊くことにした。

「大地の民に入信されていましたよね？」

「ああ」

小野寺は無表情で答えた。

「抜けてから今まで、ずいぶんとご苦労されたようですね」

カメラを部屋のあちこちに向ける。

「ああ」

「こちらの調べでは小野寺さん、あなたは二十五年ほど教団にいらしたそうですね」

「さあ」

「どうして脱会されたんですか」

「さあ」

俺は溜息を嚙み殺した。ちびちびと酒を飲む小野寺を睨み付ける。

祐仁は部屋の隅で縮こまっていた。

「覚えていらっしゃらない？」

「大昔のことだから」

カップを置き、虚ろな目をちゃぶ台に向ける。そのまま微動だにしなくなる。処理落ち、あるいはフリーズに似た状態に陥っているのだろう。モニタに映し出された彼は静止画のようだった。これでは使い物にならない。どれほど言葉を尽くし演出を施しても、本人の口から何も出てこなければ意味が無い。現状、カメラが記録しているのは大地の民の脱会者ではない。ただ寂しく人生を終えようとしている、くたばりかけの爺いだ。元信者らしき要素、教団らしき要素は何一つ――

俺はふと思い立って、リュックの中から『祝祭』を引っ張り出し、ちゃぶ台に置いた。「権藤慧斗の自伝です。コスモフィールドとの諍《いさか》いのことが書いてある」

執筆されたのは小野寺が脱会してかなり経った頃だろう。だが扱う事件は教団としてはかなり大きなものだ。何かを思い出す呼び水になればいい。

小野寺はつまらなそうに片手で本を開いた。パラパラと怠《だる》そうに眺める。

瞳が左右に激しく揺れ始めた。ページを摘まむ指に意志が宿っている。読んでいるのだ。理性で文章を飲み込んでいるのだ。

俺は黙って彼を撮った。長く撮っても意味がないのは分かっていたが、下手に口を挟むのは憚《はばか》られた。

読み始めた時と同じく唐突に、小野寺はカップをあおった。激しく噎《む》せる。喉が千切れるのではないかと不安になるほど痛々しい咳が、暗い部屋に響く。

背中を撫でてやり、落ち着くのを待ってから、俺は訊ねた。

「どうでしたか、読んでみて」

「けいと……」

小野寺は苦しそうに、

「あの子、あの子は」

再び咳き込むが今度は数回で収まる。絡んだ痰を無造作に畳に吐いて、彼は言った。

「ほ、本当に、なんということを……」

「というと？」

「言えるかっ」

いきなりちゃぶ台を叩いた。勢いも音も大したことはなかったが、今までの緩慢な動作とはまるで違っていた。

慧斗、慧斗と呟きながら、小野寺は『祝祭』を閉じた。汚れた指でタイトルと著者名をなぞる。サリサリと微かな音が鼓膜を撫でる。モニタの右下、レベルメーターが振れてその音を記録しているのが分かる。

「この時は……」

小野寺が話し始めた。

「この時は、いい子だったのに。素直で、かわいくて、賢くて。覚えてる。覚えてるよ」

「話したことは」

「あるよ。書いてあるだろ」

「え？」

「ここに書いてあるとおりだ。あの子は素直だけど、時折俺らに食ってかかるようなこともあった。読んでないのか？　あの子は俺と話してるじゃないか」

彼の言葉を必死で処理し、理解した瞬間に俺は訊ねた。

「この本に登場されてるんですね」

「そうだよ。俺は家にいた」

どういうことだ。何を意味している。ちらりと祐仁に目をやると、彼はあんぐりと口を開けて固まっていた。

「まさか……まさか」

震える口から嗄れた声が漏れた。咄嗟《とっさ》にカメラを向けると、彼は涙を零しながら言った。

「と、父さん？　あの時の？」

「ああ」

小野寺はうなずいた。とんとん、と『祝祭』の表紙を突く。

「こん時、こん時は、こ、困らされたもんだよ、あの子は本当に……こんな感じだったからね。会長さんがいなかったら、どうなってたことか……」

〈父さん〉。信者の子供たちを養育するセクションの、父親役。事なかれ主義の部分もありながら慧斗を心配する、優しい父親「役」。まさか彼が目の前にいる、小野寺忠雄その人だったとは。

「すっかりお忘れだった、見ても分からなかった、ということですかね」

俺は皮肉を込めて祐仁に訊ねたが、彼は反応しなかった。ただ小野寺を見つめて放心していた。

「あんたら、慧斗に会いにいくのか」

俺たちの存在をやっと明瞭に認識したらしく、小野寺が言った。質問のようにも聞こえたが、表情から察するに驚嘆を表しているらしい。カップの中身を飲み干すと、右手の人差し指と中指で何度も唇を撫でる。俺は手持ちの煙草とライターをちゃぶ台に置いた。

小野寺が再び口を開いたのは、煙草を一本丸ごと吸い尽くしてからだった。

「この頃から、何だ、その……兆しはあったな。今思うと」

「兆し。何のですか」

「会長の座を乗っ取ることだよ」

「乗っ取る?」

小野寺は二本目に火を点ける。一本目の吸い殻は天板に擦り付け、そのまま放置してあった。焦げ臭い匂いが辺りに漂っていた。

「みんなを抱き込んで、先代を孤立させて……結婚したのだって計算のうちだろうよ。信者、幹部、会長夫人……会長」

「やはり権藤姓はそういう意味でしたか」

「ああ」

ふっ、と紫煙を吐く。何か話してくれると思ったが、いつまで待っても黙っている。

「現会長はどんな方ですか」

「あの子は……」

またすぐ黙る。少ししか吸っていない二本目を揉み消し、すぐ三本目を咥える。

「乗っ取った、と仰いましたが」

答えない。

「先程『言えるか』と仰ったのは」

やはり答えない。

「前会長は引退後、どうされたんですか」

小野寺の顔が歪んだ。呼吸が乱れている。レベルメーターが細かく上下している。俺は質問を重ねたいのを堪《こら》えて、待つことを選んだ。

何度か煙草を吹かすと、彼は掠れた声で言った。

「大地に帰ったよ」

「というと？」

「お亡くなりになった。おかしなことじゃない。ないんだ。普通だ」

「どういう意味ですか？」

「みんな最後は大地に帰る。前会長もそうだっただけだ」

「失礼ですが、意味がよく……」

「おかしくなんかないっ」

小野寺はまたちゃぶ台を叩いた。今回は何度も、何度も。吸い殻が宙を舞い、灰と埃が周囲に散る。祐仁が小さな悲鳴を上げて頭を抱えた。

立ち上がろうとした小野寺がバランスを崩した。そのまま畳に倒れる。俺は「大丈夫ですか」と声を掛けながら彼を撮り続けた。汚れた畳に横たわり、胎児のように丸くなって、小野寺は何事か呟いていた。カメラを近付ける。

「……逃げた。逃げたのに。俺は逃げたんだよ。あ、あんなところには、い、いられない、あんな恐ろしいところ」

逃げたとはどういうことだ。恐ろしいとは。

「あ、あ……慧斗」

手近な紙屑や新聞紙をガサガサと掻き集め、己の身体に被せていく。声が次第に弱々しくなる。聞き取れなくなる。

「小野寺さん」

何度か呼びかけ、質問を投げたが、もう何も返ってくることはなかった。祐仁と顔を見合わせ、撮影を切り上げようと腰を上げたところで、

「あーあ、こんちくしょう」

小野寺は不意に言って、大きな溜息を吐いた。苛立たしげで投げやりな声だった。それまでの怯え方とはまるで違っていた。正気に戻ったのか。

「どうされましたか」

「何なんだよ、くそ。こんな下らない……」

まだ同じ口調だった。俺の視線とカメラを避けるように、紙屑を頭から被る。

それから挨拶して部屋を出るまで、どんな言葉を掛けても、小野寺は二度と答えなかった。ただ紙屑に埋まって寝そべっていた。

5

もう一人の元信者は女性だった。小野寺忠雄と違い、彼女は家族と同居していた。住まいは埼玉の東武東上線東松山駅からほど近い、質素な戸建てだった。

雨が降っていた。

俺たちを迎え入れたのは元信者の母親だった。背中は曲がり、歩くのもやっとなほど老いさらばえていた。

庭に面した狭く汚い仏間に、元信者の女性はいた。ぶかぶかの古いジャージを着てうずくまり、

曇ったガラス戸にもたれかかっていた。半分白くなった髪は伸び放題に伸び、弛んだ顔がわずかに覗いている。染みだらけで脂っぽい頬。対照的に唇は乾き切っている。母親によると四十二歳だという。

「尾村美代子《おむらみよこ》さんですか」

訊ねたが返事はなかった。薄目でガラス戸の外、降りしきる雨を眺めていた。

他の質問をぶつけても、『祝祭』を見せても、思い切りカメラを近付けても無反応だった。ガラス越しのくぐもった雨音と、全く反応を示さず座っている五十代にも見える女性の姿、そして俺の空疎《くうそ》な質問だけが、カメラに挿入された二枚のSDXCカードに記録されていく。母親は押し入れの前で肘掛付きの座椅子に座り、娘を見守っていた。

小野寺に続いて彼女とも、まともな遣り取りができない。そのことに苛立ちを覚えていた。だがそれ以上に妙な期待を抱いていた。祐仁、小野寺、美代子。三人が三人ともおかしくなっている。これは大地の民に何かがあるのではないか。

連中はおかしい。その証拠を集めることができているのではないか。

そんなことを考えながら、俺は何気なく視線を下ろした。

美代子はだらしない体育座りをして、手指を足首の前で緩く組んでいた。ジャージの袖から爪がのぞいていた。

きれいに整えられ、照明の光を受けて輝いている。透明なマニキュアが塗ってあるのだ。左手の中指だけワインレッドに塗られ、真珠を模したラインストーンが数個並んでいた。

くたびれた格好の中で、爪だけが生気に満ちていた。違和感を放っていた。ズームして撮っていると、彼女が不意に、爪を袖の奥に仕舞った。

反応した。こちらの行動に対して初めて、明確に。

「その爪――」

「わたしです」

母親の声が部屋に響いた。

「ネイルですよね。わたしが塗ってあげてるの。きれいに塗ると嬉しそうにするから」

「嬉しそうに？」

カメラを向けると、彼女はびくりと身を縮めた。カクカクと頭を上下させ、マニキュアを塗る身振りをしてみせる。手が激しく震えていた。

「ええ、ええ。嬉しそう……笑うの。その時だけ。主人も何度か塗ってあげたことがある。ね、お父さん？」

仏壇に語りかける。見るからに頑固そうな、鰓《えら》の張った老人の遺影が飾ってあった。

「わたしでよければ、代わりに話しましょうか。みよちゃん、そんなだから」

「ご負担でなければ」

俺は少し迷って答えた。

カメラを止め、母娘がフレームに収まるよう、座る位置を変えてもらう。手前に母親、奥に美代子。母親は立ち上がるのも大儀そうだったが妙に饒舌《じょうぜつ》で、ずっと喋っていた。幼い頃の美代子、学生時代の美代子、今現在の二人の生活――

「申し訳ないですが」俺は手をかざして彼女の話を遮った。「テレビなんで、カメラが回っている時に話していただけると」

彼女は小さな体を更に縮めて、「ごめんなさい」と詫びた。

再びカメラを回し、母親に話を聞く。最初の話題は美代子が大地の民に入信した経緯だった。本人が大学進学を望んでいたのに対し、両親はそれに反対した。娘に学問を修めさせる意義が見出せなかった、という。

諍いになった。当然というべきか、経済面で圧倒的優位に立つ、両親が勝った。美代子は知り合いの企業に就職させられた。数年は従順に、真面目に勤めていたらしい。

「変わったのは……わたしが縁談を持ち込んだ時でした」

美代子は家を飛び出した。会社も辞めた。貯金を全て口座から下ろしていた。行方不明者届を出しても居所は一向に分からない。警察を待っていたのでは駄目だ、と探偵を雇い、ようやく光明が丘にいることを突き止めた。失踪から二年後のことだった。出家して信者らと共同生活を送っていた。

正直なところ、ありふれた話だった。込み入ったところも一切ない。だが、これだけのことを説明するのに、母親はひどく難儀していた。言い淀み、考え込み、黙り込み、「ええと」「そのう」を星の数ほど口にする。こちらに気を遣って話してくれているのは分かるが、映像素材としては酷い代物だ。

彼女がまた黙り込んだところで、俺は不自然にならないよう急かした。

「で、どうやって抜けたんですか?」

「ええ、それなんですが」

母親は黙った。十秒が経ち、二十秒が過ぎる。硬く閉じた皺だらけの瞼が、ピクピクと震えている。

いたたまれなくなった。声をかけようとしたところで、

「……かい、や」

か細く不明瞭な声がした。聞き違いではない。レベルメーターが確かに反応していた。

「だっかいや」

今度ははっきりと聞こえた。脱会屋、という漢字が頭に浮かぶ。

美代子だった。美代子が母親を見て、三度「脱会屋」と口にした。

また反応している。今度は発話だ。ここは美代子に話しかけるべきか。迷っていると、

「ああ、そうそう」

母親がポンと手を叩いた。

「そう。脱会屋さんに頼んで、光明が丘から、つ、連れ出してもらったんです。車に乗せて、借りておいたアパートに連れて行きました。予《あらかじ》めね。予め借りておいたアパート」

乾いた唇を舐める。

「それね、脱会屋さんに言われて、借りたアパートです。それで、ここに閉じ込めて。何日も。何ヶ月も。それからここに戻したんですけど。でも、でも」

天井を見つめながら、

「社会復帰は、ちょっと、あれでした。できませんでした。アルバイトを[illegible]ても、すぐに揉《も》めたりして……何度もわたしたち両親と衝突して、何度も自殺未遂して、それで、[illegible]、こうなりまし

た」

　うう、と母親は呻いた。電池が切れたかのように項垂《うなだ》れ、指を擦り合わせる。

　美代子がカメラを見ていた。

　母親の話が、これまで調べたカルトの知識と結びついていた。

　カルトからの強制的な脱会が、信者の精神に悪影響を及ぼすことはままあるらしい。一度叩き込まれた特殊な思考や思想を取り払うのは、心理学に精通した人間でも至難の業なのだ。その辺りを理解せず、ただ物理的にカルトから引き離すだけの「脱会屋」があちこちで杜撰《ずさん》な仕事をした結果、精神的な拠り所を失い、心を病み、苦しみ続ける元カルト信者は少なからずいるという。

　尾村美代子もそうした悪質なビジネスの犠牲者らしい。

　納得はしたが、同時に失望もしていた。彼女がこうなったのは教団のせいではないのだ。未熟な脱会屋のせいだ。もちろん、頼んだ両親のせいでもある。いや、そもそも美代子が入信したきっかけを考えれば、両親こそ元凶だと言っていい。

「美代子さんのことをどうお考えですか。娘さんが――こうなってしまったことについて」

　俺は率直に訊ねた。

　母親はしばらく俯いたままだったが、やがてぶつぶつと喋り始めた。

「……ったらよかった。好きにさせてやったら……本当はそれでいいって、最初から……」

　萎んだ顔に悔悟の表情が浮かんでいた。

「でも主人がね、主人がどうしてもって……どうして美代子の味方になって……色々押し付けて、追い詰めて、それで入信したのに、それさえも奪って……」

わずかに開いた目が涙で潤んでいた。

母親はハアア、と溜息を吐いて、

「脱会だの、脱洗脳だのねえ、そんなの、そんなのただの拉致監禁なの、に……」

「ちょっと待て」

考える前に声が出ていた。

仏間の隅で小さくなっている祐仁を睨み付ける。視線に気付いて彼はヒッと小さな悲鳴を漏らした。

「ど、どうかしましたか、矢口さ――」

「何で知ってる？」

「え？」

湧《わ》き上がる混乱に戸惑いながら、俺は訊ねた。

「何で拉致監禁されて強制脱会させられた信者の連絡先を、教団が知ってるんだ？　あんたが持ち出した名簿に書いてあったんだぞ？」

祐仁が目を剝いた。ひいい、と笑い声とも悲鳴ともつかない声を漏らす。

自分の馬鹿さ加減を呪っていた。脱会屋の話が出た時点で気付くべきだった。

「な……何故でしょう？」

「俺が質問してるんだ」

祐仁に敬語を使う余裕も、尾村母娘に気を遣う余裕も無くなっていた。おかしい。この点は明らかにおかしい。

祐仁は髪をぐしゃぐしゃと掻き回した。

「どうしてでしょう。分からない。事務室に忍び込んで、い、急いで持ち出したんです。だから私じゃない。私は何も知らない」

「考えられるのは二つだ。あんたが嘘を吐いてるか」

俺は母親の方を向いて、

「そちらが嘘を吐いているか」

と言った。

嘘を吐く理由は分からないが、可能性はその二つしか思い付かない。

「へへ、私は違いますよ矢口さん。そんな嘘吐いてどうするんですか。吐くわけがない。あなたに協力してるのに……そ、そうだ」

祐仁は鞄を両手で叩きながら、

「きょきょ、教団の情報網がすす凄いのかもしれない。美代子さんの居所はとっくに把握済みだったけれど、静観してたんじゃないですか。去るものは追わずと言いますかね。それか健在であることが分かれ、分かれば、じゅじゅ充分と判断したのかも」

笑顔で涙を流しながら、何の根拠もないことばかりをまくし立てる。

美代子の母親は呆けた顔をするばかりで、何も言わなかった。今起こっていることの処理に時間がかかっているらしい。

「だから私は無実です矢口さん。信じてくださいよ。へへ、へへへへ」

俺はカメラを手にしたまま、祐仁と母親を交互に睨んだ。どっちだ。やはりここは祐仁が——

「……と」

また小さな声がした。

美代子がいつの間にか、中腰になっていた。ふらふらと今にも倒れそうな足取りで、こちらに近付いてくる。母親が振り向いて「みよちゃん」と声を上げた。

「……か、ら」

「美代子さん、どうされましたか」

俺は深く静かに呼吸することを意識しながら、彼女にカメラを向けた。

「何か、話していただけたりは……」

どん、と美代子が足を踏みならす。

「だ……」

彼女は呻くように言った。

「だいちの、ちから」

充分な間を取ってから、俺は問いかけた。傍に置いていた『祝祭』を一瞥《いちべつ》して、

「大地の力。この本のタイトルの一部ですね。それに『会長さん』が使う妙な力のことを、慧斗はそう呼んでいる」

「けい、と」

「みよちゃんっ」

間の悪いことに母親が呼びかけた。美代子は苛立たしげに歯を剝いた。思ったより清潔な歯で、歯並びも整っていた。

乾いた唇が動いている。俺は立ち上がって彼女に一歩近付いた。

「大地の力とは何ですか？　この本ではまるで超能力のように書かれていますが」

「ひみつのちから」

「え？」

彼女は唸りながら、

「なんでも、できるちから。だいひょうのちから。ひとをたすけることも、こわすことも……ころすことも。みたもん」

「見た？」

「みてるまえで、しんだ。みことも、かんぶも、くるしんでしんだ。かいちょうさんが、だいちのちからでころしたの。なおすだけじゃない」

「馬鹿な」

俺は吐き捨てるように言ったが、頭は混乱していた。美代子が大きな溜息を吐いた。その緊張した顔に悲しみの表情が浮かんでいる。その目は母親を見つめている。

「……おかあさん」

「み、みよちゃん」

「もう、いっちゃおう。こわがらなくていいよ。だいちのちから……ここまではたぶん、とどかないから。とどいても、もう、いいし」

彼女は微笑した。下唇が裂け、赤い血が滲《にじ》む。俺を真っ直ぐ見つめる。

「……どういうことですか？」

俺は訊ねた。

「こわいの」

彼女は答えた。

「これ、けいとちゃんに、されたの。じっけんで」

「じっけん……実験？」

「そう」

彼女は顎に垂れた血を拭うと、

「けいとちゃん、すごく、こわいよ」

と言った。

不意に白目を剝く。体勢を大きく崩す。

その場にばたんと頽《くずお》れると、彼女は胎児のように丸くなった。母親が涙ながらに呼びかけても、這うように近寄って抱きついても、美代子は返事をしなかった。

母娘を撮りながら、俺は考えていた。疑問が頭の中で渦を巻き、暴れ出した鼓動は一向に落ち着かない。

脱会屋の話は嘘なのか。普通に脱会したのか。それなら教団に連絡先が残っていることも説明が付く。ならば何故彼女は壊れているのか。

教団に壊されたのか。

美代子も、そして小野寺も、壊れたから捨てられたのか。

大地の民に、いや慧斗に。慧斗の持つ「大地の力」に。

『祝祭』の荒唐無稽な記述は、まさか――

馬鹿げている、御伽噺《おとぎばなし》だ。

そう思ってみても、一度湧いた不安は消えなかった。


「お客さん」

運転手の声で我に返った。タクシーは信号待ちをしている。祐仁は目を閉じていた。

「光明が丘、ここまっすぐ上っていった先なんですけど」

「ああ」

「余計なお世話かもしれませんが、カメラ回しといた方がいいですよ」

「というと?」

運転手はちらりとこちらに目を向けると、

「あいつらの素敵な仕事が見られますんでね。テレビ局のディレクターさんで撮影もされるのは、お話を聞いていて分かりました。すみません」

と言った。表情はないに等しいが、どこか楽しげな様子だった。過去に光明が丘まで、客を乗せたことがあるらしい。

俺は「お気遣いどうも」と最小限の礼を言って、カメラの電源を入れた。

6

タクシーは山を上り始めた。これまでも上り坂ではあったが、明らかに勾配が急になった。しかもヘアピン一歩手前のカーブが連続する。片側一車線の道路と、その左右の歩道。いずれのアスファルトも所々隆起し、罅《ひび》が入っている。スピードを出せないため、どちらも肉眼ではっきりと確認できた。

ニュータウンとして開発されてから一度も手が入っていないらしい。居住者の高齢化が進み、人口が減り、近年はどこのニュータウンでも「老い」が取り沙汰されるようになった。光明が丘は例外的に栄えている、というのが世間的な評価だが、街の老朽化だけは避けようがないらしい。

俺はカメラを外に向けたまま、心の中で首を傾げた。運転手が見せたがっていたのは、このことだろうか。繁栄していると評判の宗教都市も、実際はボロボロで酷いもんだ——そう言いたかったのだろうか。

主張は理解できるが、残念ながら不採用だ。

ほとんど徐行に近いこのスピードでも、カメラを通せばブレてしまい、罅も隆起もまともに映らない。運転手の配慮は有り難かったが、このハンディカムの性能を過大評価している。

カメラを下ろそうとした、まさにその時だった。

「ほら」

運転手が言って、右前方を指した。ちょうど左に曲がり始めたところだった。歩道の向こう

——外側には木々が茂っていた。その木々の間に。

「おっ」

思わず声を上げていた。

巨大な人形が立っていた。

三メートル、いや四メートル近い藁《わら》人形が、木々を踏み分けるようにして直立していた。

一抱えほどの足、腕。腰のくびれも胸板もない胴体は、優にその三倍ある。

そしてその顔は——

はっきり認識する前に、人形は視界を通り過ぎてしまった。派手だったような気がする。目を剝いていたような気もする。

「次はあっち」

運転手が左前方を指し、タクシーが右に曲がり出す。

先程よりずんぐりした藁人形が、両手を広げて現れる。今度ははっきりと顔にカメラの焦点を当てる。

人形は仮面を被っていた。木を彫ったり、貼り合わせたりして作ったものだろう。巨大な目。それより更に大きな口。長く太い舌が胸元にまで垂れている。暗い青に塗られ、赤で各パーツを縁取りしてあった。頭部を覆うように配された藁束が、ちょうど兜《かぶと》の吹返《ふきかえ》しやシコロのように見えた。

大がかりだが精巧とは言い難い。それでいて昨日今日作られたような軽薄さはない。

「ね」

運転手がどうとでも取れる声を発した。俺は素直に質問することを選ぶ。

「あれは何ですか?」

「あの人らの神様ですよ」

阿蝦摩神だろう。『祝祭』にあった古い神。連中が掘り起こした借り物の神だ。当たりを付けながら俺は訊ねた。

「どういう神様なんですか」

「昔この山にいたとかいないとかいう、そういう神様らしいです。それを復活させたってことみたいですねえ」

歯切れが悪い、と感じたがすぐ思い直す。日常会話としてはこれくらいが普通だろう。テレビ屋が断定口調を求めすぎるのだ。

三体目の人形が右側に、ぬっと現れる。今度のは胸に大きな看板をぶら下げていた。

〈ようこそ光明が丘へ〉

白い板に黒い文字。昔の額縁のような、派手な彫刻が施された木枠に収まっている。

「自分たちの町、ってことなんですかねえ」

俺が言いたいことを的確に、同時に穏当な言い回しで、運転手が代弁してくれた。わずかに皮肉を込めている口調も絶妙だった。彼に感謝しながらも、俺は「そうなんですか」と曖昧に返し、同意していない風を装った。

「はああ……」

祐仁が溜息とも呻き声ともつかない音を漏らした。次々視界に姿を現す巨大な藁細工に、血走った目を向けている。顎に涎が垂れている。俺はカメラを祐仁に向けて訊ねた。

「どうかされましたか」

「ああ、あ、すみません」

「え？」

「すみません」祐仁は手で顔を隠した。「今更戻ってきてしまって、すみません、すみません……」

芝居をしているのだと分かった。

ここに戻るためのシナリオ、「脱会はしたが一般社会と折り合えず、偶々出会ったテレビマンに助けを求め、めでたく光明が丘に戻ってきた信者」を演じ始めたのだ。勝手に行動を起こしやがって、と思わないでもなかったが、俺は芝居に乗ってやることにした。

「そんな。久木田さんにとってここが一番生きやすい。だからお連れしたんですよ」

「ええ、分かってます。分かってるんですそんなことは。ここ以外では生きられなかった。光明が丘の水しか飲めなくなった。いや——この地にしか根を張れなくなったんです、私は」

色あせたスラックスにいくつも、涙の染みが広がっていた。

「それの何が〝すみません〟なんですか。ホッとしたっていいと思いますよ」

教団としては久木田祐仁の、言わば出戻りを歓迎している。広報担当者の手紙の文面は事務的といえば事務的だったが、彼を厄介に思っている風には微塵《みじん》も読めなかった。

「それは……ああ、ええ、安心していますよ。帰ってきたぞ、俺はやり遂げたぞって、言いたいくらいです。それくらい胸を張ってます」

「胸を張る、ですか」

早々に支離滅裂になった。俺は芝居を止め、黙ることにした。

祐仁は背中を丸め、通り過ぎていく藁人形たちをせわしなく見つめていた。そんな彼をしばらく撮ってから、再び外にカメラを向ける。

藁人形は当初より明らかに増えていた。数だけでなくバリエーションも。一メートル足らずの丸っこい奴が、手足を広げて幾つも木からぶら下がっていた。高さも幅も二メートル近い、顔だけの奴もいる。藁で頭部を作って、そこに先ほどと同じ造形の仮面を被せてあった。形、大きさ、ポーズ。藁人形のバリエーションは多岐にわたるが、仮面はどれも同じだった。仮面を付けていないものは一体もなかった。

木々と道路が視界を占める割合が減っている。勾配がなだらかになり、空が見えてきている。俺は運転席と助手席の間にカメラを向け、待ち構えた。

視界が開けた。

車道が片側二車線に増えた。

歩道も倍ほどの幅になった。

何か目立つものがあるわけではない。戸建てが並び、今まで無かった街灯と、電信柱が現れ、歩道を老人が歩いているだけだ。通行人の見た目にも振る舞いにも、特に変わったところはない。どこにでもいる散歩中の、七十代ほどの老人だった。中央分離帯には植え込みが青々と茂り、一定の間隔で木が植えられている。あれは銀杏《いちょう》か。それにしては落葉が早すぎる——

俺は息を呑んだ。窓を開けて身を乗り出し、カメラを向ける。

木ではなかった。

十数メートルはあろうかという人形が何体も、中央分離帯に並んでいた。素材は藁に止《とど》まらない。木材、布、鉄板。タイヤ。複雑に積み上げられ、組まれ、重ね合わされている。頭部には件《くだん》の仮面が取り付けられていた。

見開かれた目が俺たちを睨み付けている。

「凄えな」

無意識につぶやいていた。素材としての意図も、編集後のことも全く考えずに口から出た、本心からの驚嘆の言葉だった。

「でしょ？　初めて来た人はみんなビックリしますよ」

運転手が言った。今度は楽しげな素振りを隠さなかった。俺は素直に同意の言葉を返すと、人形、いや――神像たちを撮り続けた。

祐仁はドアに身体を擦り付けるようにして縮こまり、震えていた。

「ようこそ、光明が丘へ」

運転手が高らかに言った。

道の先に何棟ものマンションが建ち並んでいるのが見えた。

7

タクシーは光明が丘の真ん中を突っ切る、言わば中央通りを上っていた。左右に並ぶ戸建ては古いものが多く、こちらの車線も対向車線も車は疎《まば》らだが、寂れた雰囲気はない。歩いている人間も決して多くないのに、この静かな活気はどこから来るのだろう。

大地の民がいるからか。

連中がここで活動することで、この街を生かしているのか。

世間ではそういうことになっているらしいが、俺は認めたくなかった。仮にそこに一抹《いちまつ》の真実があったとして、連中が大勢を苦しめてきたことに違いはない。

俺がそうだ。俺の祖母も、祐仁もそうだ。小野寺も美代子もそうらしい。

タクシーが徐々に減速し、左に寄り、汚れたガードレールの切れ目で停まった。

左手に聳《そび》えるのは三階建ての、濃いグレーの四角い建物だった。何となく「灰色」と呼ぶ気にならなかったのも、この建物から滲み出る活気のせいだろう。手前の植え込みに「公民館分室光明が丘コミュニティセンター」と彫られた石柱が建っていた。

傍らに五十センチほどの、仮面の藁人形が座っていた。色と張り具合で新品だと分かるが、そこにあることの違和感は微塵もなかった。最初からその場に存在していたかのように、ごく自然に石柱の隣にいた。

午後一時五十分。俺と祐仁は文字通りの意味で、光明が丘の地を踏んだ。ただのアスファルトの歩道に過ぎなかったが、ふわふわとして均衡が取りづらく感じる。

緊張しているのだ。馬鹿馬鹿しい。子供か。

俺は自分を心の中で罵倒し、自動ドアをくぐった。

受付で社名と名前と用件を告げると、すぐさま会議室の場所を告げられた。先方はまだ到着していないという。酷くゆっくりとしたエレベーターで二階に上り、静かな廊下を突っ切り、一番奥のドアをノックする。反応がないことを確かめて中に入る。

俺は目を瞬いた。

祐仁が「あはあ」と妙な声を上げる。

部屋自体は何の変哲もない会議室だった。広さは六畳ほど。中央に白いテーブル。背もたれがメッシュでキャスターの付いた黒い椅子が、全部で六脚。奥にはホワイトボード、隅にはＤＶＤプレイヤーとテレビ。どちらも型は古いが埃や指紋は一切付いていない。

異様だったのは、壁を埋め尽くすように貼られた教団のポスターだった。

大半が神像の写真を大きくレイアウトしたものだった。シンプルに写真を一枚、全体に敷いたものもあれば、十数枚を敷き詰めたもの、神像を切り抜いて宇宙空間に置いたものもある。下部には教団名と私書箱の住所が記されていた。

公共の施設に新興宗教のポスターがびっしり貼られている。その異様さに圧倒されていると、うち一枚に目が留まった。

隅の方に控え目に文字がレイアウトされていた。

大地より生まれし生命、大地を汚し　大地に帰りて再び大地より生まれる
人はただ、その輪に身を委ねるのみ　我はいざ、その輪を己が手で回さん

改行の位置こそ違えど、『祝祭』の冒頭に書かれたものと同じ文章だった。

壮大な雰囲気を醸し出すだけの、空疎な詩。行ごとの字数を揃えているところも素人臭い。こんなものを有り難がる人間の気が知れなかった。こんなものにすがる連中に振り回され、傷付く人間がいることが耐え難かった。

上座の椅子に腰を下ろした祐仁が、ぼんやりと虚空を見つめていた。俺はカメラをテーブルに置き、微動だにしない彼を撮った。特に使う当てはなかった。

撮影は暴力だ。俺は祐仁に暴力を振るっていた。壊れかけた人間の間抜けな有様を、無慈悲に撮影するという暴力に手を染めることで、俺は湧き上がる憎悪を発散していた。

ビデオカメラの稼働音を聞くともなく聞いていると、遠くでエレベーターの開く音がした。すぐさま小走りの足音が迫る。

一旦録画を停止したその時、ドアが勢いよく開かれた。

「すみませんっ！」

大きな声が公民館に轟《とどろ》いた。

スーツ姿の小柄な女性が息を切らせて、俺たちに頭を下げた。ファイルの束と膨らんだレジ袋をどん、とテーブルに置き、そのまままくずおれる。

「遅れて申し訳ありません……ほんとに……お待たせしてしまって……」

テーブルに突っ伏したまま詫びる。レジ袋の中身は飲み物と軽食だった。

祐仁が隅で頭を抱えて蹲《うずくま》っていた。

時刻は一時五十九分だった。

「いえ、間に合っていますよ。我々も今来たところです」

俺は機械的に説明した。

しばらくの間、女性はそのままテーブルに顔を伏せていた。ただゼイゼイと息切れする音だけが会議室に響いていた。

祐仁がおそるおそる顔を上げたのと同時に、女性は素早く立ち上がった。

「ごめんなさい、いろいろ勘違いしてしまって」

てへへ、と頭を掻く。

俺は戸惑った。己の眉間に皺が寄るのが分かった。

女性は酷く若かった。

身体付きこそ成人女性のそれだが、目鼻立ちは未成熟で顎も小さい。美少女の範疇《はんちゅう》に入るのかもしれないが、シンプルな一つ結びで、化粧をあまりしていないせいか余計に幼さが際立っている。二十代前半、いや十代後半くらいかもしれない。

教団は子供を広報担当にしているのか。それともテレビ取材に子供を遣わせたのか。きっと後者だろう。目の前の少女があいった文章を認められるとは思えない。

「失礼ですが……」

「矢口弘也さん、ですよね。大地の民広報担当の飯田茜です。初めまして」

彼女は言うと、大袈裟にお辞儀をした。

俺は言葉に詰まった。

冷静になろうと努めても、目の前の状況を受け入れられなかった。

飯田茜。『祝祭』における重要人物。

慧斗には「邪教の子」と呼ばれているが、いわゆる「囚われの姫」の少女だ。冒頭で「十一歳」と明記されていた。

あの本に書かれているのは、高い確率で一九九〇年代の前半に起きたことだ。それ以降である可能性は低い。キツネ女──教団外部の人間が携帯電話を使っていないからだ。あの手の仕事をしている人間が、携帯を持たないはずがない。『祝祭』の記述が全て事実だとは考えにくいが、登場人物の年齢を偽る理由はすぐに思い付かない。素直に考えて、飯田茜は四十代前半だろう。

それなのに。

「飯田……というと、『祝祭』の？」

「えっ」

彼女は大きな目をまん丸にして、

「あっ、お読みになったんですか？　どうして？　えっ、あっ、そうか久木田が持ち出したんですよね？　えっ誰？　このお爺ちゃ……あ、久木田さん？」

「うう」

「久木田さんじゃーん。元気？　あっ、元気じゃないんだよね。だから戻ってきたんだもんね。ごめんね。そうだ、『祝祭』、持ってっちゃったの？　だめじゃーん、あれ光明が丘の外には持ち出し禁止だよ？」

「ううう」

「失礼だが……」

「あっ、すみません。その飯田茜です。元コスモフィールドの。あっ、でも自分的には全然入信したつもりはなかったですけど」

「車椅子では」

「治りました」

女性はウインクしながらガッツポーズした。祐仁が痙攣するように頭を上下させている。頷《うなず》いているらしい。その顔は老人そのものだ。

祐仁は老いさらばえ、壊れかけている。

茜は若々しく、病も治癒している。

極端に違っている。どうなっているのだ。

まさか、これも連中の持つ、大地の――

ひやり、と寒気が背筋を伝った。踏みしめる床が頼りない。

感じたことのない心細さを覚えた。

俺は今、遠くにいる。

今まで当然だと思っていたことが通用しない、一般社会とは異なる道理や法則で動いている世界に、迂闊《うかつ》に足を踏み入れてしまったのだ。

考えすぎだと振り払うのが困難になっていた。二人を見ていると尚更難しい。

何とか理性を保って、俺は言った。

「『アウトサイド食リポ』のディレクターをやっている矢口です。この度は取材撮影を快諾くださってありがとうございます」

「こちらこそ」

茜はニッと笑った。

「番組、サブスクで拝見しましたよ。あのネグレクトされてる男の子、ほんと可哀想でしたね。あの、何だっけ、割とキラキラした名前の……」

「皇牙《こうが》ですか」

「そうそう。あの子、今も元気ですか？」

「ちょうど配信が始まるか始まらないかの頃に、施設に入りましたよ。少なくとも三度の飯には困らない」

「よかったあ」

涙を拭う振りをした。いや、実際に泣いていた。この数秒で目は充血し、潤んでいる。ずず、と洟を啜って、茜は椅子を指し示した。

「どうぞおかけください。あんな誠実でジャーナリスティックな番組に取材していただけるなんて、本当に光栄です」

「いえ……そんな大袈裟な」

「大袈裟じゃありません。会長もとても喜んでいました」

「会長――権藤慧斗さん？」

「ええ」

茜はまた椅子を手で示した。

この場を撮影して構わないか確認を取ると、即座に快諾される。「部屋に入ってくる」「挨拶をする」といった事実の再現も、よほど誇張がない限りは大丈夫だという。

「じゃ、部屋に入ってくるところからやりますね。遅刻も再現します？」

「そもそも遅刻じゃなかったし、走ったりする必要はありません。映像の段取りとして要るってだけで、意味を持たせたいわけではないので」

「なーるほど！」

茜は楽しそうに荷物を抱え、駆け足で部屋を出て行った。足音が遠ざかる。

「……本当に、飯田茜なのか」

「ええ」祐仁は泣き顔にニタリと笑みを浮かべて、「そうです。思い出した。思い出しましたよ。でも……なんでああなのかは分かりません。私がなんでこうなのかが分からないのと同じで」と言った。

8

撮影が始まった。

カメラは二台。俺が手元に置いているハンディカムと、テレビの側に置いたアクションカメラ。後者はほとんど魚眼に近い超広角で、部屋にいる全員をフレームに収めることができる。

飯田茜は自己紹介を済ませた。カメラ越しだと高校生が、成人のコスプレをしているようにしか見えない。違和感しかないが、すぐ思い直す。

この方がいいのだ。連中の異質さがひと目で分かる。それでいて不快な画《え》ではない。飯田茜は見た目は美少女だ。いつもの仕事の頭にようやく切り替わったことを意識して、俺は訊ねた。

「失礼ですがお歳は？」

「四十一歳です」

茜は嫌な顔一つせず答えた。となると『祝祭』の時制は間違いなく一九九三年。俺の予測は当たっていたわけだ。

「随分とお若いですね」

「これですか？　現会長の力の賜物《たまもの》ですよ」

「というと……」

「大地の力です。現会長の持つ素晴らしいエネルギー。これのお陰でわたしたちは生きていけるんです。あ、もちろん食事や睡眠は普通に取ってますよ。ただの人間なので。スピリチュアルの人とか新興宗教の人とか、すぐ仙人みたいなこと言うじゃないですか。『私はトマトしか食べない！』とか見え透いた嘘吐いて。そんなわけないだろって」

ねえ、と微笑する。

早くも「大地の力」というキーワードが拾えた。おまけに連中が一般には理解しがたいことを、当たり前のように受け入れている様子も撮れた。同族嫌悪を露《あら》わにするのも、この手の連中らしいと言えばらしい。

想定外の収穫を心の中で祝っていると、茜が口を開いた。

「この度は、私《わたくし》どもの同胞を助けてくださってありがとうございます」

「いえ。とんでもない」

「偶然出会われたとか」

「ええ。新宿でホームレス同然の状態でさまよい歩いていたところを、自分が声を掛けたんです」

俺はシナリオ通りの説明をした。茜は疑う様子もなく、

「幸運です。これも大地の力のお導きでしょう。本当に……よく戻ってきてくれたね」

祐仁に微笑みかける。彼はしどろもどろになって、顔を伏せた。

「嬉しいです。矢口さんには感謝してもしきれません」

彼女の目に再び涙が溢れていた。感動の再会、感謝の遣り取りの画はこれくらいで充分だろう。

俺は次の質問を投げかけた。

「来るときに神像……大きな藁人形をたくさん目にしましたが、あれは？」

「ああ、〝阿蝦摩神さま〟とわたしたちが呼んでいる神様です。何か怖いですよね？　目付きも悪いし」

顔を殊更にしかめ、身体を縮める。

「皆さんが崇《あが》めてらっしゃるのでは？」

「崇めてる、うーん。どうなんでしょう。まあ私ども大地の民のシンボルの一つではありますが、ぶっちゃけ借り物ですからねえ」

「借り物？」

「『祝祭』お読みになったんですよね？　だったらご存じなのでは？」

「ええと、ですね」俺はカメラを下ろすと、「申し訳ない。テレビというのはテレビ側の人間が説明すると成立しないんです。まず画にならない」

「にゃははは！」

茜は奇妙な笑い声を上げた。

「ですよねえ。テレビってニュートラルですから！　にゃははは、すみません慣れてなくて、にゃははは！」

可笑《おか》しそうに身を捩《よじ》る。

明らかに皮肉だった。

中立を装って他人の言葉を継ぎ接ぎし、自分たちに都合のいい情報に仕立て上げる。それがお前らテレビのやり口だ――そんな含みがあるのはすぐ分かった。

だが、彼女は慎重に言葉を選んで、こっちがどう編集しても悪意を抽出できない発言に終始した。この一瞬で大したものだ。

俺は気を引き締め直した。油断するな、と己を諫《いさ》めた。

当たり前だが、目の前の女は子供に見えるだけで子供ではない。俺よりずっと年上で、経験も積んでいる。きっと俺などより遥かに器用で強《したた》かで、弁も立つはずだ。

さりげなく深呼吸し、俺は再びカメラを構えた。

「借り物とはどういう意味ですか？」

「元々、この地方だけで信仰されていた神様です。来訪神ってご存じです？」

「いえ」

「乱暴に言うとナマハゲですよ。常世――ここではない世界からやって来て、富や災いをもたらす存在。農耕の神だとされていますね。メジャーどころだとそれこそ東北、九州や沖縄なんかで信仰されてますけど。あと四国ですね。一度途絶えたとはいえ、こんな関東の山奥にいるのはとても珍しい。まあ、ここもかつては農村だったそうですし、とりわけ奇妙ってことはないのかもしれませんが」

「そうなんですね」

「で、前会長がいろいろ聞き集めたり、文献で調べたりして祭りとともに復活させたんですよ。ただ、変えたところもあります。本来の作法は神様の格好をした人間が町を練り歩き、村人の家々に押し入って家主と言葉を交わしたり、子供と問答したりするのがメインでした。ナマハゲっぽいでしょ？　来訪神を祀る儀式として共通のものです。で、その後は舞台や広場で軽く舞ったりするのが習わしだったようですが、復活させてからは家々の訪問はナシにして、町を歩いて回るだけにしました。儀式のメインはグラウンドでのお祭り」

「どうして変えたんです？」

「にゃはは」茜がまた笑った。「ここのマンションの一戸一戸を訪問したら、何日かかると思います？　現実にそぐわないところ、変えるべきところは適宜変える。いえ――更新する。それこそが真の伝統というものです」

「伝統……借り物の神で、伝統ですか」

俺は淡々と皮肉った。

「キリスト教徒でもないのに、クリスマスを祝う人が大勢いる国ですから」

茜も淡々と皮肉で返す。月並みな指摘ではあるが事実だ。

「死んだら死んだで、ほとんどの人は中国経由でインドから伝わった仏教に則ってお葬式をします。そのお葬式だって今のやり方になったのはたった六十年前ですよ。借り物の宗教儀礼、最新バージョン」

「自分たちの神の方が由緒正しい、と？　土着の来訪神だから？」

「どうでしょうねえ、ナマハゲだって一説によると中国の道教由来だそうですし。阿蝦摩神だってそうかもしれない」

ニヤリと白い歯を見せる。

「まあ、細かいことはいいんです。大地の民の信者か否かは関係なく、光明が丘に住む人たちの拠り所になったらいいな、と。マンションごとに夏祭りをするニュータウンあるじゃないですか？　あと子供向けにクリスマス会とか。あれのもっともらしいバージョンだと思っていただければ」

「成果は如何《いかが》ですか？」

「大成功」

茜は両手を広げた。白とパールピンクのネイルが煌《きら》めく。

「今では毎年、夏に行われるイベントとして当たり前のように受け入れてもらっています。もっとも、私ども以外の皆様にとっては無料で飲み食いできるイベント、くらいの認識でしょうね。出店は全て私どもですが、お代はいただいておりませんので。みんなで怪しい踊りを踊るだとか、教義を歌詞にした怪しい歌を歌うだとか、そういったことは一切しておりません」

パラパラ、と分厚いファイルを開き、写真資料を何枚か引き抜く。

「お祭りの記録です。私どもの歩み――沿革もまとめてあります。後でデータもお渡ししますね」

「すみません」

「表に立っている〝阿蝦摩神さま〟の藁人形は、私どもだけで作ったわけではありません。ウキヨの方々が無償で手伝ってくださいましたし、それ以前に、公共の場に置くことにも賛同してくださいました。もっとも、ああした偶像を作ること自体は当地の伝統でも何でもありません。カシマ様とかショウキ様とか呼ばれる、道祖神を象《かたど》った巨大な藁人形。あれに倣《なら》って作ることにしたんです。秋田の風習ですね」

「余所の習俗を取り入れもする、と」

「ええ」茜は平然と答えた。

「ウキヨとは何です？」

「大地の民でない方々のことです。矢口さんも私どもからするとウキヨの方。あっ、そうだ。正確に申し上げておきましょうか。光明が丘のウキヨの皆さんの温度って、実際こんな調子ですよ。『しょうがねえな、手伝ってやるか』『まあ別にいいんじゃねえの』みたいな」

「全面協力、大賛成ってわけではなく……」

「手助けと黙認、くらいですね。そうそう、このポスターも。『何もないのも殺風景だから』『他に貼るものもないし』ぐらいのノリです」

俺はカメラを引き、彼女の背後のポスターを撮った。

「実態としては随分ユルいんですね」

「だからこそウキヨの方々に受け入れていただいている、という部分はあると思います。勧誘もしませんし、寄付を募ることもありません」

「そうなんですか」

「ええ。もちろん、入信されたいという方はいつでも歓迎しております。寄付も」

「自主性、自発性を尊重する、ということですか」

「ええ。当たり前のことです。他所様はどこも、その当たり前ができないみたいですけど」

口調に誇らしさを滲ませたその瞬間を狙って、

「その〝自発的な〟入信や寄付で崩壊した家庭があることについて、どうお考えですか？」

俺は手札の一枚を場に出した。

茜はまったく表情を変えず、「と仰いますと？」と質問で返す。

俺は小さく深呼吸して言った。

「十年近く前のことですが、とある裕福な家庭がありましてね。医者の家系で、両親と息子の三人家族。それまで特に大きな問題もなく、幸せに暮らしていたんですが……」

「ええ」

「母親がそちらに多額の寄付をした。貯金はもちろん家財を売り払って寄付金に充てた。息子の学費に充てる予定だったものも残らずね。家族の説得にも応じず、連日連夜の言い争い。父親は母親に暴力を振るうようになり、ある日母親は逆襲した。包丁でブスリと胸をね」

「即死だった」

俺は彼女の童顔を撮りながら、

「まあ」

「放心する母親をその場で息子が殺した。包丁を奪い取って刺したんだ。そして息子は首を吊った。第一発見者は息子の友人だった。元々はクソみたいな不良だったが、息子のおかげで更生して、勉強して大学に受かって、それまでのクソみたいな人生をやり直そうとしていた矢先のことだ」

暴れ出す感情を辛うじて抑え、

「葛原だ。葛原一家。そちらに多額の寄付がされているはずです。父親がひた隠しにしていたから表沙汰にはなっていないが、俺は息子から聞いている。病院に駆け付けた時、短い間だが意識を取り戻したんだ。大地の民……葛原は確かにそう言った」

やけに白い病室、やけに白いベッド。そして葛原の灰色の死に顔と、かすれた声を思い出しながら、俺は最後まで言った。警察が俺の証言など全く相手にせず、事件はまともに捜査もされないまま、家族間の諍いで済まされた。捜査に当たった連中がまともな仕事をしているとは到底思えなかった。

「それは……」

大地の民は俺の家を壊した。それだけではない。俺の恩人を、たった一人の友人を奪った。

茜は言葉を切った。曖昧な表情で考え込む。素早いリアクションは嘘臭く、教団に益するところはない。そう判断したらしい。

「失礼ですが、どこまでが事実なんでしょう？　仰ったことだけでは判断できかねます」

今までとは打って変わって、落ち着いた話し方だった。容姿は何一つ変わっていないのに、急に老けたように見えた。別の仮面を被ることにしたらしい。こちらが少しばかり感情的になったところで、容易く崩れてくれるような相手ではないのだ。

俺は溜息を吐いて、カメラを構え直した。

「……というような恨み節を聞かされることもあるのでは？　俗世間とコミットしている以上、軋轢《あつれき》は避けられない。おたくのように上手く行っているところでも、そういったトラブルがゼロとは考えにくい」

　苦しい流れで一般論に落とし込む。

「仰るとおりです」

　茜は頷いた。

　全てを包み込むような、穏やかな笑みと落ち着いた口調だった。俺の拙《つたな》い試合運びに付き合ってくれるらしい。

「わたしもそうしたトラブルを経てここにいます。幼い頃、とても怪しいカルトにいました。厳密にはわたしではなく母が入信していて、寄付してもらうためにわたしもあちこち引っ張り回されたんです。全てはわたしの病気を治すためでした。現代医療では手の施しようがなく、代替医療も効果は出ず、母は霊的な力に頼りました。コスモフィールド、というセミナー発祥のカルトです」

　彼女はコスモフィールドにいた頃の日々を、悲しみを控え目に滲ませながら語った。多くは『祝祭』からある程度推測できるもので、憐れではあるが共感できるものではなかった。むしろ敵意だけが育つのを感じた。

　この女は救われた。俺や葛原は救われなかった。

「でも、そんなわたしを救ってくれたのが現会長だったんです」

「会長」

「ええ、権藤慧斗。わたしと同い年の女性信者です。後に前会長から大地の力を受け継ぎ、駆使できるようになった、ただ一人の存在」

「前会長とはどういう関係なんですか。その、慧斗さんは」

「ウキヨの言葉でいうと、奥様ですよ。役所に婚姻届も出している。ですがまあ、そんな形式なんてどうでもいいいくらい仲睦《むつ》まじかったですよ」

にひひ、と白い歯を見せる。当初の調子に戻りつつある。

「仲睦まじ〝かった〟というと……」

「前会長は亡くなりました。もう二十年になります。だからこそ慧斗ちゃんは会長の座に就いた」

「慧斗ちゃん」

「ええ。最初はそう呼んでいました。わたしが彼女に救われ、この大地の民に入った当初のことです」

「救われた、というのを詳しく教えてもらえますか」

「もっちろん」

彼女は完全に元の仮面を被りなおすと、軽やかに楽しげに、慧斗に救済された経緯を語った。『祝祭』に書かれていたことそのままだった。つまり「会長さん」が「大地の力」を行使するあの不可解なくだりを、記述されたとおりに物語った。

俺は何とか彼女が喋り終わるのを待って、こう訊ねた。

「その大地の力のところ、よく分からないんですよね。何が起こったんですか？」

「何って……力によってコスモフィールドの皆さんが大地に還ったんですよ。わたしの母も含めて」

「還った？　すみません。それもよく分かりません」

「ウキヨの言葉には置き換えられませんね。『大地に還った』は大地に還ったとしか。あっ、もちろん〝殺した〟とか〝暴力を振るった〟とか、そういう言葉の言い換えじゃないですよ。〝ポアしなさい〟〝ヘルター・スケルター〟みたいな。にゃは」

先回りしてこちらの指摘を封じ、笑えない冗談で落とす。いや、正確には全く落ちていない。本気で言っているのか、それともはぐらかしているのか。

俺は食い下がった。

「では、何か比喩《ひゆ》みたいな形で説明を……」

「今分からなくても何の問題もないのでは？」

「どういう意味です？」

「だってこれ、わたしたちの食事風景を取材する番組ですよね？」

彼女は殊更に不思議そうな表情を作った。

この場で一番使い勝手のいい手札を、ここで出してきたか。

「あっそうだ、ずっとここで話してても、それこそ番組として成立しませんよね。画面が全然変わらないから。それに久木田さんも外の空気が吸いたくなったんじゃないですか？　ねえ？」

「へっ、ああ」

祐仁が間抜けな声を漏らす。ですよねー、と茜は破顔した。

「久木田さん、どこに行きたい？　学校？　食堂？　前住んでたところはもう新しい人が入っちやってるけど、見るだけだったら全然いいよ？」

「う、う」

「あ、ちょっと休憩する？　疲れてるっぽいもんね」

「ああ……そ、そうだね」

「じゃあその後移動して、どこ行くかはおいおい決めよっか」

「ああ」

「ごめんね祐仁くん。あ、違う久木田さん。にゃはは、駄目だね、ついあの頃の感覚で喋っちゃう」

彼女は祐仁に顔を近付けると、

「色々、あったね。あの時はありがとう」

大きな目を潤ませた。

再会を懐かしみ、〝ウキヨ〟に馴染めず変わり果てた彼を悲しんでいる。それ以外にも様々な感情が仄《ほの》見《み》え、二人のこれまでの関係をあれこれ想像させる。そんな画になっていた。いや——そんな画を撮らされていた。

こちらの質問を遮られ、次の段取りまで向こうに決められている。「元信者・祐仁の出戻り」という物語を軸に据えている以上、彼の手綱を取られてしまえば、場の主導権は茜のものだ。精神に問題を抱えている祐仁が、こちらの都合どおり動いてくれるわけもない。

俺はちっとも冷静ではなかった。茜に——大地の民に意識を向けすぎていた。

彼女と祐仁を撮りながら、俺は心の中で地団駄を踏んだ。

9

茜が持参した軽食を少しばかり摘まむと、俺たちは彼女の先導でコミュニティセンターを出た。一階ロビーの椅子では小学校高学年らしき児童が五、六人、勉強や雑談をしていた。受付カウンターでは低学年らしい少女二人が、職員と談笑している。

平和ではあるのだろう。経済的にも満ち足りているのだろう。どの子供の身なりも清潔で、髪型も整っていた。普段は気にならないことが、今はやけに目に付いた。

「こーほーさん！」

幼い声がした。カウンターの少女二人が、茜に駆け寄ってくる。彼女は「こんにちは」とにこやかに手を振った。〝広報さん〟か。

「ルリちゃん、お祖母ちゃんの具合、どう？」

「元気。ご飯もモリモリ食べてる」

「よかったあ。メイちゃんのお祖母ちゃんは？」

「あんまり」

「そうなの？」茜は殊更に悲しげな表情を作った。「腰が痛いの？　足かな？」

「足。うーんうーんって言ってる。眠れてないみたい」

「あらー、大変そうだね。じゃあ会長さんにも伝えとくね」

「うん！」

メイと呼ばれた少女は頷いた。

「ルリちゃんも何か変わったことがあったら、すぐ連絡してね。お祖母ちゃんだけじゃないよ。お父さんお母さんも、ホマレくんもだよ」

「分かってるよお」

ルリは楽しげに頰を膨らませてみせる。

少女らと手を振って別れると、茜は「どうもすみませんでした」と俺に詫びた。

「仲がいいんですね」

「子供さんたちが仲良くしてくれてるんですよ。それ以前に親御さんも」

自動ドアをくぐり、歩道に出ると、彼女はこちらを向いて、

「一般論ですけど、親御さんがどう見てるか、家でどう言ってるかで、子供さんは他人をどう扱うか決めるじゃないですか。わたしたちみたいなのは特にそうです」

「あの神様のお陰ですかね」

俺はカメラを振って、石柱の傍らに座る、小さな藁人形を撮る。

「そうですね。光明が丘を一つにしてくれているのかもしれません」

「あの子供たちと何の話を？」

「家庭のことです」

「それは分かるんですが、内容が……まるで介護か、医療のようでした」

「医療ですよ。純粋にあの子たちの、家族の健康状態を訊ねたんです」

茜は坂を上りながら、半分だけ振り向いて答えた。

「医療……？　すみません、それは代替医療のことですか？」

「え？　どうして？」

「医師でもない方が医療行為をするとは考えにくいので、いわゆる現代医療には当てはまらないものを指すのかと」

自分の言葉で俺は腑《ふ》に落ちていた。

代替医療。

鍼灸《しんきゅう》や漢方など、単に科学的根拠が認められないだけで経験的に効果があると見做《みな》されているものから、インチキ臭い民間療法まで、言葉がカバーする範囲は広い。ヨガ、瞑想、レイキ、ホメオパシー。この手の療法はスピリチュアルやカルトと相性がいい。

連中が一般住人と交流し、共存できているのは、そうした代替医療を〝ウキヨ〟の人々に施すことで信頼を得ているからではないか。先代――権藤尚人も当初からそうやって、地域住民の信頼を得ていたのではないか。さっきの話しぶりから察するに、高齢者のケアを優先しているようだ。

老化、老衰、そして死。現代医療でもどうにもならない分野にこそ、連中の付け入る隙はある。茜が健康になったのも代替医療のおかげかもしれない。いや、きっとそうだろう。つまり、大地の力とは代替医療のことだ。少なくとも、飯田茜に施された力は。

うっすらと見えてきた。ほんの一端ではあるが、連中の手口が。

「……ごめんなさい」

茜はいたずらっぽく笑った。

「言ってませんでしたね。わたし、看護師の資格持ってるんですよ。今は病院に勤めたりはしてませんけど、一通りのことはできます。あ、わたしだけじゃなくて、大地の民には医師免許や看護師資格を持った人間が大勢います。今は二十人くらい、全体の約一割」

想定外の回答に面食らいながらも、俺は何とか態勢を立て直す。

「約一割、ということは」

「ええ、ここで生活している同胞は二百七人。うち成年が百五十一人、未成年が五十六人。ここ十年くらい横這いですね」

聞きたい情報を自分からスラスラと、よどみなく話す。それが終わると今度は祐仁に話しかける。俺が欲しいと思っていた画だ。

「久木田さん、歩ける？　しんどくない？」

「ああ、うん、大丈夫」

「本当？　だってもうお爺ちゃんだから」

「いや……これは違うよ」

「でも、実際ここ坂道ばっかりでしょ？　ここを抜けたの、山での生活がキツいってのもあったんじゃないかなって、みんなで理由を考えたこともあったの」

「そうかい」

「ねえ、どうして抜けたの？　すごく急だったよね」

「それは……」

祐仁は口ごもった。

二人はほぼ並んで歩いている。

俺は祐仁の斜め後ろから彼らを撮っていた。祐仁の丸い背中と、茜の顔が映るように、距離と角度を調整する。

「何だろうな、はは、は。さっき言ってた、坂道だからってのは、違うよ。そんなに出歩かないし」

「じゃあ何で？」

茜は笑顔を崩さずにいたが、その口調には大きな戸惑いと、僅かな怒りが滲んでいた。

俺の位置から祐仁の顔は見えないが、背中が更に丸くなっていた。全体的にひどく縮んでいる。おまけに小さな呻き声を漏らしている。

俺は息を殺していた。液晶画面から完全に目を離し、祐仁の背中を見つめていた。耳を澄ましていた。覗き込む茜の顔も強張っている。

「ああ、あ……」

祐仁が口を開いた。

「……また、落ち着いたら言うよ。言うから」

「そっか。そうだよね」

「すす、すまない。今はまだ、こんな調子で、まともに話すことも、ちょっと」

「ううん、謝るのはこっちだよ。ごめんね、急かしちゃって。戻ってきたのが嬉しいからさ」

「うう」

茜が祐仁の肩にそっと触れた。祐仁は一瞬びくりと身体を震わせたが、すぐに平静を取り戻す。

肩に置かれた彼女の手に、自分の震える手を重ねる。

二人はそのまま無言で坂を上り続けた。

俺は胸を撫で下ろしながら二人を撮り続けていた。通りかかったランドセルの男子数名が、好奇の目で祐仁と茜を見つめていた。ニヤニヤと品のない笑みを浮かべている。

男子たちはやがて俺に気付き、すぐさま笑みを引っ込めた。俯いて足早に立ち去る。

彼らの怯え切った様子を見て初めて、俺は自分が眉間に深々と皺を寄せ、歯を剝きながら歩いていることに気付いた。


マンションが建ち並ぶエリアに足を踏み入れた。住所で言うと光明が丘四丁目。手前のマンションの一階に、小さな商店があるのが見えた。少し離れたところに公衆電話もある。

「あの店は？」

「牧商店といって、以前からここにある古き良き個人商店ですよ。子供たちにとっては駄菓子屋。大人にとってはコンビニ代わり」

俺は『祝祭』の記述を思い出しながら質問する。

「店の方とも上手くやっている？」

「ええ、とっても」

「以前はそうでもなかったのでは」

「わたしが入った頃はそうでしたね。店主のお婆さんから、薄気味悪いカルトだ、なんて言われたこともあります。あそこで買い物をする気にはなれませんでした」

「それが何故？」

「お婆さんが亡くなったんですよ。わたしが入って三年……四年くらい経った頃かな。後を継いだ娘さんが大らかな方で、少しずつ親交を深めて今に至ります」

「医療行為をしたりも？」

「ええ。といっても娘さんは健康な方なので、マッサージする程度ですね。今後はわたしと同じように――」

茜は不意に口を噤《つぐ》んだ。黙って先を促しても、一向に話を再開する気配がない。

「どうかされましたか」

「わたしと同じように、体操しましょうってお誘いしてるんですよ！」

茜は手足を振り回し、身体を捻《ひね》ってみせた。顔には作り物の笑みが張り付いていた。

彼女の白々しい芝居を十秒近く撮ってから、俺はカメラを下に向けた。

そのまま牧商店で取材を再開したが、娘さん――現店主は茜の証言通り大らかで、背筋の伸びた健康そうな老婆だった。カメラを向けても嫌な顔一つしない。

「いいよいいよ、こんなシワシワでよければいくらでも撮って。はははは！」

「にゃははは！」

狭く薄暗い店内に二人の笑い声が響いた。店主はこちらの質問にも親切すぎるほど親切に答えてくれた。大地の民とは仲良くやっている、客観的に見て特におかしなところはない、だからこちらもごくごく普通に接する。どれも人として商売として当たり前のことだ――彼女はそんな意味のことを繰り返した。

茜はウンウンと嬉しそうに頷いていた。

二人は時折祐仁に話を振り、彼のたどたどしい言葉に耳を傾けた。

俺はその様子を淡々と、機械的に撮った。

「では、お二人は外で待っていていただけますか。店内全体を撮りたいので」

会話が途切れたところで、俺はさりげなく誘導した。茜と祐仁は商店を出て、公衆電話の脇のベンチに並んで腰を下ろす。

二人が雑談を始めたのをそっと確認して、俺は店主に訊ねた。

「改めて、お名前をお伺いしても構いませんか」

「はいはい、牧仁絵《ひとえ》です。七十二歳です」

「放送でお名前を出しても?」

「ええ」

「大地の民を実際はどうお考えですか?」

俺はそれまでと変わらない調子で訊ねた。

茜の前で本音など言えるはずもない。こんな辺鄙《へんぴ》な場所の、小さな個人商店なら尚更だ。「お望みでしたら以降は音声のみにしますよ。それも知り合いに気付かれないようにピッチを変えて」

「ピッチ?」

「甲高い声だとか、逆に低い声だとかにする、ということです。機械的に変化させて、声の主がバレないようにする細工です」

「ああ、それ」

店主――仁絵は歯を見せて笑った。

「全然。普通よ。さっき言ったとおり。どうしてそんなこと訊くの？」

「以前……前の店主はあまりいい印象を持っていなかった、と聞いたことがありまして」

「ああ、そうね。お母さんは毛嫌いしてた」

「どういった理由で？」

「あ、なるほど。そういうこと」

仁絵はふふんと鼻を鳴らした。

「何かされたことはないよ。トラブルがあったとも聞いてない。でもね、この平和な街に変なもの、訳の分からんものを持ち込んだ連中、そんな風に言ってた。異分子っていうの？」

「ってことは、以前からこちらにお住まいで？」

「麓《ふもと》の方でね。ここがニュータウンになる前、光明が丘って名前が付く前から店をやってたんだけど」

「地元の……顔見知りの人を相手に」

「そうそう。そういう狭ぁい商売をずっとやってたような人なの。だから余計、ああいう人たちが変に見えたみたい」

「そうでしたか」

「ごめんねえ」

仁絵は口元を押さえ、身体をくねらせると、

「軋轢！　すったもんだ！　みたいなのが欲しかったんでしょ。分かるわあ、そういう苦労があ

ってからの平和な今！　みたいなの、収まりがいいもんね。テレビの人を悪く言うつもりはないけど、パターンに落とし込むのって楽だしね」

七十歳過ぎとは思えないほど、溌剌《はつらつ》とした声と口調でまくしたてた。誤解されているのは明らかだったが、否定する必要もない。俺は「お詳しいですね」と彼女を称讃するに留めた。

「では大地の力についてもご存じですか？」

「ああ、あれねえ」

仁絵は顔をしかめた。頬に手を添え、首を傾げる。絵に描いたような戸惑い、不審の仕草。

ここへ来て初めて見せる態度だった。

「……そこだけは分からないの。というか教えてくれない。ううん、違う。教えるまでもないって顔するの。誰に訊いても」

「一般社会に対応する言葉がない、みたいなことも言っていましたよ」

「ああ、それ。そんなことも言ってたかも」

老婆はへの字口になっていた。

「最初はその、理念とか？　教義？　みたいなものだと思ってたの。それかオーラみたいなやつ。その……まあ、ある人にはあるやつね。ない人にはないけど」

「ええ」

「でもほら、みんな……あれじゃない？」

意味が分からなかった。考えても出てこない。

「というと」

「若いでしょ？　お顔が」

「ええ、はい」

「みんなって言ってもお偉いさんだけだけど。上の方の人」

「上層部ですか」

「ええ。女の人だけじゃなくて、男の人もハリツヤがあって。あれもその力だっていうのよね」

「ということは当然、会長も」

「会ってないの？」

「ええ」

「会長さんは……ねえ」

仁絵は困った顔をした。その反応に俺は虚を突かれた。

軽い質問のつもりだった。当然「はい」という意味の回答が来るものだと思っていた。それなのに。

「違うんですか？　会長は」

仁絵は声を潜めて、

「会長さんは普通。年相応ね」

「そうなんですか」

「ええ、不思議ね。どういう仕組みか知らないけど、普通そういうのって、トップが率先してするものじゃない？」

「ええ、まあ」

必ずしもそうとは言えないが、仁絵が不思議がるのも理解できた。黙っていると、彼女が不意に「ああ、でも」と目を見開いた。

「ご本人には大地の力、効かないのかもね。ほら、占い師も自分の未来は見えない、みたいな。そう言えば先代も普通だったし」

「なるほど」

「でもねえ、違う気がするのよねえ」

立てたばかりの仮説を早々に捨て、仁絵は俺に顔を近付けた。

「なんだろ、なんて言うかねえ……温度差?」

囁き声で言う。

「というと?」

「違うのよ、会長さんはいい人なの。変なところはないし。優しいし。若い頃はバリバリで、信者から雀れるだけ雀り取って、って感じだったみたい」

「みたいですね」

「でも今は違うの。ここ十年くらいかな。すっかり丸くなったの」うふふ、と小さく笑う。「だから特にトラブルもなく普通なのよ。上手く回ってるっていうか。でも……」

仁絵はカメラから目を逸らすと、

「それが気に入らない信者も、当然いるってこと」

辛うじて聞こえる声で言った。

「それは一体……」

「矢口さーん」

茜が出入り口に立っていた。未成熟な顔に無邪気な笑みが浮かんでいる。

「何の話をしてるんですか？　あれ、ひょっとしてわたしたちの陰口とか聞き出そうとしてません？」

「いえ、そういうわけでは」

「そうだよ！　悪口聞かせろって！」

仁絵がにやにやしながら言った。

「だから言ってやった。ハルマゲドンが来るからって人類滅亡を企んでる、毒ガス大好きテロ集団だって！　あははは！」

「ひっどーい！　何言ってるんですか仁絵さーん！」

駆け寄った茜が、仁絵の身体をポカポカと殴る振りをする。俺はカメラを向けるだけ向けていたが、液晶画面を覗く気にもなれなかった。

10

大地の民の住まいや施設はマンション群のあちこちに点在していた。マンションは全部で十棟。それぞれに三戸〜七戸、合計で四十三戸を教団が購入している。うち三十五戸が、二百人を超す信者らが寝泊まりする「家」で、残り七戸が集会場や事務所、子供の信者が勉強するための教室、倉庫といった、教団の公共施設。

茜はそこまで説明して黙った。左右にマンションの立ち並ぶ坂道を、澄まし顔で上っている。並んで歩いている俺は、彼女の横顔を撮っていた。

彼女の指先から俺の口元に、操り糸が見えた気がした。俺はうんざりしながら質問する。

「残り一戸は?」

「もちろん現会長、権藤慧斗のお住まいです」

茜は誇らしげに言った。

「ということは、一人で一戸まるまる?」

「ですね。かつては前会長と、でしたが」

「他の信者は何人かで……いわばルームシェアする形で共同生活を送っているのに?」

『祝祭』の記述を思い出しながら俺は訊ねる。詳述されていないので誤読しそうになるが、慧斗ら子供は同じ部屋で生活しているようだった。

「ええ」

「子供もそうですよね」

「ええ。子供は監督係の男性信者、女性信者が一緒に生活しながら、まとめて複数人の面倒を見ています。わたしもそうやって育てられました。久木田さんもです。ね?」

「ああ、ああ。そうだよ」

後ろを歩く祐仁が、ぎこちなく微笑した。

なるほどなるほど、と適当な相槌《あいづち》を打ってから、俺は訊ねた。

「監督係はどうやって選ぶんですか」

「各々の適性を見て」

「適性を見るのは誰です？」

「現会長や古参の信者ですね。わたしもこれまで何度か」

「〈先生〉と呼ばれる教育係の信者も？」

「ええ」

「監督係とは実質、親代わりの役目ですよね。つまり子供を育てたことのない信者が親役を務めたり、教師でも塾講師でもなかった人間が教育係になったりもするわけですか？　それを選ぶ側も、とうてい専門家とは呼べない人間ということになりますよね？」

「その点は否定できません」

茜は肩を竦《すく》めた。

「ウキヨ——俗世との関わりを最小限に抑え、信者のコミューンで生活する出家型の宗教団体で起こりがちなのが、信者の子供に対する虐待やネグレクトです。親から引き離したり義務教育を受けさせなかったり、指導、教育の名の下に暴力を振るう。衣食住すらロクに与えないケースも少なくない」

「ですね」

ヤマギシ会、オウム真理教、ライフスペース。これまで世間を騒がせた宗教コミューンが脳裏をよぎる。彼らの子供について書かれた、数々の書物を思い出す。世間から隔絶され、まともに育てられなかった子供たちの中には、心に大きなダメージを受け、自我の発育が阻害された者も多くいた。

出家型の宗教に限った話ではない。エホバの証人では親が子供を、文字どおり鞭打《むちう》つことが許されている。教義に基づいた教育の一環、というのはあくまで建前で、実態は純然たる虐待だ。子供だ。こうした宗教絡みで真っ先に苦しめられるのは、常に子供なのだ。

「ですが」

茜はカメラ目線で、

「わたしたちはそんな愚行はしませんよ。今までもしなかったし、これからもしません。むしろそうした子供を救うための活動をしている。矢口さんは既に代表の書いたものを読んで、その辺りのことをよくご存じでは？」

俺はわざと皮肉の笑みを浮かべて返した。

「代表がそう書いているから真実だ、納得しろと言われましてもね」

「ですよねえ、にゃはは」

例の笑い声を上げて、彼女は言った。

「では、まず子供のいる家をご案内しましょうか。〈学校〉は……今日はもう終わっているので明日。如何ですか」

「ええ。是非」

これも段取りの範囲内だろう。だが落胆はしていなかった。子供がどうなっているのか、どんな生活をしているのか。純粋に興味があった。劣悪な環境であってほしいとは思わないが、少しでも奇妙な点、異様な点があれば容赦なく指摘してやろう。記録し放送してやろう。

「じゃあ、どこにしよっかな……うん、こっち。こちらの棟の六階に、五人の子供を育てている家があります」

茜は右手前のマンションを示した。

俺はカメラを構え、マンションを見上げた。その奥の棟、道を挟んで向かいの棟も念のため撮っておく。どの棟にも大地の民の信者が住んでいる。一般の人々のすぐ隣で、穏健な宗教団体の振りをして。

頭に浮かんだのはヤドリギだった。他の樹木から直接養分を吸い取り、自らは地面に根を張ることのない寄生植物。

大地の民、という名前に全く似つかわしくない想像をしていることに、遅れて気付いた。だが間違っているとは思わなかった。お前らは所詮、俗世の人間を食い物にして存続している集団だ。何となく壮大で、穏やかに思える名前で糊塗《こと》しているだけのカルトだ。

そこまで考えたところで、仁絵の言葉を思い出した。

(でも今は違うの。ここ十年くらいかな。すっかり丸くなったの)

(だから特にトラブルもなく普通なのよ。上手く回ってるっていうか)

ウキヨの人間まで抱き込んで、都合の良いコメントをさせているのだろうか。それにしては実感がこもっていた。芝居がかった印象は欠片《かけら》も受けなかった。

訝しみながらマンションを撮り終え、俺は茜の後に続いた。

６０３号室は４ＬＤＫの清潔な部屋だった。洋室、和室、ベランダ、キッチン。どこも綺麗に掃除されていた。インテリアに統一感はなく、水回りには生活用品がみっしり置かれているが、特におかしなところはない。

五人の子供は玄関を入ってすぐの、左右の二部屋をあてがわれていた。四畳半に二人、六畳に三人。普通に考えて決して狭くはない。ましてや鮨詰《すしづ》めからはほど遠い。

子供たちは五人とも小学生で、全員が家にいた。各自の部屋で漫画を読んだり、携帯ゲームをしたりして遊んでいた。服装も髪もまともで、体臭らしい体臭もしなかった。カメラを向けてもさほど興味を示さないのは、目の前の遊びに夢中だからだろう。一般的な子供の反応として、不自然なものではなかった。

〈父さん〉である四十二歳の男性、〈母さん〉である四十歳の女性にも、特に変わったところはなかった。特異な服を着ているわけでも、作り物めいた笑みを顔に貼り付けているわけでもない。客観的に見て「普通」の人々だった。茜と俺の訪問は本当に突然だったらしく、当初は二人とも「えっ、うちを撮るんですか！」「普段着で出たらマズいですよね？」と大慌てで、ありのままを撮らせてくれ、と説得するのに少しばかり時間がかかった。

番組の趣旨を改めて説明すると、最初に〈父さん〉が口を開いた。

「ってことは、我が家の夕食の風景を撮影するってこと、ですかね」

頭髪がかなり寂しいことになっている、ひょろりとした黒縁眼鏡の男性だった。困り果てた表情でカメラ越しに俺を見、次いで傍らの〈母さん〉を見遣《みや》る。おふくろさん、とでも呼びたくなる、小柄でふくよかな女性だった。

「普段こちらで作って食べていらっしゃる？」

「ええ」と〈父さん〉が答える。

「子供たちも一緒に？　七人全員で？」

「基本的にはそうです」

「であればお願いしたいですね。もちろん、そちらの――〈お母様〉がご負担であるなら、他所を当たっても構いませんが」

「あ、ごめんなさい、作るのわたしじゃないんですよお」〈母さん〉が破顔した。傍らの〈父さん〉を指して「この人この人。料理はこの人担当なの。すっごい上手だから。わたしお皿洗いとか掃除とか子供の世話とか、片付けるのは大好きなんだけど作るのは苦手っていうか嫌いで」

「まあ、だから僕と彼女でって任命されたみたいなんですけど」

「ですよー」と茜が軽やかに言う。

俺は面食らいながらも話を繋いだ。

「……ということは、男女で役割分担されているわけではない、と？」

「ええ」〈父さん〉が答えた。「そういうのも含めてここがいいというか、入信しようって気になったんですよ。前に勤めていた職場の体質がすごく古臭くて、男は飲む打つ買うのが当たり前、みたいな。それで心身を病んじゃって……」

「大変だったね」

茜がまた明るく、優しく声を掛ける。彼女のペースに呑まれるわけにはいかない。俺はすぐさま〈母さん〉に質問を投げかける。

「そちらは？」

「わたしは色々疲れちゃったから」

〈母さん〉は一言で説明を済ませた。〈父さん〉が広い額を撫でながら、

「あのですね、僕が作るものに、インパクトや面白さはありませんよ。冷蔵庫にあるもので、毎食ちゃっちゃと作ってるだけなので」

「別に構いませんよ」

俺は言った。肝心なのは実際どうなのか、カメラにどう映るかだ。犬の餌のような粗末な食事なら、番組としては美味しい。一方で俺は祈りにも似た感情を抱いていた。せめて子供たちにはまともなものを、充分な量食べさせてやれ――

「といっても夕食にはまだ早いですね」

腕時計を見ながら言う茜に、俺は訊ねた。

「それまで子供たちと話をさせてもらっても？」

「ええ、どうぞ」

彼女は〈父さん〉〈母さん〉に「いつもの雑炊と、芋のしっぽ煮たやつでいいよ」と冗談めかして言った。二人は笑ったが俺はもちろん笑わなかった。

11

改めて子供たちにカメラを向け、言葉をかけると、当初こそ無愛想だったものの、次第にこちらに興味を示し、質問に答えるようになった。三人部屋の子供たちは隙あらばカメラやリュックに触ろうとし、俺は何度も作り笑顔と明るい口調で注意しなければならなかった。

続いて二人部屋の方で取り留めのない雑談をしばらく交わした後、俺は訊ねた。子供たちの前で立て膝《ひざ》を突く。

「ここの暮らしはどう？」

「どうって……普通」

結人《ゆうと》という十歳の少年が率先して答えた。

この部屋のもう一人の子供、修吾《しゅうご》は壁にもたれて漫画を読んでいる。馬面で手も足も長い。十二歳と言っていたから、そろそろ大人が馬鹿に見えてくる頃だろう。結人に比べて反応は素っ気なく、こちらに無関心な風を装っている。

「普通って？　楽しいとか、辛いとか」

「正直に言っていいよ、結人くん」と茜。

うーん、と結人はしばらく考えて、

「分かんない。楽しい」

と頭を掻いた。いかにも子供らしい答えだった。特に奇異ではない、ありふれた反応。

「〈学校〉は？」

「うん、楽しい」

「同じ〈学校〉じゃない子もいるよな。このマンションにも、何人も」

「えーと、うん」

「遊んだりは？」

「する」

「たまにね」

漫画本から顔を上げず修吾が補足する。

「喧嘩《けんか》したり、いじめられたりは……」

「しない」

結人は力強くうなずいた。表情にも仕草にも、不自然なところは見受けられない。照れ臭そうに鼻の下を擦りながら、カメラを見つめている。

祐仁は部屋の隅、ドアのすぐ側で、居心地悪そうに背中を丸めている。茜はその隣で正座している。

二人を――とりあえず茜を退出させた方がいいだろうか。彼女の監視から逃れれば、また違った反応をするかもしれない。俺は口実を思案しながら、駄目元で質問を投げた。

「親は?」

「え?」

結人の笑みが更に大きくなった。居間の方を指差し、

「向こうにいるじゃんか。父さんと母さん。さっきおじさん、話してたよね。変なの」

変なの、変なの、と繰り返す。

「ああ、そっちの〈父さん〉〈母さん〉じゃない」

俺は少し考えて、

「ここに――光明が丘に来る前の親のこと」

結人は曖昧な微笑を浮かべたまま、首を傾げた。その仕草は年相応に幼く、可愛らしい。だか

らこそ妙だ。

いや——異様だ。

胸が高鳴っていた。ようやく舞い降りた好機に、緊張と興奮を覚えていた。

これは洗脳だ。カメラ目線で笑うこのあどけない少年は、カルトの訳の分からん教義と言葉に支配されている。

この子はやはり、邪教の子なのだ。

茜は自分たちの暗部を撮影されていることに気付いていないのか、ニコニコしながら結人を見つめていた。次は何を問えばいい。どう訊けば——

「おじさん、結人にその質問は意味ないよ」

修吾がそっけなく言った。

手にした漫画本をパラパラ指で弄びながら、

「結人はここで生まれたから、〝来る前〟とかないんだよ」

「うん」と結人。

舌打ちしそうになって堪えた。俺は馬鹿だ。そんな世代が存在すること、そこまで彼らが繁栄していることを、全く計算に入れていなかった。

「じゃあ、実の親は？」

「ここじゃそういうの、ないんだよ。ディレクターさん」

結人より先に修吾が答えた。ぱたんと漫画本を閉じる。

「子供はみんなの子供。ベンギジョウは〈父さん〉〈母さん〉の子供」

「いや、それにしたって……」

「結人は誰から生まれたかなんて、知らないと思う。なあ？」

「うん。分かんない」

また首を傾げて結人は言った。修吾が年下のルームメイトに優しい眼差しを投げかけていたが、すぐに気怠そうな表情を作り直して、

「まあ、そういうのもいいんじゃないですか」

と、投げやりに言った。

戸惑いながら彼らのありのままを撮っていると、茜が口を開いた。

「奇妙だと思いますか？」

「ええ、まあ」

「発足当初からの理念ですよ。大地の民は血縁による共同体――いわゆる親族を解体しました。血の繋がり如きで人と人を結びつけてはならない。そんなものはただの束縛です」

「前会長の価値観ですか」

「そのようですね。自身の家庭環境もそうでしたし、ここに来る以前に勤めていた医院でも、親族間の諍いやら、逆に無関心やらを目の当たりにしたようです。ほら、よくあるじゃないですか、親を入院させた子供が『本当に死にそうな時以外は連絡してくれるな』って医者に言い放つ、みたいな」

結人は呆けた表情で茜を見上げていたが、やがてひょこりと立ち上がり、部屋の隅に歩いて行った。収納から大きな段ボール箱を引っ張り出す。おもちゃ箱らしい。

「そちらの修吾くんは、お母さんと一緒にここに逃げてきました。お父さんからのＤＶ、家庭内暴力に耐えかねて」

「警察に被害届を出した方がよくないですか」

「出しましたよ。そしたら彼らはお父さんに、二人が避難した先の住所を誤って教えてしまいました。お父さんが二人をどうしたのか、説明するのは止めておきます」

修吾は壁にもたれたまま、こちらを見ていた。右の眉の真ん中を、白い傷跡が縦断しているのが目に留まった。腕にも臑にも、ケロイドのような跡が幾つもある。

茜はいつの間にか真顔になっていた。

「本当に奇妙なのはどっちでしょうね？　わたしたちの家族と、ウキヨの家族と」

「どうなんでしょう」

俺は回答を避けた。自分の祖父母のこと、常に空腹だった幼い頃を思い出していた。

どさっ、と大きな音を立てて結人が俺たちの前に置いたのは、古いボードゲームの箱だった。

「人生ゲーム　平成版Ⅱ」。箱の角はボロボロで、全体的に色あせている。

「遊ぼう」

結人が言った。こちらの返事も聞かずてきぱきとボードを広げ、駒や紙幣代わりの紙切れを並べていく。

「これは……」

「ここに来た時からあったよ」

答えたのは修吾だった。「懐かしいね、わたしもよく遊んだよ」と茜が目を細める。

食事までまだ少し時間がある。先の茜の発言にはそれなりに説得力があったが、この子供たちが苦しめられていないことの証拠にはならない。もう少し話を聞き出さないと――そう考えた時だった。

「遊ぼうよ」

結人が再び言った。きらきらした目で俺を見上げる。断られることを微塵も想像していないであろう表情だった。

俺はカメラを回したままその場に胡座《あぐら》を掻き、「おお」と言った。修吾が面倒臭そうに腰を浮かすと、結人の隣に座った。

俺と茜と祐仁、結人と修吾。大人三人子供二人の人生ゲームはそれなりに盛り上がり、平和に終わった。

結人も修吾も、ごく普通の様子だった。得するマスに止まれば喜び、損するマスでは悔しがる。もちろん修吾は結人に比べて口数も少なく、ぶっきらぼうだが、十二歳ならそんなものだろうし、どの反応も、どの感情表現もありふれたものだった。

最終的にもっとも資産を得たのは結人で、二位は祐仁だった。結人は手を叩いて喜んでいたが、祐仁は戸惑っていた。修吾と茜はともに数億円の借金を抱えたままゴールし、「最悪だね」「最悪」と口では言っていたが、表情はむしろ楽しげだった。

俺は三位だった。結婚し、子供を三人作って政治家になっていた。財産は四千万と少し。何一つ現実の俺と符合しない。馬鹿馬鹿しくて笑ってしまったが、周りには素直に楽しんでいると思われたらしい。結人は「あっ、ディレクターさんが笑った」とますますはしゃいだ。

番組の建前としてはメインの見せ場である食事の最中も、彼らにおかしなところは見受けられなかった。白飯、豆腐とワカメの味噌汁、豚肉ともやしの炒め物、厚揚げをレンジで温めてネギとショウガと醤油をかけたもの。質素といえば質素で、これといって特徴のない夕食を、子供たちはぱくぱくと食べていた。結人と修吾は〈父さん〉〈母さん〉に比べてリラックスしていた。ボードゲームの最中もカメラを回していたことが、結果的に上手く作用したらしい。

対照的に〈父さん〉〈母さん〉は終始ぎこちない笑みを浮かべ、会話も上滑りしていた。大の大人二人が緊張する様があまりに滑稽だったのか、途中で結人が笑い転げる一幕もあった。

俺はこれまでの取材と同様、彼らの夕食をほんの少しだけ分けてもらった。想像したとおりの薄味だったが、妙な安心感を覚える味でもあった。

目の前にあるのは団欒《だんらん》だった。赤の他人同士が家族や親族のようにテーブルを囲み、会話しながら食事する、絵に描いたような一家団欒の風景だった。

食後、テレビを見て楽しげにしている七人を撮ってから、俺と茜、祐仁は603号室を出た。外はかなり暗くなっていた。

「次は集会所をご覧いただきましょうか」

廊下を歩きながら茜が訊ねた。質問している風を装っているが、そういう段取りで進める気なのが見え見えだった。俺はきっぱりと言った。

「いいえ」

「では大人だけの部屋にご案内しましょうか。食事もさっきとは違うでしょうし」

「それも結構です」

「ではどちらへ？」

俺は祐仁を一瞥して言った。

「久木田さんがお疲れのようです」

「えっ、ああ、まあ」

祐仁は洟を啜りながら、「色々あったからね、へへ、へ」と力なく笑う。興奮して涙を流す癖がすっかり鳴りを潜めたのは、消耗したせいだろう。

「まずは彼を休めるところに案内していただければ」

「なるほどですね。分かりました」

「〈家〉が決まるまでの間、久木田さんはゲストルームに滞在するんでしたっけ？」

「ええ。早速ご案内しますよ」

エレベーターのボタンを押す茜に、俺は言った。

「久木田さんに休んでもらっている間に、自分一人でいくつか取材したいのですが」

「構いませんよ。時間の許す限り、ですが」

「では、現会長の権藤慧斗さんを取材させていただきたい」

「無理ですね」

あっさりと茜は突っぱねた。口調も表情も明るいが、目には冷たい拒絶の意志が宿っていた。

「ここへ来て大地《あずか》の力が、矢口さんとの巡り合わせに負のベクトルを示しているんだとか。わたしなんかには与り知れない感覚ですが、こうなったら会長は梃子《てこ》でも動きません。明日もう一度かけあってみますが、期待はなさらない方がいいですよ」

「そうですか」

断られることは予想できていた。こちらから反論しづらい、宗教的な理屈を持ち出すことも察しが付いていた。だから落胆はしなかった。

彼女を正面から見据えて、俺は言った。

「では……矢口桜子《さくらこ》、という信者に会わせてもらえませんか。俺のお袋です。今もここにいるはずだ」

茜がわずかに動揺した風に見えた。

12

祐仁にあてがわれたゲストルームは、隣の棟の最上階——十三階にあった。３ＬＤＫだがどの部屋にも最小限の質素な家具しかなく、生活感は全くない。実際に客を泊めるために使う部屋で、急ごしらえでないことが察せられた。彼の言動を少しばかり撮って、すぐさま部屋を後にする。

茜に案内されたのは同じマンションの二階にある一室だった。集会所として使っているという。こちらも３ＬＤＫだが、各部屋にテーブルと椅子があるだけだった。台所の大きなゴミ箱に使用済みのティーバッグや空のペットボトル、菓子の包装などが乱雑に突っ込んであったが、汚いというほどでもない。

「使い終わったらまとめて集積所に捨てて、って言ってるんだけどなあ」

茜が肩を竦めて自治体指定のビニール袋を引っ張り出した。ゴミを分別し直している。

「それにしても矢口さんが、同胞の子供だとは思いませんでしたよお。そんな偶然、あるんですねえ」

俺は答えなかった。空のペットボトルがぶつかり合う音だけが部屋に響く。

「いろいろ事情がおありなんですね。私《わたくし》どもに対しても、あまりいい印象をお持ちでないのでは？」

「そうでもないですよ」

「またまたあ」

茜は膨らんだゴミ袋の口を縛ると、

「食事の撮影やらわたしの取材なんかは、建前ってことですよね？　これからの――お母様とのご対面がメインで」

「それは……」

俺は何も言えなくなった。貼り付いた笑みを浮かべている茜から目を逸らす。

これが俺の、本来の目的だったのだろうか。

母親に会いたくてここまで来たのだろうか。仕事にかこつけて、祐仁を利用して。そんな子供じみた理由で。

壁を見つめて俺は自問していた。

茜が手を洗いながら訳知り顔で言った。

「自分のことを何から何まで分かっている人はそう多くない。みんな分からないからこそ迷うんです。その一部がわたしたち大地の民の門を叩く」

「そうかもしれない」

「桜子さん――あなたのお母様も迷っておられたんでしょう。決して矢口さんが煩《わずら》わしかったわけではない、と思いますよ。彼女はそんな人ではありません」

「どんな人間かは俺が自分で判断しますよ」

そこだけははっきり答える。

ハンカチで手を拭いた茜が、不意に不思議そうな表情を作った。

「でも矢口さん、本当にいいんですか？　あくまで単なる取材として、無作為にわたしが選んだ一人の信者とマンツーマンで話す、というテイで」

「ええ」

これもはっきり答えた。茜に自分のことを打ち明けたものの、息子として会うことは保留していた。

「感動のご対面、といった演出はしない？」

「しません」

「ってことは、途中で打ち明ける方向で？」

「それもしません。視聴者にはどうでもいいことだ」

俺はディレクターとしての正論を口にした。

カメラをダイニングの隅に置いてアングルを確かめていると、

「では一旦失礼。終わったら桜子さんに連絡してもらう段取りになっていますので、ここでお待ち下さい。お迎えにあがります」

茜がそう言って、ゴミ袋を抱えて出て行った。バタンとドアが閉まる。

音が消えた。他人の気配も消えた。祐仁も茜もおらず、完全に一人だ。誰かが側にいることの緊張からは解放されたが、今度は別の緊張が身体を縛り付けている。

母親はどんな人間なのか。どんな表情で、どんな声で、どんな話し方をするのか。

俺は母親に会ってどうするつもりなのか。

茜の監視から逃れ、自分の思い通りに、ありのままの大地の民を取材するために出したカードだった。出すのが早すぎる気もしたが、彼女にコントロールされたまま、取材日すべてを使い尽くすのだけは避けたかった。慧斗に会わせろ、と絶対に断られそうな要望を先に出して、あたかも妥協案であるかのような小細工までして。

それなのに、いざ自由になると立ち往生している。何一つプランを思い付けず、ただただ戸惑っている。新米の頃でもこれほど酷くはなかった。

そうだ、バックアップだ。カメラのバッテリーも交換しなければ。

俺はこれまで撮った映像データをノートパソコンに取り込み、更に外付けHDDにもコピーを取った。バッテリーを充電器に接続し、コンセントに繋いで充電する。

こんな初歩的なことさえ忘れている。自覚していないだけ、感情的になっていないだけで、俺はやはり自分を見失っている。混乱しているのだ。

深呼吸しながらディスプレイの表示を眺めていると、ピンポン、という音が部屋中に響いた。少し古いタイプのドアホンの音だ。

これも最近はあまり見ない、インターホンの受話器を取る。

「はい」

少しの間があった。

〈矢口と申します。矢口桜子。あの、テレビの取材という話を、広報の飯田さんから聞きまして〉

「はい。すぐ行きます。カメラもう回しますんで、そこだけご了承ください」

事務的に告げると、消え入りそうな声で「はい」と返事があった。受話器を元に戻すと、俺はカメラを摑んだ。

手が酷く汗ばんでいた。呼吸が乱れていた。

迷いがこのタイミングで膨れ上がっている。

「仕事だ」と、俺は小声で言った。

録画を始めて玄関に向かう。

ドアの向こうにいたのは、髪の長い女性だった。


矢口桜子は〝薄い〟女性だった。白髪交じりの髪は細く、毛量も少ないせいで分け目が目立っている。眉はほとんどなく目は小さく、口はへの字に結ばれている。化粧らしい化粧もしていない。痩せているというより厚みのない身体。ゆったりした服を着ているので、余計に薄さが際立っている。客観的に見て、俺に似ている要素はどこにもなかった。

ダイニングに案内して椅子に座らせる。自己紹介し、撮影の内容を説明し、了承を得る。いずれの段階でも彼女は俺と一切目を合わせず、カメラ目線にもならなかった。同姓であることを知っても全く反応しなかった。

「では改めて、お名前と年齢をお願いできますか」

「……矢口桜子、五十歳です」

「大地の民に入信したのは？」

「三十年くらい前、だと思います。二十九年前か、二十八年前かも」

「以来ずっとここに？」

「はい」

声は小さく、通りが悪い。表情にも変化はない。口元に形だけ浮かべた笑みと、俺の胴あたりを見ている目。茜が置いていった差し入れのペットボトルがテーブルに並んでいたが、手を付ける素振りすら見せず椅子の上で縮こまっている。

俺はカメラをテーブルに置いた。自らペットボトルを一本摑み、中身を少し飲んでみせる。

「緊張されてるみたいですね」

「ええ、まあ」

彼女は言った。並んだペットボトルに一瞬だけ目を向ける。どうぞ遠慮なさらず、と促して立ち上がり、部屋をうろついて固定カメラをチェックする振りをする。

「夕食は何を召し上がったんですか？」

「今日は……味噌汁と、ご飯と、おかず」

「おかずとは？」

「肉じゃが。あと煮浸しです。青菜と厚揚げの」

「普段と比べてどうですか。質素なのか、豪華なのか」

「一緒くらいです。ほんとは魚があるといいけど、どこも高いから」

「生活費は毎月手渡しだとか」

「ええ、部屋ごとに。それでやりくりしろと経理から」

「昔から変わらないんですか。月一の手渡しだとか、額面だとかは」

「そうね」

口調が砕けた。

彼女に目を向けると、緑茶のペットボトルを開けて飲んでいた。俺は立ったまま、結人や修吾の家で出た夕食の話をした。

「自分も食べましたが、質素だな、というのが正直な感想です」

「そうね」

「ハレの日には何か、いいものを召し上がるんですか」

「それも家によります」

「矢口さん、でしたね。今お住まいの家ではどうです」

「全然。いつも同じ感じ。食事は同居の若い人が作ってる。若いっていっても四十くらいだけど。あんまり料理得意じゃないみたいで」

「ご自分で作ったりは？」

「わたしは全然得意じゃない。だから文句は言えません」

彼女は微かに笑った。

俺も小さく笑い返す。

「じゃあ文句が言える話題にしましょう。料理担当の腕は一旦置いておくとして……予算は正直、厳しい？」

「……とまでは言いませんけど」

「外食はしない？」

「する余裕があればしてると思う。わたしも、同居してる三人も」

「仮に外で食べるとしたらどこで？」

「前はこの近くにうどん屋さんがあったんだけど、潰れちゃって。今は山を下りてちょっと行ったところにあるファミリーレストランかな。ハンバーグがメインの」

「出来合いを買ったりは？」

奇妙な感覚を覚えながら、俺は食に関する質問をしていた。流れとしてはこれまで——過去に作ってきた番組と同じだ。金銭感覚、食生活を聞き出すだけの、当たり前の質問。

この感情は何だろう。摑めないまま俺は質問を変えた。

「ここに来る前は何を？」

「……事務の仕事。短大を出て、それで」

「どうしてこちらに？」

「やっぱり、そういう質問になるよね」

彼女は小さく鼻を鳴らした。

「どうして短大に入ったの、どうして事務の仕事をやったの、とは訊かないのに」

「ごもっともです」

俺は冷静に悲しい顔を作った。

「ですが、そこがシンプルに視聴者の知りたいところなので」

「へえ」

彼女は俺を見た。

「それ、普通と違うからでしょう？　わたしたちが異常だからでしょう？」

「まさか」

「テレビなんてそんなものよ」

口調には明確に敵意と嘲《あざけ》りが込められていた。何かを言おうとして黙る。自分の言葉で腹が立ったのを、抑え込んでいるのだ。

俺は怯まなかった。むしろ喜んでいた。彼女は曲がりなりにも心を開きつつある。俺は彼女の対面に戻り、椅子に座った。

「仰りたいことは分かりますが、残念ながらそうじゃない。自分たちと同じなのか、違うのか、同じなら何故同じで、違うならどこが違うか。そこまで知りたがる視聴者は思った以上に多いんですよ。所謂《いわゆる》〝普通の人々〟の知的好奇心の旺盛さには、作り手としていつも驚かされます。自分はそれに応えたいと思って、この番組を作っている」

嘘偽りのない気持ちだった。

どんなに一般向けでない内容の番組でも、ちゃんと撮って、ちゃんと作って、ちゃんと伝えれば、テレビやディスプレイに齧《かじ》り付くようにして観る人間、関係者でもないのにあちこちに触れ回る人間が大勢現れる。現れてくれる。この番組が話題になって、心の底から実感したことだ。だから。

「矢口桜子さん、あなたのことをちゃんと知りたい人はいます。何だか分からないシンコーシューキョーの怪しい信者ではなく、一人の人間として」

「本当に？」

「ええ。色眼鏡で見る人がいることは事実ですが、それをあっさり取ってくれる人もいる。次は少し取ってみるか、と思ってくれる人も」

彼女は無言で首を傾げる。

「歩み寄る、と表現するのは大袈裟ですけどね。単なる見世物だという考え方もありますし、それで済ます視聴者も勿論います。でも全員じゃない」

俺はどうしてこんなに饒舌になっているのだろう。何故こんなに長々と喋って彼女を励まし、勇気づけているのだろう。どの言葉も考えて口にしたものではない。いや、頭を使っていないわけではないが、いつもの回路を使っていない。

「そうかあ」彼女はしばらく考え込んで、「上手く行かなかったからかな」と言った。俺は自分のした質問を思い返す。

「何がですか」

「全部。まず親でしょ。仕事でしょ。あと友達と男も。お金貯めたらなんとかなるかなって思ったけど、それも虚しくなって」

「どうやってここを知ったんです？」

「歩いてたら声を掛けられて。それで」

「何か……決定的なきっかけみたいなものは？」

「そうね」

彼女はまた考え込んだ。俯いているが、ここへ来た当初より背筋は伸びていて、「うーん」と漏らす声にも、少しだけ覇気が感じられる。

俺は黙って彼女を待った。急かしたくなる気持ちを抑え込み、平静を装って、テーブルに置かれたハンディカムの液晶画面を見ていた。

矢口桜子が顔を上げた。

「子供を産んだ時かな」

寂しげな笑みを浮かべる。心臓が大きく打った。

「当時付き合っていた人との間に出来た子。わたしは勿論産みたかったんだけど、向こうは凄く嫌がって……それで連絡がつかなくなった。両親にも言えないし、じゃあ頑張って一人で育てようって思った」

テーブルの上で両手の指をせわしなく組みながら、

「ギリギリまで仕事はしてて、会社の人に嫌味言われながら産休取って、その日の夕方に破水して、お腹が痛くなって病院に駆け込んで……産んだの」

「そうですか」

俺はつとめて機械的に相槌を打った。自分が生まれた時の話を初めて耳にして、異様な緊張を覚えていた。感動はしない。腹が立ってもいない。だが冷静ではなくなっている。今度は俺が彼女に目を合わせられなくなっている。

液晶画面に映る彼女が、口を開いた。

「すぐに死んじゃったけどね」

「え？」

俺は無意識に彼女を見た。彼女はどこか懐かしげに、悲しげに、

「死んだの。全然泣かなくて、そのまま……」

そこで言葉を切った。顔から表情が少しずつ消えていく。口は中途半端に開き、忙しく動いていた指もいつの間にか止まっている。俺はつっかえながら質問を重ねた。

「な……亡くなった、ということですか？　もう少し詳しく、お、お聞かせ願えますか？」

「違うの。生きてるの」

彼女は空っぽの表情のまま、ぽつりと言った。

「は？」

俺の口からそんな声が出ていた。

疑問が即座に苛立ちとなり、ジリジリと頭と胸を焦がした。

「失礼ですが、生きてるんですか？　死んでるんですか？」

「生きてる。生きてるよ。生き返ったの。奇跡よ！　大地の力！」

彼女の声が倍ほども大きくなった。間髪を容《い》れずに続ける。

「わたしの赤ちゃん。とても可愛い赤ちゃん。でもそれが重く感じて、両親に預けてこっちに来ちゃった。本当は辛かったの、でも無理だった。だってわたしは弱かったから。逃げたかったの。

ここに、ここで……」

　ペットボトルの緑茶を勢いよく飲み、激しく噎せる。

　また「大地の力」か。しかも今度は、死んだ赤ん坊を蘇生させたかのような物言いだった。そんなことも可能なのか。

　それが俺の出生にも絡んでいるのか。

「どういうことです？」

　噎せ続けている彼女に訊ねた。彼女は口元を拭うと、

「生き返ったんです。死んでません。ごほっ」

「大地の力とは？」

　答えない。噎せることはなくなったが、酷く狼狽《うろた》えている。

「ああ、あの」彼女は不意に立ち上がると、「ごめんなさい。変なこと言って。もう、もういいですか」

「まだだ」

　俺は咄嗟に言った。廊下に向かおうとする彼女の前に立ちはだかる。

「今仰ったことをもう一度、俺に……視聴者に分かるように説明してほしい。あなたの子供は生まれてすぐ死んで、大地の力で生き返った？　これはどういうことです？」

「もういいでしょ」

「よくない。取材中です」

「撮らないで。終わりにして」

「いや、そういう訳には」

「どいて！」

彼女は俺を突き飛ばした。廊下と居間を隔てる、開いたままのドアに背中を打ち付け、大きな音が鳴る。衝撃も痛みもそれほどではなかったが、俺は体勢を立て直すことができず、尻餅を搗《つ》いてしまう。

矢口桜子は俺を跨《また》ぎ越し、靴を突っかけて集会所から出て行った。あの薄い身体のどこにそんな力が、と不思議に思うほど敏捷《びんしょう》だった。

廊下を駆ける音が消えて、少し経った頃。静まり返った部屋で俺は緩慢に立ち上がった。カメラを片付け、撤収の準備をする。玄関に向かおうとして思い止まる。彼女の連絡で茜が来る算段だったことを思い出していた。

頭が少しずつ働き始めた。感情が徐々に湧き上がった。

今のは何だ。

彼女は何を訳の分からないことを。

大事なことは何一つ語らず、また大地の力だなんだと妄言を垂れ流して。

結局何も知ることができなかった。何も。何一つ。彼女と俺を結びつけるものは、たったの一つも。

どん、と大きな音が集会所に響き渡った。

右足の痛みで、俺は自分が力任せに床を踏み鳴らしたことに気付いた。

13

迎えに来た茜は何も訊いてこなかった。取材が中断したこと、矢口桜子が部屋を飛び出したことは、聞かされていないらしい。であれば当然、こちらから言う必要はない。俺は素知らぬ顔で明日の予定を確認しながら、彼女の後に付いていった。

俺の泊まるゲストルームは、集会所と同じ棟の七階にあった。

「ではまた明日」と茜が立ち去ると、俺は先ず中断した矢口桜子の取材映像のバックアップを取り、カメラを充電した。映像素材はクラウドにもアップする。それが済んだのを確かめて、玄関と窓の鍵が掛かっていることも確認し、貴重品をジップロックに入れて風呂場に持ち込み、シャワーで汗を流す。すぐ動ける服を着て、カロリーメイトで食事を済ませ、歯を磨く。ここは途上国のスラム街の安宿や、マフィアが占拠するホテルではない。郊外にあるニュータウンの、マンションの一室だ。だからといって油断はできなかった。

小さな冷蔵庫には缶飲料が幾つか入っていた。茜はサービスだと言っていたが、手を付ける気にはなれない。煙草を吸いながらノートパソコンに向かい、これまで撮った映像素材を適当に閲覧する。涙を流す祐仁。暗く汚い部屋で怯える小野寺忠雄。手をビニール袋に包まれている尾村美代子。蛇行する上り坂。立ち並ぶ巨大な藁人形。笑う茜。終始オドオドしている祐仁。牧商店の店主。

山間《やまあい》に聳えるマンション群。質素な食事。

楽しそうにサイコロ代わりのルーレットを回す結人。それを見ている修吾。

（違うの。生きてるの）

カメラの前で虚脱する矢口桜子。

大地の民はやはりおかしい。彼女の言動からもそれは分かる。だがどうおかしいのか、決定的なところまで踏み込めていない。番組としての〝撮れ高〟はまずまずだが、俺にとっての収穫は微々たるものだ。明日はどうしたものか。

思案するのに疲れた頃、スマホが鳴った。祐仁からだった。

「遅くにすみませんね」

言われて初めて、十一時を回っていることに気付いた。閉め切っていたせいで煙草の煙が天井付近に漂っている。

「何か」

俺は訊ねた。自分で驚くほど暗く沈んだ声だった。

「お母様とはどうでしたか」

「取材しただけです。込み入った話はしていない」

「へえ。ほお」

「で、ご用件は何ですか」

俺は煙草を灰皿に突っ込み、新たに一本火を点けて、テーブルに足を乗せた。

「あのですね……光明が丘に戻ってきて、いろんなところ巡って、人とお話ししましたよね」

「ええ」

「信者の皆さんと食事したり。子供たちと」

「ええ」

「それで頭が刺激されたんでしょうね……ちょっとずつ、分かってきたんですよ。思い出してきたんです。私が何者なのか。なぜこんなことになって、今ここにいるのか」

俺は煙草の煙を見つめたまま黙った。慌てて通話を録音する。

「思い出してきた、と仰いましたね。具体的に何をですか?」

「それがね……ふふふ」

ずず、と洟を啜る音がした。泣きながら目を剝いて笑う、祐仁の老いさらばえた顔が克明に頭に浮かんだ。

「か、会長が来たんです。数時間前、ここに。飯田さんに連れられて」

「会長……権藤慧斗が?」

「ええ。最初は誰だか分かりませんでした。恥ずかしいことです。話しているうちに思い出しました。はは、ははは……」

「何が可笑しいんですか」

「あなたを連れてきてよかった」

「は?」

「大地の力のお導きかもしれない。いや、逆か。大地の力に背いている。いやいや、やっぱり違う、本当の意味で大地の力が導いてくださっているんだ。あいつらのでっち上げた、ねじ曲げた力を潰すために」

「仰る意味が分からない」

「ここは地獄です」彼は弱々しい声で言った。「ここだけじゃない。いずれここ以外も地獄になる。冗談だと思ってた。ただおかしいだけだと。でも違った」

「何を言ってるんです？」

「矢口さん、あなたが止めてください」

「あのな、久木田さん――」

「会長を、慧斗を」

「久木田さん！」

俺は立ち上がった。部屋を歩き回りながら、

「意味深に話を進めるのは止めてくれ。ややこしくなるだけだ。要点は？　根拠は？　俺に何をして欲しい？　それだけ教えてくれたらいい」

「ああ、慧斗」

彼は俺の要望には応えず、呻くように言った。

「慧斗、慧斗。なんてことを……」

「おい久木田さん」

「慧斗、慧斗、慧斗、お、お」

「どうしたんです？」

「え、ああ……」

祐仁は我に返ったように、脱力した声で言った。

「すみません、取り乱して。それに、こ、こんな遅くに電話をして。ああ、申し訳ない、申し訳ない」

ばたばた、とスマホの向こうで音がする。

また『祝祭』の記述を思い出していた。のんびりしているが理知的で、いざという時は頼もしい、慧斗の同級生、祐仁。今電話している彼とはあまりにもかけ離れている。

「今からお伺いしましょうか。十三階でしたよね」

「いえ、明日……明日の朝に話しましょう。私がそちらに行きます。今日はもう遅い。お願いします。お願いします……」

俺は溜息混じりに了承し、通話を切った。会話は一方通行でひたすら振り回されるだけだったが、長々と付き合わされるよりはマシだった。ここへ来てから疑問は増えるばかりだ。取材は確実に進んでいるのに。

明日はまず祐仁と会って話そう。その次はやはり慧斗だ。そこを攻めるかどうかで番組の面白さも変わってくる。茜と改めて交渉してみるか。

身体は疲れていたが俺は考え続けた。持参した煙草を吸い尽くし、眠気が少しずつやって来ても、椅子に座ったまま思案し続けた。取材のこと、祐仁のこと。まだ見ぬ慧斗のこと。そして矢口桜子のこと。

サイレンの音が聞こえた気がして、俺は目を開けた。

カーテンの裾から朝の弱々しい光が漏れていた。午前六時を回っていた。どうやら座ったまま寝落ちしていたらしい。となると先のサイレンは夢か。痛む身体を捻りながらカーテンと窓を開ける。室内の澱《よど》んだ空気が冷たい風で洗い流される。

青みがかった光明が丘のマンション群に、ざわめきがこだましていた。車のドアを激しく開け閉めするような音も響く。この時間にしては妙だ。都心ならいざしらず、こんな山奥の生活音とは考えにくい。

慌ててベランダに出て、俺は目を見張った。

前の道に人だかりができていた。救急車とパトカーが停まっている。アスファルトに広がる黒い染みが目に留まった。人々はそれを避けるようにしている。少し離れたところに白い豆腐のようなものが転がっていて、近くにいた一人が気付いて跳《と》び退《しさ》った。

まさか。

一瞬考えてアクションカメラを掴み、部屋を飛び出そうとして思い止まった。ベランダに引き返す。足元の人々と染みを二十秒ほど撮ってから、俺は大急ぎで部屋を出た。

エレベーターで降りて駆け足でマンションを出た。人だかりの内側から「ハイ下がってください、下がって」と若い声がする。まだ二十代前半と思しき、白い顔の制服警官だった。

俺はすぐ近くにいた、毛玉だらけのスウェットを着た寝癖頭の老人に声を掛けた。

「何があったんですか」

「飛び降りだよ、飛び降り」

老人は殊更に渋面を作って答えた。自分がそう口にすることが新鮮で嬉しい。そんな機会に巡り合えたことが愉しい。そうした感情を必死に押し殺しているのが分かった。

「誰がですか。こちらにお住まいの……?」

「分かんないけど、大地の民の人だよ」

「そうそう」

すぐ近くにいた老女が振り返る。こちらはウォーキング中だったのか、細身のジャージにサンバイザー姿だ。

「どうしちゃったのかなあ、最近は平和にやってたのに」

話しぶりから察するに、どちらもウキヨの人間だろう。

「その、落ちたのはいつの話ですか」

「十分……十五分くらい前かな。どーんって音がして」

全然聞こえなかった。そこまで深く眠っていたとは信じられない。不安と焦燥が凄まじい速度で膨らんでいた。肝心要《かんじんかなめ》の質問を俺は目の前の二人に投げかけた。

「大地の民の、どなたが亡くなったんですか」

「ええと……」

首を傾げる男性を一瞥して、女性が答えた。

「クキタって人よ」

頭を殴られたような感覚に襲われた。足元が覚束なくなり、辛うじて体勢を維持する。

人だかりの向こうで警官たちが何やら話しているのが見えた。先の若い警官が、黒く四角い顔の中年警官に訊ねる。ざわめきを縫うように耳に飛び込んでくる。

「飯田さんに連絡した方がいいですかね」

「茜ちゃんか？　ああ、一応な」

「ショックでしょうね、会長さん」

「ああ……ハイ皆さん離れてください。離れて」

中年警官が人々に手を掲げて距離を取らせ、眉根を寄せる。大きな口から悲しげな声が漏れた。

「そりゃ慧斗ちゃんは誰よりもショックだろうよ。たった一人の肉親が亡くなったんだから」

14

祐仁は午前六時頃、泥酔して涼を取ろうとベランダに出て、バランスを崩し転落死した。ベランダと遺体の傍らにそれぞれ転がっていたサンダルと、部屋で見つかった何本もの空のビール缶がそれを示唆している。もちろん争った形跡は一切ない。ざっと見た限りでは不自然な外傷もなかった。これから司法解剖をするが、おそらくアルコールが検出されるだけだろう――

警官の説明が終わった瞬間、俺は訊ねた。

「じゃあ、事件性はないってことですか」

住宅地の入り口、中央通り沿いにあるみすぼらしい交番の中。警官二人は一瞬ぽかんとしたが、すぐに顔を引き締める。

「そうなりますね。まだ断定はできませんが」

若い方の警官が言った。人だかりの中で素性を明かした時は露骨に警戒され、撮影も拒否されたが、俺がここに来ることは拒まなかったうえ、回答もまともだった。

「といっても、事故じゃなかったら自殺かもしれない、って話ですよ。テレビの人が考えそうな、物騒なことは起こってない。悲しい出来事ではありますが」

「馬鹿な」

「事件だったら嬉しいですか？」

「とんでもない」

俺は咄嗟に否定したが、心の中ではほとんど同意していた。

にわかには受け入れがたい事実だった。俺に伝えたいことがある、打ち明けたいことがある。そう言っていた祐仁が、このタイミングで自ら死を選ぶとは考えにくい。酒好きだという印象もなかった。

中年の警官が大きな溜息を吐いた。

「久木田さん、せっかく戻ってきたのにな。残念なことだよ。慧斗ちゃんもずっと心配してたのに」

「ええ、全く……」

「それです。それもお伺いしたい」

慌てて頼み込む。

「先程現場で仰っていた、たった一人の肉親とはどういう意味です？」

「お兄さん」中年の警官は呆れた顔で、「大地の民に密着してるんですよね？　それ以前に、久木田さんに連れられてここに来たんじゃないの？」と質問に質問で返した。

「その辺りのことは全く聞いていない。取材してはいますがガードが固くて、まだ会長にも会えていないんですよ」

彼は不審そうにこちらを見ていたが、やがて椅子に腰を下ろして、

「久木田さんは、慧斗ちゃんの父親だよ」

と言った。

すぐには言葉が出なかった。意味が少しも飲み込めない。

「いや、しかし、たしか同級生だったはずで」

「へ？　は？」若い警官が小馬鹿にした表情を浮かべる。

「慧斗……現会長と同じ頃にここに来て、学校に通って、同じ部屋で暮らしていた。そんな話を聞いている。そんな文章も読んだ。久木田さんからもらった本だ。現会長の手記」

「なるほど、なるほど。慧斗ちゃんがそう書いてたわけだ」

中年の警官は苦笑いを浮かべ、若い警官を一瞥する。

「同級生ってのは間違いじゃない。教義っていうのか規律っていうのか知らないけどな。妙だなとは思っていたが、それだけだ。別に悪いことじゃない」

どういうことだ、と訊きたくなるのを堪える。急かしては不味《まず》い。これは話してくれる流れだ。

俺だけでなく若い警官も、彼の言葉に耳を傾けていた。

「大地の民は血縁を否定してる、そこは分かる？」

「ええ」

「だからあの人たちは、年齢や血縁に伴う上下関係を全部撤廃してるんだよ。序列があるのは信者歴だけ。同じ時期に入信すれば、たとえ親子でも同期になるんだ。教団の言う〈学校〉に通え

ば当然、同級生になる。まあ、そういうことだ」

「え、ごめんなさい。どういうことです？」

若い警官が訊いたが、年長の警官はそれ以上の説明をしなかった。俺が腑に落ちているのを表情で察したのだろう。

『祝祭』には本来なら書かれるべき情報が欠落している。場合によっては教養が——教養という名の虚偽が隠蔽されている。分かっているつもりだった。全て読み解いたつもりだったが、まさか実の親子関係まで隠蔽されているとは。

『祝祭』での慧斗と祐仁の関係は、単なる同級生以上のように感じられた。お互いを慕っていて、強い信頼で結ばれている。だが恋愛関係と呼ぶには妙に明《あ》け透《す》けで不自然だった。気にならないではなかったが読み流していた。

何より納得したのは容姿だ。六十を超えているなら、祐仁のあの見た目は何一つ奇妙ではない。大地の力など持ち出さなくても、年相応に老けているだけだ。

記述と事実の間で未だ振り回されている自分に、ほとほと愛想が尽きていた。

「〈父さん〉〈母さん〉ってあるだろ？　あれも要は血縁の否定なんだろうな。先代は徹底してて、慧斗ちゃんもそうだったけど」

「でも、今はそうでもなくないですか？」と若い警官。

「まあ、慧斗ちゃんは子供が好きだったからね。それでだいぶ先代と揉めたんだろう。妊娠する度に喧嘩になって、先代が無理矢理堕《お》ろさせたとか、いやこっそり匿《かくま》って養子に出したとか、いろんな噂がある」

噂がね、と念を押す。

「揉めた……諍いがあったということですか」

「だからそれも噂だよ。テレビの人はやっぱりこういうのに食い付くんだねえ」

中年の警官はあからさまな皮肉を言ったが、少しも気にならなかった。また新たに『祝祭』と現実との辻褄《つじつま》が合ったことに、小さな興奮を覚えていたからだ。

今の警官の説明は、『祝祭』での前会長に対する否定的な記述を裏付けている。だが一方で、『祝祭』内でのルールそのものは先代の敷いた教義に則っているわけだ。執筆当時の慧斗の複雑な感情が透けて見えた。ますます慧斗本人に会いたくなった。会わなければどうにもならない。あの薄っぺらな母親とは二度と顔を合わせる気にならないが、慧斗とは何としても話をしたい。でなければ番組としても成立しない。

灰色のデスクの上の、白い固定電話が鳴った。若い警官が受話器を取る。俺はさりげなく距離を置き、ポケットに手を入れようとして止めた。中年の警官の視線を感じたが、決して目を合わさないように外を見る。

ポケットの中には回しっぱなしのアクションカメラが入っていた。ここに来た時からずっと、映像はともかく声だけでもと撮り続けていた。

「ええ、ええ。なるほど。あ、そうですか。はい」

若い警官の口元に、明るい笑みが浮かぶ。

「分かりました。え？　いますよ。はい、お待ち下さい」

彼は不思議そうに受話器から耳を離すと、少し迷って俺に差し出した。

「自分に?」

「ええ。広報サン――じゃない、大地の民の飯田さんからです」

ぬるりと嫌な空気が、肌に纏わり付いた気がした。俺が嗅ぎ回っているのに気付いて釘を刺しに来たのか。例えば大地の力で直感して。頭に浮かんだ馬鹿げた想像を振り払って、俺は受話器を摑んだ。

「矢口です」

「どうも飯田です」

茜の口調は砕けていたが、わざとらしく沈んでいた。先の若い警官の笑顔を思い出しながら、俺は取り敢えずお悔やみの言葉を述べる。

「ご愁傷《しゅうしょう》様です」

「よかった。ご冥福をお祈りされなくて」

「というと?」

「私《わたくし》どもの世界に冥土《めいど》などありませんから。従って冥福――冥土の幸福もない。ただ大地から生まれ、大地に還るだけです。祐仁くんも大地に還った。別におかしなことじゃない。当たり前のことです」

そこまで言って黙り込む。サラサラとノイズが聞こえた。はあ、と溜息が続く。

「矢口さん、すみません。少し予定を変更させていただけますか」

「というと?」

「ご遺体が戻ってくるまでの間に、準備を整えてしまおうかと。仏式でいうお通夜ですね、いま朝ですけど。ご遺体が来たらすぐ、スムーズにお別れできるように」

スムーズに、という言葉が引っ掛かった。別れを惜しむには相応しくない表現だ。猜疑心《さいぎしん》を気取られないように、「はい」と適当に返事をする。

「勿論、矢口さんには取材していただいて結構です。私どもの在り方を知っていただくうえでも、絶好の機会だと思いますし。祐仁くんもきっと喜ぶと思います」

絶好。喜ぶ。

「祐仁くんも、ひょっとしたら早く大地に還りたかったのかもしれません。自ら死を選んだりする人じゃない。そう思っていますが、ここ何年かで心身の調子を崩していたのは事実です。信仰だけではどうにもならなかった、ということかもしれません」

「大地の力は万能ではない、と」

「当たり前じゃないですか」

茜が洟を啜る音がした。場所と時刻を聞いてから、俺は訊ねた。

「会長もいらっしゃるんですか」

「いいえ。力の巡り合わせがよくないそうで」

またか。

「実の父親が亡くなったのに?」

咄嗟に訊ねる。

「どうなんでしょうね」

意味を摑みかねる言葉が返ってきた。

「どちらにしろ会長は来ません。申し訳ありませんがご了承ください。還りの儀を取材できるだけでもメッケモノですよ」

メッケモノ。

違和感だけが積み重なる。俺は礼を言って、受話器を若い警官に返した。

15

連中は通夜を「支度」と呼んでいた。祐仁の泊まったゲストルームがそのまま式場になった。警察は最小限の調査をしただけで帰っていった。どこにも異状は見当たらなかったという。始まったのは朝の十一時。

「支度」の儀礼そのものは至ってシンプルで、格式ばったところは少しもない。作法としては神式に近いだろうか。リビングの壁には三段の祭壇が用意されている。祭壇には白い布が敷かれ、果物や乾物が供えられている。弔問客、と言っていいのかは分からないが、訪れた人々は祭壇の前に正座して手を合わせ、傍らの信者たちと二言三言、言葉を交わす。或いは無言で礼をする。すぐに帰る者もいれば、ダイニングで語り合う者もいる。祭壇には祐仁の顔写真が、質素な額縁に入れられ、飾られていた。

感覚的に奇妙なものではなかった。大枠では一般的な通夜だが、それより簡単で受け入れやすいとさえ思った。供え物に肉じゃがと焼き魚、パイナップルがあるのは引っ掛かるが、これは仏式の感覚が無意識レベルにまで染みついているせいだろう。こうした場に肉や魚を置くな、大衆的な料理を置くな、南国の果物は駄目だ――どれにも科学的根拠はない。仏教に厳密な取り決めがあるか、確かめたこともない。だが、いつの間にか「通夜や葬儀はそういうものだろう」と漠然と信じてしまっていたのだ。自分は無宗教だと思っていた。宗教そのものを嫌悪しているつもりだったが、完全に切り離せてはいないらしい。

俺は茜と話し合いのうえ、「支度」の様子を撮った。服装は自由だと言われたが、替えの中から黒系統の服を選んだ。

訪れる客は信者だけではなかった。ウキヨの人々もごく自然に部屋に上がり込み、祭壇に手を合わせていた。祐仁の写真に語りかける者も、涙を流す者もいる。信者に香典を渡す者も。一応は断る素振りを見せながら、信者たちはちゃっかり香典を受け取っていた。

写真の中の祐仁は俺の知る彼よりずっと若かった。おそらく四十代の半ば頃に撮ったものだろう。こちらにぎこちない笑みを向けているが、それでもまともで健康なのは分かる。俺の前で涙を流しながら笑い、つっかえながら話す男とはすぐには繋がらない。

ううっ、と嗚咽が聞こえて、俺はビデオカメラの液晶画面から顔を上げた。

丸々と太ったショートカットの中年女性が廊下に立って、祭壇を見つめていた。飛び出した大きな目から大粒の涙が零れ、二重顎を伝い落ちる。女性はぎこちない足取りで祭壇の前まで歩き、腰を下ろした。静かに手を合わせる。信者たちは沈痛な面持ちで目を伏せた。ダイニングに居残ったウキヨの面々も黙り込む。

「ウキヨの皆さんにも信頼されていましたからね、祐仁くん……久木田さんは」

隅にいた茜が静かに言った。彼女にカメラを向ける。

「私どもとの橋渡しと言いますか。誰に頼まれたわけでもないのに、自然とそういう役を買って出ていた」

「立派な方だったわけだ」

「ええ。でも真面目すぎたんでしょう。だから心を壊して、ここを出た」

「教団の暗部を見ただとか、そういったことでは？」

「ご冗談を」

茜は片頬を引き攣《つ》らせると、

「私どもは平和にやっています。生活様式が多少異なるだけで、ウキヨと大して違わない。違うのは――」

そこで言葉を切る。

先の太った女性がバッグからポケットティッシュを取り出し、大きな音を立てて洟をかんだ。こちらに気付いて、「ごめんなさい」と詫びる。真っ赤な目を不思議そうに瞬かせる。

「撮影されてるの？」

「ええ。差し支えなければ後で許諾書にサインを。そこのテーブルにありますので」

「番組なのね。記念とかじゃなくて」

「ええ。予め説明しておくべきでしたね。申し訳ありません」

口先だけで謝る。「支度」が始まってから何度か、似たような反応をする弔問客はいたが、全て同じ言葉でやり過ごしていた。

「もちろん、断っていただいても結構ですよ。事前のチェックもさせていただく段取りになっております」

茜が補足した。女性は「そっか」と顔を伏せ、手にしていた数珠《じゅず》を握り締めた。膝立ちになってズルズルと、ダイニングに向かう。今この場で回答する気はないようだった。居合わせたウキヨの三人——いずれも高齢の女性だった——が、茜に口々にお悔やみの言葉を述べる。新たに若い信者が二人やってきて、祭壇の前で手を合わせた。

「独特、という感じはしませんね」

俺は端的に所感を述べた。

「そうですね」

視線を祭壇に向けたまま、茜もまた端的に答えた。

「還りの儀——告別式は少し変わっているかもしれません。警察の方や葬儀社の方と段取りしている最中ですが、明日の朝にはご遺体が戻ってくる。そうすればすぐに告別式を執り行えそうです。取材なさいますよね」

「午前中に、ですか」

「食事は仕出し弁当ですが、式を撮る価値はあると思いますよ」

「随分急ですね」

「そんなことありませんよ。普通です」

茜は真っ直ぐにレンズを見つめた。俺は半ば意地になって彼女の取り澄ました顔を撮り続ける。間違いなく視聴者にも届くだろう。この不自然さ。取り繕った様子。

ダイニングでウキヨの女性四人がひそひそと話し合う声がした。時折こちらに視線を向ける。

俺が見返すと、彼女らは慌てて目を逸らした。

「あの、茜ちゃん」

おずおずと手を挙げたのは、太った中年女性だった。

「どうされましたか」

「ごめんね、盗み聞きするつもりはなかったんだけど……明日って、やっぱり急じゃない？」

彼女は不安げに訊ねた。他の三人は一様に、視線と顔の角度で賛同を示す。信者たちが無表情で茜を見上げていた。

「とんでもない」茜は微笑した。「これまでにも同じスケジュールはありましたよ。特別急だとは思いません」

「そうだったかしら」

「ですよ。ご安心ください」

「でも……やっぱり気持ちの整理が付かないな。違う？」

太った女性は他のウキヨの女性や信者らに目を向ける。ウキヨの面々はうなずき、信者らは曖昧な表情を浮かべる。

「祐仁くんとの別れを惜しむ気持ちはよく分かりますよ。わたしも胸を痛めています。カメラの前だから、こうして何とか、普通に……」

茜は言葉を切ると、胸に手を当てた。俺はますます怪しいと感じたが、他の連中は違った。みな気まずそうに、或いは悲しげに目を伏せている。

「祐仁くん、もっと話したかったな……」

すん、と洟を啜るなり、茜の顔が歪んだ。大きな目が潤み、唇が震える。その表情の変化をカメラは捉えている。

「ご、ごめんね茜ちゃん」太った女性が立ち上がった。「そうよね、平気なわけないよね、今だって、辛いのに支度を仕切ってくれて」

「いいんです。仕事ですから」

茜は目元を拭い、背筋を伸ばしたが、すぐに項垂れた。

「ごめんなさい、少し離れます。よろしく」

祭壇脇の信者らにそう告げると、早足で玄関に向かう。太った女性が慌ててその後を追った。

「ごめんね」「責めるつもりはなかったの」と茜に声をかけるが、その声も徐々に上ずっていく。

残りのウキヨの三人もぎこちなく立ち上がり、ダイニングを出て行く。入れ替わりに新たな弔問客が入ってくる。老夫婦だった。ぱっと見には信者かウキヨかは判別できない。

俺は撮影を続けた。ウキヨの何人か、信者の何人かに軽く話を聞いたが、特に実のある証言は得られなかった。

頭の中には不審感が広がっていた。

茜の行動はどれ一つとっても信用できなかった。通夜だけでなく告別式も大急ぎで進めている。ウキヨの人間にそのことを指摘されると、涙まで流して黙らせた。ここを去ったのも単に逃げたとしか思えない。

ゲストルームを出ると俺は柵から下を覗いた。植え込みの側で、俯いて顔を覆う茜が、ウキヨの四人に囲まれている。太った女性が優しく茜の肩に触れて、何事か語りかけていた。

16

戻ってきた茜に先導され、俺は信者たちの昼食、子供たちの「給食」、さらに昨日とは別の〈家族〉の夕食を取材した。

信者たちは大人も子供も協力的だったが、カメラの前で祐仁の死を悲しみ、悼んでいた。彼らの口にする「大地に還るにはまだ早い」「いたずらに流転を早めるなんて」という言い回しは奇異ではあったが、内容は理解できた。

「〝撮れ高〟は充分ですか」

夕食が終わり、録画を止めた途端、茜が訊ねた。

「ええ。バッチリです」

「それはよかった。にゃはは」

彼女の態度も、口調も、表情も元に戻っていた。夕食を平らげた信者たちは大人も子供もてきぱきと、テーブルを片付け始める。みな一様に無表情だった。

彼らに礼を言って、茜とともに部屋を後にする。マンションのエントランスを出たところで告別式のスケジュールを訊くと、彼女は「少しお待ちを」とスマホを弄《まさぐ》り始めた。俺に背を向け、声が聞こえないところまで距離を取る。チャットと通話で信者と遣り取りしているのだろう。俺は黙って彼女の背中を見つめていた。

五分ほどで茜は連絡を終え、こちらにやって来た。

「開場は十時半、開始は午前十一時です」

「場所は？」

「そこの公園です」

彼女は虚空を指した。暗いうえにマンションに遮られているせいで全く視認はできないが、指差す方に大きな公園があるのは分かった。取材の合間にベランダから幾度か見ていたからだ。中央に野球グラウンド。その周りには遊具や砂場のある小さな遊び場がいくつか。公園全体をぐるりとアスファルトの歩道が取り囲み、ウキヨの人々がウォーキングや犬の散歩に利用していた。

『祝祭』の結末で描かれていた、祭りの会場だった。

「公園……外ですか」

「ええ。祐仁くんは歴が長いので、幹部クラスと同じ規模で行うことにしました。真ん中のグラウンドで、大々的に執り行います」

「いや、そういう意味じゃなくて、公共の場ですよね」

「マンションの自治会にも話は通してありますし、お役所には事後承諾で大丈夫です。今時わざわざ、あんな広いところで遊ぶ子供なんていませんから。ウキヨの子も私どもの子も、みんなスマホやスイッチのゲームに夢中です。外で遊ぶにしてもマンションを走り回ったり、エレベーターを上り下りしてる方が楽しい」

ニュータウン計画の綻《ほころ》びですよ、と笑う。

何気なく歩道に視線を落とした。アスファルトのあちこちに入った亀裂から、雑草が生えている。マンションの外壁もところどころ黒ずみ、古びている。公園の道でウォーキングをしていた人間が、年寄りばかりだったことを思い出す。

「寄生というより……共生か」

ぽつりとそんな言葉が、口を衝いて出ていた。身振りで疑問を示す茜に、昨日マンションを眺めて思い描いたことを簡潔に伝える。大地の民がニュータウンから養分を吸い上げるヤドリギ――寄生植物に見えた、と。

「大袈裟ですよ、共生なんて」茜が可笑しそうに言った。「老いてスカスカになったニュータウンの空きスペースを、同じく老いて縮んだ小さな宗教団体が使わせてもらっているだけです。西《にし》荻《おぎ》に拠点を置けるほどお金持ちでもないし」

杉並区の端にある、新興宗教の言わば溜まり場になっているエリアだ。都心や山手の高級住宅地ほどではないにせよ、土地代は高い。

「ご謙遜を」俺は言った。「二百人の信者を抱える宗教団体は小さいとは言えない。もっと小さな――数十人規模の団体なら幾らでもありますよ。というよりそっちの方が多い。それこそコスモフィールドがそうだった」

「ふん」

茜は鼻で笑った。

「あんなのと一緒にされるのは心外ですね。わたしを閉じ込めて苦しめた、何の思想もない愚かな集まりなんかと」

嫌悪感を隠さない。カメラを回さなかったことを後悔しつつ、俺は訊ねる。

「ここはまともだ、と？　脱会した中には苦しんでいる人間も少なからずいますよ。小野寺さんと尾村さんだ」

「上の世代の人たちですね」茜はうなずいて、「無理に脱会させたからですよ。思想や生活を大きく、強制的に変えさせられると人間は簡単に壊れる。その辺りの問題は矢口さんもよくご存じでしょう？」

「しかし——」

「水橋さんも『祝祭』の時期から五年後くらいに、脱会ビジネスをお辞めになった。荒んだ生活をしていたのは記述でお分かりですよね？　あの頃既に、脱会させるという行為の暴力性に悩んでいらっしゃった。善行ではない。おまけにビジネスとしても悪徳だ。そう考えるようになっていたようです」

「水橋さんは今何を？」

「ご病気で亡くなりました。一昨年だったか、弟さんから忌中の葉書が届きましたよ。年賀状だけは遣り取りしていたもので。それまでの関係を全部切って、実家の青森に引っ込んで、隠遁に近い生活を送っていらしたそうです」

道理で行方が摑めなかったわけだ。合点がいったが少しも心は晴れない。脱会者に関する茜の言い分は一般論としては正しいが、大地の民に当てはまるかどうかは別問題だ。何故なら——

「小野寺、尾村の両人が苦しんでいるのは、無理な脱会のせいではなさそうですよ」

茜が目を瞬かせた。

「というと？　お二人が何か言ってたんですか？」

「そんなに気になりますか？」

「やだなあ、はぐらかさないでくださいよ。かつて同胞だった人間ですよ。気になるに決まってるじゃないですか」

「連絡先ならご存じでは？　俺は久木田さんの持っていた名簿で知りましたよ。ここから持ち出したものらしい」

「え？　祐仁くんの？」

口元に手を当て、考え込む。大きな目が泳いでいた。

「……ちょっと、分かりませんね。何が何だか」

声には困惑が滲み出ていた。隠そうとして失敗している。

「それはそうと矢口さん、小野寺さんたちは何と？」

「何でしたっけね」

「教えてください。元信者の、根拠のない話を放送されても困るんです」

「根拠のない？」

「ええ、教団を貶めるような発言を私どもが看過できるわけがない」

俺は彼女を睨み付けて、

「どうして小野寺さんたちが、あなた方を貶める発言をしたと思ったんです？　俺は『無理な脱会のせいではなさそう』だ、と言っただけですよ」

と訊ねた。

茜は黙った。作り物めいた表情は全て消え、鋭い目で俺を見た。

俺は無表情を保ちながら、心の中で小さく快哉を叫んでいた。

茜は動揺している。俺が元信者に取材したと知って、冷静さを失いつつある。コントロールの外にある人間からの、不都合な事実を垣間見せられ焦っている。結果、絵に描いたような墓穴を掘った。

ここへ来てようやく、風向きが変わった。俺に有利な方に吹き始めている。であれば、するべきことは一つだ。

俺は言った。

「会長に会わせてもらえませんか。小野寺さんたちから聞いた話は、そこでお伝えしますよ」

茜が一瞬、ぎろりと目を剝いた。

彼女が口を開いたのは、一分近くも黙り込んだ後だった。

「……慧斗ちゃんに伝えておきます。返答は明日」

俺から一瞬たりとも目を逸さなかった。


明朝のスケジュールを事務的に確認してから茜と別れ、ゲストルームに戻った。ソファに座って全身の力を抜いてみたが、緊張は少しも解けない。

今日の取材は終わった。明日になればまず信者の朝食を、次いで祐仁の葬儀を撮る。それでもう全て終いだ。取材終了、撮影終了。帰って翌日までに編集して、夜には次の現場に行く。予定はギッシリで余裕など少しもなく、変更はきかない。

カメラの充電とデータのバックアップを取りながら、この先のことを考えた。考えれば考えるほど焦りが芽生えた。

祐仁が死んだ。偶然とは思えない。

葬儀の段取りが迅速すぎる。これも不自然だ。

茜の態度、信者の言動。不可解なことが多すぎる。そもそも慧斗が俺の前に姿を現さないのも解せない。絶対に怪しい。

茜を動揺させ、こちらに有利な取引をすることはできたが、それで全てが分かるとも思えない。足を止めてはならないのだ。でもどうすれば。何をすれば。

焦るな。落ち着け。できることはいくらでもある。

例えばこの部屋を出ることは容易い。あちこち探り回ることも可能だ。連中について調べる以外のことだってできる。それこそ下山して街に出て遊び回ることも。監禁されているわけでも、監視されているわけでもないからだ。だから——

監視。

俺は無意識に立ち上がっていた。

手始めにダイニングテーブルの下を覗く。何もない。

次いでソファと壁の間。ここにも何もない。

スマホで適当な音楽を大音量で鳴らし、あちこち探し回る。シーリングライトの笠の内側。なし。換気扇の内側。なし。クローゼット。なし。

ベッドをずらしても壁のコンセントと、白い三角タップがあるばかりだった。三角タップは上の二穴に差し込まれている。溜息交じりにベッドを元に戻そうとしたところで、俺の身体が勝手に固まる。遅れて違和感が湧く。

妙だ。

コンセントにも壁にも埃がびっしり付着しているが、タップには全く付いていない。光沢から察するにタップは新品らしい。素直に考えて、ここに差し込まれたのは最近なのだろう。だが、タップには何のプラグも差されていない。どこにも繋がっていない。

つまり。

俺は屈《かが》んでゆっくりタップを引き抜き、裏返した。

タップの裏側、二本並んだプラグの間に「Ａ」と書かれたシールが貼られていた。

静かに息を呑んだ。鼓動が少しずつ騒々しくなっていた。

これは盗聴器だ。

ネットでも簡単に手に入る、ありふれたタイプの一つ。シールのアルファベットはバンド名――テレビで喩えればチャンネルで、受信機の方でバンド名を切り替え、聞きたい盗聴器の音声を選択する。何年か前に携わった番組で、盗聴器発見を専門にする業者に密着して得た知識だ。

ベッドの側でタップを摑んだまま、俺は硬直していた。暑くもないのに汗が頰を伝う。

盗聴されていた。ということは、俺と祐仁が会話していたことも把握されていただろう。さすがに祐仁の声まで拾えるとは思えないが、方法ならある。

タップを握り締める手に力がこもっていた。震える手で元通りにコンセントに差して、俺は壁の時計に目を向けた。午後八時を回っていた。

17

エレベーターで十三階に上がり、祐仁が泊まっていた、ゲストルームのドアホンを鳴らす。返事はない。二度繰り返しても結果は同じだった。

廊下に誰もいないことを確認し、そっとドアを引いた。重い扉は抵抗なく開き、真っ暗な室内が見える。興奮と安堵で軽い目眩《めまい》を覚える。

室内に滑り込み、音を立てないようにゆっくりドアを閉め、施錠する。暗闇に目が慣れたところで壁のボタンに手を伸ばし、押す。

廊下の照明が灯った。

俺は脱いだ靴をリュックに仕舞い、リビングに向かった。スマホのライトを向けると祭壇が浮かび上がった。蠟燭と線香は消されていたが、供え物はそのままだった。

光が外に漏れないよう細心の注意を払いながら、家捜《やさが》しを始めた。早くも後悔の念が湧き起こる。焦りで顔から汗が噴き出す。

この部屋を「支度」の会場にしたのは、盗聴器を回収するために違いない。それ以外の証拠を隠滅するためでもあるだろう。例えば深夜にここを訪れ、祐仁にしこたま酒を飲ませてベランダに誘い出し、突き落とした証拠を。

簡単には回収できない証拠——例えば実行犯である信者が残した毛髪や何かも、不特定多数が公然と出入りする場にしてしまえば何とでもなる。

祐仁は、連中に消されたのだ。

不都合な真実を外部に、俺に漏らすおそれが出てきたから。茜の指示か。それともその上にいる慧斗の。

骨折り損に終わるおそれは充分にあった。推論が的外れであるおそれも。それでも行動せずにはいられなかった。

ダイニングテーブルの上には菓子の包装が散らかっていた。煎餅《せんべい》やクッキーの食べかすが、床の絨毯《じゅうたん》にたくさん落ちている。靴下越しの感触で分かる。これもわざとだとしか思えない。乱雑に見せかけた、狡猾な隠蔽工作だとしか。

探し回ったが何も見つからず、俺は祭壇の前で溜息を吐いた。スマホのライトを消し、暗闇の中で周囲を窺う。

連中の裏の顔が見えた、暴ける、そう思って走り出したのに、早くも行き止まりに突き当たった。次の手も思い付かない。考えろ、と頭に命じるが何も浮かばない。

冷蔵庫の唸る音が耳障りに感じられた。遠くでスマホが振動している。ぶぶ、ぶぶ、と暗い中で何度も音がする。

チャットだろう。プロデューサーか先輩ディレクターか、それとも後輩か。どちらにしろ仕事の連絡だ。煩わしい。今はそれどころではない。俺はスマホを握り締めて——

その場に立ち竦んだ。

振動しているのは、俺のスマホではない。

耳を澄まし、音のする方へ足を向ける。台所の隅、コンロの下の床がわずかに光っている。裏返しになったスマホの、画面から漏れる光だった。

拾い上げて画面を確かめる。チャットのメッセージが十数通届いており、うち最新のものが冒頭だけ抜粋され表示されている。その上には宛名も。

飯田茜
どうしたの？　最終確認につき裏山に来てく…

息が荒くなっていた。

スマホを捨て、汗ばむ掌をジャケットで拭い、俺はゲストルームを飛び出した。


『祝祭』を読み返したが、裏山の位置を示す具体的な記述はなかった。しかし立ち並んだマンションの裏にはいくつもの山が連なっていて、このどれかであることは間違いない。俺は坂道を上ってマンションの間を縫い、山々に分け入る道はないか探した。

誰ともすれ違わなかった。誰も見かけなかった。遠くからバラエティ番組の笑い声やＢＧＭが聞こえる。高齢者が窓が開いていることにも気付かず、大音量でテレビを見ているのだ。茜の言うとおり、光明が丘は確実に老いていた。

最も山側のマンションに併設された駐車場を歩いていると、フェンスに大きな穴が開いているのが目に留まった。すぐ側に青いビニールシートが丁寧に折りたたんで置いてあった。シートには赤いテープで「禁」と書かれている。そっと開いて隣に「入」、反対側に「止」とあるのを確かめる。

フェンスの穴を覆うためのものらしい。そして今は何者かによって剝がされている。

ここか。俺は自分の背ほどもあるフェンスに手をかけた。穴の向こうは獣道《けものみち》らしいが、暗くてよく見えない。周囲に誰もいないことを確かめてから穴をくぐり、俺は獣道に足を踏み入れた。

スマホのライトを点けようとして思い止まる。リュックサックからハンディカムを引っ張り出して起動し、ナイトショットモードに切り替える。液晶画面に青緑色の木々と獣道が映し出された。狭い範囲ではあるが、真っ暗闇でも明るく見ることのできる機能だ。これなら光で照らさなくても前が見える。起動中であることを示す本体横の緑色のランプを手で隠し、俺は獣道を進んだ。

かなりの上り坂のせいか、それとも周囲が気になるせいか、少し歩いただけで息が乱れ始めた。車酔いのような感覚に襲われる。この先のことを想像して背筋が冷たくなる。何が待ち受けているか見当も付かないのに、だからこそ嫌な予感しかしない。

これしきのことで、と心の中で自嘲した。

身の危険を感じたことなら過去にいくらでもある。十代の頃は日々の生活が危険そのものだった。仕事でも十日近い徹夜で頭が朦朧《もうろう》としたり、海外でギャングに絡まれたり、死を意識したことは数え切れない。だが今ほど足が竦んだことはない。

木々の向こうで音がして、咄嗟に身体を伏せた。茂みに身を隠し、息を潜めていたが誰も来ない。小動物か、木の実か何かが茂みに落ちただけか。自分の度を超した警戒ぶりに嫌気が差しながらも再び歩き出す。

何度も躓《つまず》きながら、獣道を上り続けた。喉がからからに渇き、両足が痛みを訴えている。画面のデジタル時計では山に入ってから十五分と少し経ったらしいが、体感的にはとてもそうは思えない。一時間以上歩き続けている気がする。木々に隠れて夜空はほとんど見えず、自分が山のどの辺りにいるか分からなくなっていた。

ここではなかったか。今度こそ無駄骨か。そう思った時、画面の奥に妙なものが見えた。獣道が二手に分かれている。右手はなだらかで左手は急斜面。左手は茂みの中に消えている。その茂みは搔き分けられ、踏み荒らされたように乱れている。

俺は迷わず左手に進んだ。何もなければ引き返し、右手に進めばいい。這うようにして傾斜を上り、茂みに分け入る。

画面の中央が真っ暗になった。穴だ。茂みの中に穴が開いている。内側はコンクリートで固められ、鉄製の梯子《はしご》が取り付けられている。身体を屈め、梯子を肉眼でも確かめる。古びてはいるが錆びてはいない。今も人が使っているのだ。動悸が一気に激しくなった。こめかみから頬に伝う汗を拭う。

穴はかなり深く画面越しでは何も見えない。息を止めて覗き込むが同じことだった。次の瞬間には中から何かが飛び出してくるのでは。そう思うと身体が震えた。穴の縁を摑む手に力が入る。穴の奥が気になる。同時に背後が気になる。

かすかな音がした。穴の奥から聞こえる。響いている。声らしきものも交じっている。誰かがいるのだ。やはりここだ。ここで間違いないのだ。

俺はカメラをリュックに放り込んだ。梯子の端を両手で摑み、細い桟におそるおそる足を掛けた。遥か下に意識を集中し、なるべく音を立てないようにして穴の中へ下りていった。

獣道と同様、梯子も信じられないほど長く感じられたが、実際は十メートルかそこらだっただろう。梯子の細い桟とは異なる堅い床に足が付いた瞬間、ぎくりと全身に怖気《おぞけ》が走った。

音が出ないように手を払いながら、闇に目を凝らす。目の前には直径二メートルほどの横穴があった。いや、廊下と言った方がいいだろう。床が平らに均《なら》されているのが、はるか遠くからの弱い光で分かる。数メートルほど先に曲がり角があって、その奥に光源があるらしい。光の具合でそう推測しながら耳を澄ませた。音は続いているが、近付いてくる様子はない。

俺は真っ暗な廊下に足を踏み入れた。


角を曲がると想像どおり光源――照明があった。天井に等間隔で、裸電球が灯っていた。

電気が通っている。人が今まさに活動しているのだ。空気が流れているのか裸電球はかすかに揺れ、それに伴って光も、影も揺れる。壁は冷たく、あちこちがひび割れ、苔生していた。

再び角を曲がると、広い部屋に出た。左右と奥の壁に、黒ずんだ扉が三つずつ、等間隔に並んでいる。

部屋は雑然としていた。あちこちにスチールシェルフが設置され、段ボールや発泡スチロールの箱が置かれている。机や椅子がないところをみると、この中央の部屋を倉庫に使っているのか。

向かいの壁から声が聞こえていた。三つある部屋のうちのどこかで、誰かが話をしているらしい。祐仁の部屋に落ちていたスマホから考えて、一人は確定している。

俺は荷物やスチールシェルフに身を隠しながら、向かいに並んだ扉に近付く。音は真ん中の扉から漏れていた。ドアが少しだけ開いているが、中が見えるほどではない。

俺はドアの隙間に顔を近付けた。

「……はもう終わったの？」

「ええ」

「あのテレビ屋さんも寝たかな？」

「さすがに寝息までは……」

「そっか。まあ何も気付いてないみたいだし、明日やりすごせば帰ってくれるもんね。もう少しの辛抱だよ、みんな」

茜の声だった。何人かと話している。

「取材、断ってもよかったんだけど、最後に一回くらい、あの手の人と話してみるのもいいかもと思って。あの番組、有名だもんね」

「若い世代に受けているようです。うちの子も喜んでました」

「うちの子ってユメちゃん？　タイキくん？」

「ユメです」

「ああ、好きそうね。まあそれはいいとして、大地の力の準備は？」

「できています」

「全部？」

「はい」

「すみません、Ｂはまだです」

「えっ、それ聞いてませんよ」

「こちらの伝達ミスでした。申し訳ありません」

「ちょっと、話が違……」

「まあ、気にしないで。そこまで焦ってないから。にゃはは」

茜が取り成して場が静まった。話しているのは三人だが、中にはもっといるらしい。幹部連中か。慧斗もいるかもしれない。

いや、それよりも今大事なのは、大地の力だ。

茜の口からはっきり「大地の力」という言葉が発せられた。今の遣り取りから察するに抽象概念ではない。具体的な何かを指す言葉だ。だが分かったのはそれだけだ。「全部」とは何だ。「Bはまだです」とは。素直に考えればAもあるのか。

「決行は?」

茜でない声が訊ねた。男性らしい。

「延期はしない。予定どおり明後日の朝に」

茜が答えた。うっとりした口調で続ける。

「まあ、間に合うでしょ。これで遂に輪の回転を早められる。大地の民の悲願が遂に叶うの。わたしたちだけじゃない。みんなをあるべき姿にできる」

声が大きくなる。それとともに、溜息のような声がいくつも続く。他の人間が同意しているのか。

「ですよね。会長」

どこか幼い調子で、茜が訊ねた。

全身をさらに緊張が縛り付けた。いる。現会長——権藤慧斗が、この扉の向こうにいるのだ。

俺は全神経を耳に集中した。

返事らしい返事は聞こえなかった。

「にゃはは」

茜が笑い、他の連中も笑った。身振りで答えたのか、小声なのか。隙間をもう少し開けてみたい。覗いて連中の、慧斗の姿を確かめたい。

「輪を回しましょう。己が手で、我々の手で」

茜が高らかに言った。

「委ねるウキヨの人々の分も」

どこかで聞いたことがある。これは、この言葉は『祝祭』の巻頭詩だ。言い回しは異なるが、明らかに同じ意味のことを言っている。

ゾクリと寒気が全身を襲った。鳥肌が立っている。遅れて感情がやってくる。不気味だ。こいつらは不気味だ。こんな山奥の、謎めいた地下室で——

廊下の向こう、穴の方で何かが聞こえた気がした。

次の瞬間、ガン、と大きな音が部屋に響いた。

俺の足がスチールシェルフを蹴る音だった。

がたん、とドアの向こうが慌ただしくなった。不味い。俺は足音を立てないように小走りで荷物の間を抜け、隣のドアの取っ手に手を掛けた。思ったより軽くドアが開いた。中が真っ暗なことを確かめ、隙間にするりと身体を潜り込ませ、後ろ手でそっと閉める。

暗闇の中で息を潜めていると、倉庫が慌ただしくなった。茜の声がする。それ以外の声もする。新たにやって来た誰かを迎え入れ、遣り取りしているらしい。新しい方の声は酷く恐縮しているようだ。どの声も感情や勢いだけは伝わってくるが、何を言っているのかは聞き取れない。聞きたい気持ちはあるが黙って耐える。

茜たちの声や足音はしばらく倉庫に留まっていたが、やがて反対側——穴の方へと遠ざかって、聞こえなくなった。

照明を落としたのが、わずかに漏れる光が見えなくなったことで分かった。

出て行ったのか。光明が丘のマンションに帰ったのか。俺は五分ほど様子を窺い、物音も声もしないことを確かめてから、カメラを取り出して構えた。

液晶に青緑色の景色が浮かぶ。

目に見えたものが信じられず、俺は何度も瞬きをする。画面を袖で拭う。同じだ。何も変わらない。幻覚を見ているのではないらしい。だが現実だとは思えない。スマホを取り出してライトを点ける。

光の円が部屋の隅を照らす。

ボロ布を巻いたそれが幾つも床に転がり、折り重なっていた。布は半ば風化して砂色に変色し、あちこち穴が開いている。穴から乳白色のものが飛び出している。

骨——人骨だった。

頭蓋骨《ずがいこつ》。鎖骨。肋骨。見慣れた形の骨が部屋の左隅に、布に包まれ置いてあった。床に散らばっているのは指の骨だろうが、手か足かは分からない。

一人二人ではない、十人以上の人骨が放置されていた。重ね置かれてた。いや、隠されていると言った方がいいのか。一体だけ離れたところ——部屋の右隅に打ち捨てられている。

口元を押さえながらスマホを翳し、人骨を観察する。外傷の有無は分からないし、まして年齢など見当も付かない。だが目に見える範囲では、子供の骨はないようだ。毛筋ほどの安堵が胸に灯ったが、すぐに消える。

いつの骨であるかは分からない。だから大昔の人間のものかもしれない。死体遺棄ではなく、事件性を帯びていないものだ。理屈だけで考えれば、その可能性は充分にある。だが心がそれを認めていなかった。これは只事ではないと感情が訴えていた。そして連中がまともではない、とも。

もっと骨を調べよう。撮影もしよう。ハンディカムで撮るか、それともスマホで、と迷っていると、金属の軋る音がすぐ後ろで響いた。

俺は跳び上がった。咄嗟に振り返って後ずさろうとするが、強烈な光を当てられて動けなくなる。

「矢口さん、ですね。違いますか」

女の声がした。低い声。どこか切羽詰まっている様子だ。

「答えて」

「ああ」

目を手で隠しながら最小限の言葉で答えると、

「どこまで知ってるんですか」

女は訊ねた。

「どこまでも何も……こいつを見付けたくらいですよ」

背後の骨を指す。

「ここは何なんですか。どなたかは知らないが、教団の人ですよね」

俺は思い切って質問する。

彼女はしばし逡巡して、答えた。

「百瀬《ももせ》朋美といいます」

名前が記憶と結び付く。掠れた声が俺の口から零れ出る。

「『祝祭』の……慧斗と一緒に、コスモフィールドと戦った？」

「そう」

光が足元に下ろされるのが分かった。瞼を少しずつ開けて、目を慣らす。

目の前にいるのは、長身の若い女性だった。鋭角的な細面は二十代にしか見えないが、長い髪は傷み、広がっている。

「これは……何？」

ぽつりと彼女は言った。

表情のない顔が、微かに歪む。何が起こっているのか、彼女が何を言いたいのか。分からないまま俺は彼女の様子を窺った。

「こっちが正しい道なの、本当の大地の力なの？　やっぱり、そうだよね」

端的に訊ねる。彼女の目が一気に悲しみを帯びた。唇を引き結ぶ。不自然な皺が顔のあちこちに走った。

何度か言い淀んで、朋美は一息に言った。

「大地の民を止めてください。でないと、たくさんの人が死ぬ」

彼女の隣にもう一人、女が立っていた。矢口桜子だった。

18

カーテンの裾から弱々しい光が、部屋の中に差し込む。夜が明けつつあるらしい。全身が重いのに頭は冴えている。澱んだ空気が身体に纏わり付き、不快感に溜息が漏れる。

俺はゲストルームの居間のソファに座っていた。部屋に戻ってから一睡もしていない。手のひらがザラザラと不快なのは、土と草と錆で汚れているからだ。

眠れなかった。洗面所に行って蛇口をひねり、手を洗うこともできない。そうするだけの余裕が、俺の中から完全に無くなっていた。

これから自分のすることは、本当に正しいのか。

壮大な勘違いかもしれない。愚行かもしれない。

結果、取り返しのつかない悲劇を招いてしまうかもしれない。

何が本当で何が嘘なのか。何が真実で何が思い込みなのか。区別が付かなくなっていた。

つい数時間前の記憶を反芻《はんすう》していた。もう何百回繰り返したか分からないが、百瀬朋美、矢口桜子との遣り取りを思い出していた。

「死ぬ？」

俺の質問に朋美は唇を噛んだ。黙って待っていると、彼女は長い髪を摑んで言った。

「大地の民のことを、どれくらいご存じですか」

質問か。まともに会話が成立する相手なのか、疑問に思えてきた。祐仁と同じ精神状態に陥っているとも考えられる。だが困惑してばかりでは埒が明かない。

「『祝祭』は読みました。今は飯田さんの手引きで取材させてもらっていますよ」

そう、と彼女は僅かに表情を弛めると、

「大地の民は……先代、権藤尚人が設立した団体です。最初は小さな、とても小さな集まりに過ぎなかった。ここへ来た時も、最初は病院を開業するつもりだったそうです。ですが」

両手を胸の前で組む。

「先代――会長さんは言っていました。自分が目覚めたのは、ここを見付けたからだと。大地の民の会長である自分が、大地の力を得た。これは運命に違いない。大地の力に導かれたんだと」

俺は黙って先を促す。桜子も黙っている。

「山歩きをしている途中、偶然見付けたそうです。当時は獣道もなく、穴も石を積んで隠してあったとか。梯子も朽ちていました」

朋美は部屋のあちこちに、心ここにあらずといった視線を向け、

「ここは登戸《のぼりと》研究所の施設です」

と言った。

ふっ、と俺の口から嘲り笑いが漏れた。

ソファから顔をあげ、徐々に部屋を満たす朝の光を眺める。清浄な光が馬鹿げた悪夢を消してくれる。そんな儚い期待をする。

登戸研究所。何年か前に番組のリサーチで知った。元々は大正期に設立された陸軍の科学研究所だ。終戦直後にあらゆる資料が破棄され、永らく歴史から葬られていた。その実態が明らかになったのは昭和も終わりに差し掛かった頃だ。

その目的は兵器開発で、基地の所在地は現在の神奈川県川崎市多摩区。あの悪名高い７３１部隊も、登戸研究所なしには設立されなかったらしい。だが殺人光線や怪力電波など、今となっては冗談にしか思えない研究もしていたという。そのせいかオカルト漫画や伝奇小説の「ネタ」に使われることも多い。

そんな施設がなぜこんなところに。

敗戦が色濃くなった頃、空襲で壊滅しないよう全国に施設を分散したことはあったらしい。だからといってこんな場所にあるとは、にわかには信じがたい。光明が丘はニュータウンができるまではただの農村で、ここは山奥だったはずだ。人員の往き来すら困難だろう。

馬鹿げている。こんなものは夢に違いない。俺は妄想を逞しくしすぎて、ふざけた夢を見ただけだ。あいつらは危険なカルトだ、そう思いたくて。

「記録から完全に抹消され、わたしたち以外には発見されていない。先代はここであるものを発見しました」

朋美が言った。桜子がうなずく。

俺たちは地下室の、骨の散らばる部屋にいる。

「最初に見付けた大地の力。今では大地の力Aとも呼びますが」

朋美はゆっくりとこちらに近付く。俺は動けない。痺れたような感覚に襲われ、その場に立ち竦んでいる。彼女の顔は茜と同じように若々しい。

「この顔が気になりますか？　大地の力Aによるものです」

俺の考えを見透かしたかのように、彼女は言った。

「茜ちゃんほどじゃないにせよ、わたしにも充分な効果がありました。もうすぐ五十なのに、この顔を保っていられる。でも、そんなことは今どうでもいいんです。一刻も早くみんなを止めないと」

「何の話です」

「その骨はコスモフィールドの信者のものです」

彼女は俺の背後を指差した。

「教祖のミコトもいますよ。茜ちゃんの母親も。どれかは分かりませんし、今更確かめる気もありませんが。大地の力Aで命を奪い、みんなでここに運んだ。解体して骨だけにしたのは先代と、当時の大人たちです」

「まさか」

頭に光が差した気がした。禍々《まがまが》しく、邪悪な光が。思わず身震いすると、

「ええ」

朋美が俺を見つめて言った。

「先代が発見したのは、研究所で生体兵器として培養されていた大量のボツリヌス菌でした。生物界でもっとも強い毒を作る、最強の菌。ご存じですか――通常は地面の下に生息している。だから」

大地の力、なのか。

「あの人たちが集会所で食事をした時に、お茶の中に入れておいたの。実行したのは脱会屋さんたちで、実際に効果が現れたのは二日後。みんなここで死にました。脱会屋の誘いでここに連れ込まれて、監禁されたんです。いいえ――正確には脱会屋とわたしたちが監禁した。あの逃走劇も、あの妙な力を使ったかのようなクライマックスも、本当のことを隠すための作り話です」

マンションの集会所のくだりから、偽りの物語は始まっていたのか。今更ながら腑に落ちる。おかしな点に気付く。あんな杜撰な脱会作戦などあるわけがないのだ。水橋がミコトと直接顔を合わせる、迂闊にもほどがある作戦など。

「この顔のことも説明した方がいいですか？」

「ボトックス注射、ですか」

俺は訊ねた。

「そう」

彼女は答えた。

仕事柄、それなりに知識はあった。ボトックス注射。ボツリヌス菌の毒で筋肉を部分的にゆるめ、皺を無くす注射だ。美容整形の世界では比較的手軽なもので、芸能人にも男女問わず愛用している奴らが大勢いる。

「茜ちゃんや慧斗ちゃんの麻痺《まひ》を治したのも、ボツリヌス菌です。筋肉を弛緩《しかん》させることで麻痺を取る」

超自然的な力ではなかった。あやしげな代替医療でもない。『祝祭』で語られる大地の力は、地中の菌が作り出す猛毒によるものだったのだ。

「先代、権藤尚人は比較的まともな人でした。この基地とボツリヌス菌を見付け、天啓を受け、大地の力などと呼ぶようになっても、麻痺の治療にしか使わなかった。コスモフィールドを退治するのも、直前まで迷っていた。背中を押したのは、たくさんの人を殺させたのは——もうお分かりですね——慧斗ちゃんです」

朋美の声が暗い部屋にこだました。

俺は驚き、戦《おのの》いていたが、腑に落ちてもいた。

「慧斗が」

「ええ」

彼女は説明を始めた。

慧斗は権藤尚人に取り入って親密になり、少しずつ大地の民での実権を握るようになった。いつの間にか権藤姓を名乗り始めた。実際は結婚していないという。

会長夫人となった慧斗は、大地の民の拡大に力を注ぐようになった。信者の資産を搾り取り、家族から強制的に切り離した。何十、何百の人間を搾取し、家族を壊した。

葛原の家族もその中にいた。矢口桜子もその中にいた。

彼女の一人息子も。

「大地の力。慧斗ちゃんは次第にその理念に囚われ、執着するようになりました。どれも権藤尚人が思い付いた、よくあるスピリチュアリズムの亜流に過ぎないのに、どんどん訳の分からないことを言い出して……」

ボトックス注射を始めた。他の幹部にも強制した。

意に沿わぬ信者をボツリヌス毒素で殺すこともした。彼らが苦しみ、死んでいく様を、他の信者に見せ付けた。

小野寺や美代子が恐れていたのは、おそらく。

権藤尚人は、慧斗を恐れるようになった。

だから慧斗は権藤を消した。

「消した、とは……？」

「あれです」

一揃いだけ離れたところに置かれた人骨を指す。横になった頭蓋骨の、黒い眼窩が俺を見ていた。

意外ではなかった。全く予想していなかったといえば嘘になる。心の片隅で密かに願っていた。信じていた。おそらくは、ここに来る前から。小野寺や美代子、そして祐仁の、異様な振る舞いを見ているうちに。

　権藤慧斗なら、それくらいのことは平気でするだろう、と。

「『祝祭』の冒頭を覚えていますか」

　俺のすぐ側で、朋美が訊ねた。皺一つない顔が仮面のように見えて、思わず身を引く。彼女は悲しげに微笑むが、その表情も機械のように感じられた。

「大地より生まれし生命、大地を汚し、大地に帰りて再び大地により生まれる。人はただ、その輪に身を委ねるのみ、我はいざ、その輪を己が手で回さん……」

　桜子だった。掠れた声で諳《そら》んじてみせた。彼女が言い終わると、朋美が口を開いた。

「権藤の作った詩です。雰囲気だけで何も言っていない、空疎な言葉の羅列《られつ》。ですが慧斗ちゃんはこれに意味を持たせることにした」

　俺は目で疑問を示す。

　彼女はこれにも充分な間を取った。

「人間は生死にただ身を委ねるだけ。でもわたしたち大地の民は、生死の輪を自分たちの手で回すことができる。いいえ、回さなければならない。慧斗ちゃんはあの詩をそう読み解いた。読み解けた以上、必ず実行しなければならない。自分たちの使命にしなければならない。生命の輪の早回し……分かりやすく言えば大量殺人ですよ。手段はここで見付けて完成させた、新たな兵器で大勢の人を殺すんです。日程は……」

　明後日の朝。

「くそっ」

俺はソファから立ち上がった。足元に転がっていたクッションを力任せに蹴り飛ばす。クッションは壁に当たり、床に落ちた。その音も動きも、はるか遠くに感じられた。俺と外界との間に、見えないが分厚い膜が張られている。そんな感覚に陥っている。

現実が揺らいでいた。

歴史から抹消された大量殺人兵器の残骸《ざんがい》を利用して、カルトが無差別テロを計画している。その根拠はトップの誇大妄想。

馬鹿げた作り話だ。地下鉄サリン事件は確かに現実に起こったが、この現代で、この国で、そう何度も起こるものではない。確率的に有り得ない。

そもそもカルトの暴力性は、内部に向かう傾向がある。オウム真理教は例外なのだ。集団自殺すると言われた方がまだ信じられる。人民寺院もブランチダヴィディアンも、ヘブンズゲートもそうだった。

だが。


朋美と桜子は俺を地下室の——彼女の言う「基地」の、他の部屋に案内した。夥《おびただ》しい量のファイル。書類の保管された部屋。古く錆だらけの謎めいた機械のある部屋。真新しい機械のある部屋。

最後に案内された部屋で、彼女は懐中電灯をかざした。

「わたしには止められません。慧斗ちゃんはもう、何を言っても聞く耳を持ってくれない。茜ちゃんもです。他の人たちも……」

朋美が洟を啜った。

丸い光が左右に振られ、部屋にあるものを照らす。

新たに持ち込んだと思しきスチールシェルフが部屋一杯に、等間隔に配置され、その棚に小ぶりの水筒のような黒い容器が、整然と何十本も並んでいた。

彼女は黒い容器に光を向け、

「大地の力Bです。当時の日本軍は『きい剤』、今のウキヨではマスタードガスと呼ぶ毒ガス。製造する機械がまだ動いたので、これだけ作りました」

俺は両方の拳を握り締めていた。

怖気に全身を貫かれ、動けなくなっていた。

「新宿を予定しています。新宿駅、平日午前八時。世界一利用客の多い駅の、一日で最も混雑する時間帯です。駅を利用するのは大人だけじゃありませんよ。大学生も、高校生も中学生も小学生もいる。家族連れだっているでしょう。不運にもラッシュアワーとかち合った旅行客や、期待を胸に抱いて上京した若者だっている」

「やめてくれ」

「マスタードガスの効果をご存じないですか？　爛《ただ》れるんですよ。粘膜はもちろん皮膚も。少し触れただけでボロボロです。そんなのに触れたらどうなるか、吸い込んだらどうなるか。ここにあるものは純度が高いから無味無臭です。もちろん目には見えない。だから気付かない。逃げることも――」

「やめろ」

俺は遮った。

激しく頭を振る。

「有り得ない。そんな……毒ガスなんて、無差別テロなんて」

「コスモフィールドの面々がどうなったか、もうお忘れですか。権藤は今どこにいますか。大地の民はもう、ずっと前に一線を越えている」

骨の山を思い出した。かつて衣服だったはずのボロ切れに包まれた、ミコトたちの骨。権藤尚人の骨。周囲の闇より真っ暗な眼窩。

「昨日だって一人殺したばかりです」

今度は驚かなかった。

「祐仁くんは良心の呵責に耐えきれなくて、あなたに打ち明けようとした。だから消されました。いえ、わたしたちが消したんです。押しかけて、無理に飲ませて。ベランダから突き落とした」

想像した通りだった。

「大地の民は殺人集団です。放っておけばもっと殺します。矢口さん、あなたが大地の民を止めてください」

「俺が？」

「ええ」

「そちらが——かつての親友が言っても聞かないのでは、赤の他人の俺が言っても無理に決まってる。試すまでもない」

「説得してほしいわけじゃない。止めてほしいんです」

「止める?」

「ええ。わたしにはできません。あなたの言う『かつての親友』には尚更。だから矢口さんに止めてほしいんです」

「どうやって? 説得するのか?」

「そんな段階は過ぎています」

「じゃあ」

「明日の祐仁くんの還りの儀で、撒くんです。これを」

朋美は、黒い容器の列を指差した。


スマホが目に留まった。ソファの片隅で液晶画面を光らせている。プロデューサーからチャットのメッセージが何通も届いていた。明日の夜から行く海外ロケの件らしい。明日。昨日から数えれば明後日。

呼吸が荒い。知らぬ間に部屋を歩き回っていたらしい。顔が汗と脂にまみれていることに気付き、さすがに耐え難くなって、台所で汚れた手と顔を洗う。水は生温かったが、それでも不快感は消え、意識はわずかに明瞭になった。ポタポタと顔から滴る水を拭うこともせず、俺は銀色のシンクと排水口を見つめていた。

あの忌まわしい地下倉庫から出た時は、確かに進むべき道が見えていた。一筋の光明が。正しい解答が。なのに今はまた暗闇にいる。分岐点の前で立ち往生している。

決意が鈍っていた。

朋美の指は間違いなく、マスタードガスの容器を指し示していた。指はやけに骨張っていて、顔との釣り合いが全く取れていなかった。

「冗談だろ?」

俺の声はやけに大きく、部屋に――兵器庫に反響した。

「本気です」朋美は答えた。「慧斗ちゃん一人を殺したところで、別の誰かが代わりに指揮を取るだけです。上の人間を何人か殺しても同じこと。だからみんなを一掃して欲しいんです。全員殺して欲しいんです。このガスで、わたしも含めて」

「みんな……二百人かそこらの人間を」

「ええ」

「たまさか今日ここにいるだけの、何の関係もない俺に?」

「本当に関係ありませんか?」

朋美が訊いた。桜子はじっと俺を見つめていた。

知ったのか。俺が自分の息子だと、茜に聞いたのか。

朋美が懐中電灯を足元に向ける。段ボール箱が無造作に積まれていた。手前の箱は封が開いていて、中から黒い物が覗いている。

ガスマスクだった。垂れ目の鼠か狐を思い起こさせる、テレビや映画で見慣れた形をしている。

実際に目にするのは初めてだった。その奥に分厚い布が見えた。これも黒い。防護服か。

「こちらを使ってください」

朋美が言った。

俺は彼女の顔を改めて、まじまじと見た。若々しい細面。少しだけ出た頰骨に、高い鼻。薄い唇、鋭角的な顎。やや細い目は潤み、そこだけ感情が溢れ出ている。縋るような目とはまさにこれだ。

「引き受けてもらえますね？」

声が掠れる。俺に顔を近付け、同じ言葉を繰り返す。俺の腕を摑む。彼女の掌はべっとりと湿っていた。鳥肌が腕から肩へ、全身へと広がっていく。悪寒に身震いしながら、俺はきっぱりと答えた。

「断る。それ以前に無茶苦茶だ。出鱈目だ。こんな、こんな物を用意して、テロを起こそうとしているなんて」

「矢口さん」

「しかも日取りが明後日だと？　たまたま俺が取材を終えた次の日だと？　そんな偶然が」

「偶然ではありません。大地の意志です。本当の大地の力です。権藤にここを見つけさせることはしましたが、慧斗ちゃんのテロは違う。大地はそんなことを望んでいない。だから矢口さん、あなたをここに導いた。矢口さんはそのために、ここに来たのです」

声は上ずっていたが、迷いは微塵も感じられなかった。

喉がカラカラに渇いていた。汗が目に染みる。

「それに矢口さん、あなたは適任なんですよ」

朋美は黒い容器を一本、手に取った。懐中電灯を足元に向けた。真っ暗になった顔が、更にこちらに——耳元に迫る。

「何を——」

「大地の民を皆殺しにする。母親と、母親を奪った宗教団体に、直接裁きを下す。あなたがずっと望んでいたことです」

朋美の声が闇の中に響いた。

俺の手に何かを握らせた。固く冷たい金属の感触がした。軽いのに重かった。

「あなたはそうしたくて、この光明が丘を訪れたんです」

彼女は言った。

「そうよね?」

桜子の声が続いた。

聞いた瞬間、全身からまた汗が吹き出した。


朋美は俺に容器の開け方、使い方を説明すると、「では、還りの儀で」と部屋を——武器庫を出て行った。俺は彼女の足音が遠ざかっていくのを、突っ立ったまま聞いていた。それから武器庫を歩き回り、並んだ容器を一個ずつ見ていった。他の部屋にも足を運び、あちこちに保管された書類に目を通した。

朋美の言葉がずっと頭に渦巻いていた。乱れた心が更に掻き乱されていた。

手にした容器とガスマスクをリュックに入れ、防護服を抱えて、俺は地下を出た。そしてゲストルームに戻り、まんじりともせず夜を明かし、今ここにいる。台所でシンクを見つめ、これまでのことを考えている。同時にこれからのことを考えている。

俺が本当にしたいこと、しなければならないことについて。

ふらふらとソファに戻り、リュックを摑んだ。中に入っているものの感触を確かめる。ジッパーを開けて覗き込む。

あるべきものは確かにそこにあった。

19

十一時半になっていた。白っぽい曇り空で、風は全くない。

公園には大勢が集まり、芋を洗うような有様だった。信者はもちろん、ウキヨの人間もひしめき合っている。全部で二百人近くはいるだろうか。ウキヨの大多数は高齢者で、数珠を手に神妙な顔で、公園の中央を見上げていた。信者たちは皆、生成りのローブのような服を着ていた。

通夜で見たものより少し大きな祭壇が組まれ、その奥に棺が置かれていた。これだけでも異様と言えば異様だが、その隣には高さ三メートルほどの櫓《やぐら》が建っているのが、ますます儀式を――葬儀を奇怪なものに見せていた。

櫓の上にスーツ姿の茜が立っていた。陶酔した表情で人々を見下ろし、メガホンで追悼《ついとう》の言葉を並べ立てている。その左右に、仮面を着けた信者が立っていた。阿蝦摩神の衣装だ。連中は借り物の来訪神を、葬儀にも使っているらしい。櫓に設置された数台のスピーカーから、安っぽいアンビエントミュージックが流れていた。

邪教の葬儀がしめやかに執り行われていた。

俺は葬儀をカメラで撮っていた。心臓は早鐘のように鳴り、頭は熱に浮かされたように朦朧としている。掌も背中も、ここに来た時から汗まみれだ。もう一時間以上、冷や汗が止まらない。

慧斗も来ているのだろうが、どれだか分からない。気付けば葬儀が始まっていて、茜に確かめる機会を失っていた。

「では最後に、故人を――久木田祐仁の肉体を、大地に還しましょう」

茜が言った。信者たちが棺を開け、手にした砂を両手でそっと投げ入れる。土葬の真似事だ。参列者が棺の周りに密集する。うち一人と目が合った。見覚えがある。昨日、祐仁の通夜に来ていた太ったウキヨの女性だ。憔悴《しょうすい》した顔で櫓を仰いでいる。

彼女の少し後ろで、矢口桜子が何の感情もない顔で立っていた。

「ウキヨの皆様。同胞の死を悼み、また大地へと還る旅を見送っていただき、ありがとうございます」

茜の声がノイズを伴って響き渡る。

「皆様にもこれから先、これまでと変わらぬ穏やかな日々が訪れますよう、会長に代わってお祈り申し上げます」

祐仁の棺を大勢が取り囲んでいる。

「同胞は幸福でした。その死こそ突然でしたが、その生は満たされたものでした。わたしたちは皆そうです。大地の力で繋がっている。家族となっている。そこに綻びなどあろうはずもない。

だから、大地に還った同胞はなおのこと幸福なのです。それを知るわたしたちも幸福です。ウキヨの皆様も」

俺は無感情に、茜の言葉を聞いていた。人々も彼女の言葉に耳を傾けていた。目を閉じている者、涙を浮かべている者もいる。

傍に気配を感じた。

「やってくださいますね」

耳元で囁き声がした。朋美がすぐ側に立って、俺を見つめていた。期待と信頼のこもった視線。俺は耐えきれず目を逸らしてしまう。

茜が何か喋っていたが、耳に入らなかった。

「どうしたんですか」

朋美が訊ねた。

「お伝えした通りですよ。今しか機会はありません。皆が集まっている今しか」

「いや……」

何気なく目を向けた先に、大地の民の子供たちがいた。結人が、修吾が。それ以外の子供たちが。俺に気付いて表情を緩める。結人がこちらに手を振ろうとして、修吾に小突かれる。

結人がわざとらしく気を付けの姿勢を取った。こちらを見つめながら、鯉のように口を開け閉めしている。何か言っているらしい。

「苦しいのは分かります。これが無茶なお願いだということも」

朋美の声に悲しみが滲んだ。

俺は目を細め、結人の口を読む。

「でも今止めないと、大勢が死ぬ」

何か言い返そうと思ったが、言葉が出ない。

結人は楽しそうに目を細めて、口の動きだけで俺に呼びかけている。口の形は「い」「ん」「え」「い」「え」「え」「う」「い」「お」「う」。これを繰り返している。

「大地より生まれし生命……」

茜が妙な節を付けて、詩を詠じ始めた。『祝祭』の巻頭詩だ。慧斗が「使命」を見出した、元を辿れば素人による他愛のない詩。仮面の信者が櫓を下りる。

信徒らが一斉に目を閉じ顔を伏せ、ウキヨの人々がそれに倣った。気付かずにこちらにパクパクと語りかける結人の頭を、修吾が摑んで押し下げる。

「大地を汚し、大地に帰りて再び……」

人生ゲーム、しよう。

結人の口の動きが、唐突に解読できてしまう。昨日は楽しかった、また遊ぼう――その程度の意味だ。子供のくだらない遊びだ。

「さあ」

朋美がまた言った。

「願いを叶えてください」

桜子と目が合った。

彼女は小さくうなずいた。

揺らいでいた心が止まった。感情が凪いだ。

子供の頃を思い出していた。

大地の力。家族。幸福。

桜子の仕草が俺の頭を冷やし、心を静めた。崩れそうになっていた決意を再び固くした。彼女を見据えて、俺は「ああ」と答えた。

カメラを櫓の方に向けたままリュックを下ろした。中身を取り出す。手にしたのはガスマスクと、ガスの入った容器だった。足元のゴミ袋を開き、全身防護服を引っ張り出す。ガスマスクを被る。防護服を着る。参列者は櫓と棺の方を向いていて、誰も俺には気付かない。茜の視界からも外れている。朋美が満足そうに俺から離れ、人々の中に消えた。

全ての装備を整えると、俺は群衆に背後から近寄り、容器の蓋を開けて足元に転がした。さりげなく離れて二本目の円筒を開け、同じように転がす。三本目も、四本目も、五本目も。

群衆の間に困惑の声が上がり始めた。

その一角から悲鳴が上がったのは、最後の一本、七本目を投げ入れた直後だった。

人々が波打っていた。波はどんどん広がり、大きくなっていた。信者も、ウキヨの人々も転げ回り、のたうち回って苦しんでいた。老人が嘔吐し、若い男女が涙を流し、子供は鼻血を噴いて倒れる。砂埃が立ち込め、少しずつ視界を覆っていく。

櫓の上で茜が絶句していた。手から滑り落ちた拡声器が嫌な音を立てるが、人々の苦悶の声に掻き消された。俺は透明な頭部カバー越しに、逃げ惑い苦悶する人々を眺めていた。阿鼻叫喚の声を聞いていた。

叫び声が徐々に小さくなる。啜り泣きや呻き声があちこちからしていたが、それもやがて聞こえなくなる。砂埃が晴れていく。

いつの間にか雲は消え、空は晴れ渡っていた。硬い太陽の光がグラウンドに降り注いでいた。

グラウンドは折り重なる人々で埋め尽くされていた。

喉を摑んだまま倒れている老婆たち。幼児を抱いたまま丸くなった若い母親と、その肩を抱いて俯せている若い父親。フェンスを摑んだまま動かなくなっている、太った中年男。

もちろん子供もいた。結人と修吾が中途半端に肩を組むようにして、櫓の近くに倒れていた。

朋美は仰向けに転がっていた。傷んだ長い髪が地面に広がっている。

取材した〈父さん〉〈母さん〉たちもいた。ある者は顔を涙と吐物で汚し、ある者は胎児のような姿勢で倒れていた。

矢口桜子は走っている最中のような姿勢で、地面に横たわっていた。傍らで倒れる信者らしき老女の投げ出した足に、首と口元を踏まれていた。阿蝦摩神の仮面が二つ、地面に転がっていた。

櫓の上で茜が座り込んでいた。いわゆる女の子座りで脱力している。顔には何の表情も浮かんでいない。俺は人々の隙間を縫って櫓に上り、彼女の前に仁王立ちした。防護服を上半身だけ脱ぐ。ガスマスクも脱ぐ。ガスは空気より重く、茜も苦しんでいる様子はない。

俺は茜を見下ろした。

茜がゆっくりと俺を見上げた。

「権藤慧斗はどこだ？　どれが慧斗なのか、教えて欲しい」

最初にでた質問はそれだった。どうしてそんなことを聞く気になったのか、自分でも分からなかった。もはや取材どころではない。カメラも手にしていない。録画もとっくに止め、リュックの側に投げ捨てていた。

茜はふらりと右手を持ち上げた。

「慧斗ちゃんなら……そこにいますよ」

彼女が指したのは棺だった。蓋は開けられ、砂から祐仁の土色の顔が覗いている。遺体の胸の辺りに覆い被さるようにして、女性が横たわっていた。

通夜で見た太った女性だった。茜と話していた女性だった。

「ウキヨのオバサンだって思ったでしょ？　あれが慧斗ちゃんなの」

茜が虚ろな声で言った。

俺は絶句した。想像もしていなかったことを告げられ、言葉が出なかった。

茜の幼い顔が不自然に歪む。笑っていた。固まった顔を奇妙な皺で覆い尽くし、全身を捩って笑っていた。

「にゃはははは……！」

笑い声が、倒れた人々で埋め尽くされた公園に響き渡った。遠くから救急車の音も聞こえる。

「信じられない？　ていうか信じたくない？　そうだよね。わたしも信じたくないもん。あの慧斗ちゃんが、あの慧斗ちゃんがだよ？　ただの普通のオバサンになっちゃうなんて。大地の力とかどうでもよくなって、運営なんか全部わたしたちに任せて、普通に、ウキヨの連中と同じくらい、どうってことない暮らしをし始めて」

「どうでも、よくなった……？」

「そうだよ。せっかく教団を継いで大きくして、これからって時にね。ここのヌルい空気に毒されちゃったのかな。今じゃ大地の民はただの温い集まりでね。可哀想な子の受け皿には一応なってるけど……それだけ。平和でつまんないシンコーシューキョーだよ」

「じゃあ、無差別テロは」

「やるわけないじゃん」

　茜は言い放った。

「取材させて胡散臭い印象を与え続けて、絶妙なタイミングで祐仁くんを殺したら、海千山千のテレビディレクターはどう思う？　盗聴器とスマホを見つけさせて、基地の中であんな会話を聞かせて骨見せたら、どういう結論に飛びつく？　朋美ちゃんと桜子ちゃんにあんな風に頼まれたら、わたしたちをどうする？　矢口さんは面白いくらいハマってくれたよ。わたしの期待どおりに操られてくれた」

「どうして、こんなことを」

「大地の民はそうじゃなきゃ駄目なの」

　彼女は小首を傾げる。

「被害者に心底恨まれて、憎まれて、めちゃくちゃに壊滅させられる。それくらい過激で、悍《おぞ》ましくないといけないの。邪教じゃなきゃ駄目なの。わたしを救ってくれた大地の民は。慧斗ちゃんが目指してた大地の民は」

　ふらりと立ち上がる。

　櫓の上から、動かない人々を見下ろす。

「さすがだよ。そっくり」

茜はいつの間にか涙を流していた。泣き笑いながら俺を見上げていた。

「強くて、逞しくて、絶対に諦めない。どんなに危険でも困難でも、わたしをちゃんと救ってくれる——あの頃の慧斗ちゃんの血は絶えてはいなかった。本人からはすっかり消えちゃったけど、息子さんにはちゃんと受け継がれてたんだね」

そう言うと、彼女は両手で顔を覆った。

「なんだって……？」

「あなたの本当のお母さんは、慧斗ちゃんだよ」

茜は顔を隠したまま言った。

「権藤と慧斗ちゃんの間に生まれた子供。慧斗ちゃんが十四で産んだ子。権藤さんが血縁を作るのを嫌がって、仕方なく信者の家族に預けた子。信者の——矢口桜子さんの子供だって嘘吐いてね。あの人、ちょうど実の子を死産したところだったから、ご両親を騙すのは簡単だったよ」

茜の言葉と、桜子の言葉が符合していた。辻褄が合っていた。

一昨日の取材での出来事がまざまざと思い出された。

お袋の意味不明な発言。あれが事実だったとしたら。咄嗟に誤魔化そうとして、意味ありげな「大地の力」という言葉が口を衝いて出ただけだったとしたら。

「ありがとう」

茜が涙を拭った。

「あなたが辛い日々を送ってたのは知ってたよ。知ったから利用することを思い付いたの。お芝居の上手な祐仁くんを差し向けて、辞めた信者の人たちに芝居を打ってもらって、ここに連れてくる計画を立てた。でも、ここまでちゃんとやってくれるとは思わなかった。ウキヨの人も巻き込んで、こんなに殺してくれるなんて、さ、さすが慧斗ちゃんの子供。さすが――」

邪教の子。

そう言うと、茜は再び泣き始めた。子供のような顔を嬉し涙と洟水で濡らし、ペタンと尻餅を搗いて。地面に横たわった人々を、明るい日の光が照らしていた。

20

「よかった」

俺の口から零れ落ちたのは、そんな単純な言葉だった。声に出したことで感情が湧き起こる。

「本当によかったよ」

再び声に出した。さっきより大きく、はっきりと。

茜が身体を震わせた。

泣き続けているが、わずかに調子が変わっている。俯いた彼女の頭を見下ろしながら、俺は言った。

「途中で気付いたんだ。これは全部あんたの仕組んだ壮大な殺人計画で、俺はあんたに操られて、大量殺人を実行させられようとしているんだってな。いや――『気付いた』は盛りすぎだ。そんな気がしただけだ。おかしなところは膨大にあった」

舌が回らない。当然だ。俺は疲労困憊していた。肉体も精神も擦り減っていた。血の巡りも悪くなっているのだろう。少し話しただけなのに立ち眩みがしていた。一向に治まらず、櫓の手すりを摑む。そうしていないと転がり落ちてしまいそうだった。

朦朧とする頭で、これまでの道のりを思い出していた。

最初に頭に浮かんだのは小野寺への取材だった。祐仁の名簿を頼りに見つけ出した、元信者の孤独な老人。

撮影終盤の彼の言動は不可解にしか思えなかったが、あれは素直に考えて、面倒だ、うんざりだ、という意味ではないか。酩酊してうっかり本音を漏らしてしまったのではないか。

美代子のネイルもそうだ。いつもは普通に暮らしていて、俺の前でだけ、精神が壊れた風の芝居をしていたのではないか。だがネイルだけはうっかり取り忘れた。母親ももちろんグルだったのだろう。俺に美代子のネイルを指摘された時、彼女は話を変えようと必死だった。そう考えれば合点が行く。

二人は演じていた。教祖に、教団に壊された、哀れな元信者の振りをしていた。俺は大地の民に異様さを感じ、慧斗に恐れを抱くよう誘導されていたわけだ。

だが、二人が巧みだとはお世辞にも言えなかった。作り込みも甘かった。美代子に至っては設定が破綻していた。あの時は異様さに圧倒されていたが、冷静に考えれば滅茶苦茶だった。茶番だった。

では、そんな茶番を演じさせたのは誰か。

祐仁は死んだ。残るは慧斗と茜だ。素直に考えれば、怪しいのは茜、ということになる。

「あんたは頑なに、俺と慧斗を会わせようとしなかった。いかにもカルトらしい理由で。でもそれだけじゃない。俺が他人と、慧斗の話をするのも嫌がった」

牧商店の店主、仁絵と二人きりで話していた時だ。茜が割って入ったのは、現在の慧斗について話していた最中だった。

小野寺と美代子について話している時も妙だった。

おまけに盗聴器を発見してから今朝に至るまでの流れは、あまりにもスムーズすぎた。

茜が俺に、大地の民を皆殺しにするよう仕向けている。

いつしかそんな仮説に至っていた。

決定的な証拠はなかった。勘違いなら、全て事実なら、無差別テロを未然に防ぐことができず、大勢の人間が死ぬことになる。迷いに迷った末、俺は仮説を信じることにした。

芝居には芝居で返すことにした。

あちこちから再び、呻き声が聞こえていた。

倒れている人々のうち幾人かが、身体を起こそうとしている。

「え……?」

茜がグラウンドを見回していた。泣きはらした顔に、戸惑いの表情が浮かんでいる。

「俺が撒いたのはマスタードガスじゃない。ただの催涙ガスだ。あんたらが作って保管しておいたやつさ」

番組取材とリサーチの過程で、毒ガス――化学兵器についての知識は得ていた。倉庫にあった資料から催涙ガスを作っていることを突き止め、探り当て、持ち出し、そして実際に使ったのだった。

「だから誰も死んでいない。俺は誰も殺していないいんだ」

呻き声も、サイレンも、徐々に大きくなっていた。

茜は放心していた。

生きて苦しんでいる信者や、ウキヨの人々を、虚ろな目で見下ろしていた。

「……なんで？」

ややあって、彼女は訊いた。

「なんでこんな、訳の分からないことをしたの？」

「あんたに言われたくないな」

俺は思わず苦笑した。現実を理想に近付けるために、赤の他人に大量殺人を行わせようと馬鹿げた計画を立て実行した、この女に言われたくない。

だが――

「あんたがどんなつもりでこんな計画を立てたのか、確かめたかった。成功した風に見せかけたら、自分から喋ってくれるんじゃないか。そう思った。それが理由だ」

茜の真っ赤な目を見つめ、

「よかったよ。俺が馬鹿げた殺人の実行犯にならなくて済んだのは勿論だが――あんたが馬鹿げた大量殺人の首謀者にならなくて、本当によかった」

俺は言った。

自分の言葉に驚いてしまう。遅れて実感が湧いてくる。

そうだ、よかった。俺のしたことは間違いではなかったのだ。

茜の目からまた新たな涙が溢れた。

震える唇から嗚咽と共に、

「慧斗ちゃん……慧斗ちゃん、だ……」

そう言って、彼女はまたしても泣き出した。今度は何故泣いているのか、嬉しいのか悲しいのか、どうして慧斗の名を呼んだのか、俺には分からなかった。

防護服を脱ぎ捨て櫓から降り、棺に駆け寄った。太った女性が寄りかかっている。うう、と苦悶の表情で身を捩る。

権藤慧斗。俺の本当の母親。俺を捨てた女。それが今、目の前で呻いている。

俺は彼女を抱え、地面に仰向けに寝かせた。予想した以上に重く、彼女の頭から手を離した時には呼吸が乱れていた。

丸い頬を軽く叩く。もしもし、聞こえますか、とマニュアル通りの呼びかけをする。何度か繰り返すと、彼女はうっすら目を開いた。

「大丈夫ですか」

「ううう」

「権藤さん?」

「え?」

「どうなんです。あんた、権藤慧斗なのか?」

「うーん……」

「どっちですか」

「はあ」

「どっちだって聞いてるんだ」

「そう、うん、そう。そうだけど」

彼女は眉間に深々と皺を寄せ、

「ねえ何これ……何なの？」

そう言って、激しく咳き込み始めた。

どうということもない反応だった。目の前に転がっているのは特に変わったところのない、肥満の中年女性だった。

笑いがこみ上げていた。

今まであれほど恨み、憎んでいた邪教の代表が、こんな人間だったなんて。これが俺の母親だったなんて。

「はは……はははは……」

けたたましいサイレンの音が響き渡る中、俺は笑い続けた。

〈参考文献〉

藤倉善郎『「カルト宗教」取材したらこうだった』（宝島社SUGOI文庫）
米本和広『洗脳の楽園　ヤマギシ会という悲劇』（宝島社文庫）
米本和広『我らの不快な隣人　統一教会から「救出」されたある女性信者の悲劇』（情報センター出版局）
佐藤典雅『カルト脱出記　エホバの元証人が語る25年間の記録』（河出文庫）
大塚英志原作・白倉由美漫画『贖いの聖者』（角川書店）
金子淳『ニュータウンの社会史』（青弓社）
平辰彦『来訪神事典』（新紀元社）
上出遼平『ハイパーハードボイルドグルメリポート』（朝日新聞出版）
伴繁雄『新装版　陸軍登戸研究所の真実』（芙蓉書房出版）

〈初出〉別冊文藝春秋２０２０年５月号〜２０２１年５月号
ＤＴＰ　言語社

澤村伊智（さわむら・いち）
一九七九年大阪府生まれ。二〇一五年『ぼぎわんが、来る』（受賞時のタイトル「ぼぎわん」から改題）で第二二回日本ホラー小説大賞〈大賞〉を受賞しデビュー。一九年「学校は死の匂い」で第七二回日本推理作家協会賞短編部門を受賞。「比嘉姉妹」シリーズほか、『予言の島』『ファミリーランド』『うるはしみにくし　あなたのともだち』など著書多数。

邪《じゃ》教《きょう》の子《こ》

二〇二一年 八月二五日 第一刷発行

著　者　澤《さわ》村《むら》伊《い》智《ち》

発行者　大川繁樹
発行所　株式会社 文藝春秋
〒一〇二-八〇〇八
東京都千代田区紀尾井町三-二三
電話 〇三-三二六五-一二一一（代）
印刷所　凸版印刷
製本所　大口製本

ISBN 978-4-16-391416-9